后浪
电影学院
065

编剧的策略

如何打动好莱坞

（修订版）

Crafty Screenwriting

Alex Epstein

[美] 亚历克斯·爱泼斯坦 著

贾志杰 季英凡 译

四川人民出版社

献给莉莎·亨特

……

你告诉我要这样

致　谢

没有下边这些人，就没有这本书。

感谢 Angel Gulermovich Epstein。她对故事的好坏有一种精准的判断力，是她的鼓励帮我渡过了写作生涯中最艰难的时期。

感谢我亲爱的父母，他们从不压制我逞能的冲动。

感谢 Kenneth Koch。如果他知道我最终还是选择了写电视剧这一行的话，他也许会感到惊骇不已。

感谢 Molly Pollack 和 Wayne Adamson，世界上两位最好的英语老师。

感谢 Betsy Amster 和 Deb Brody，没有比他们更好的经纪人和编辑了。

感谢 Margie Mirell。感谢她充满智慧的建议。

感谢那些我有幸与之合作过的导演和编剧，感谢那些肯阅读、评论甚至有时候慷慨解囊的监制和制片人们。

谢谢你们。

目 录
Contents

Chapter 1

钩 子

HOOK

电影剧本是什么？问得好。说到底，你要是准备写一个剧本的话，你至少得知道这个问题的答案是什么，你说是不是？

你可能已经有了一个答案。剧本写出来就是要用来拍电影的。你把自己希望观众看到和听到的都写在一百来页纸上，再用铜钉连在一起。

你的剧本如果能拍出来的话，导演会加入自己的看法，演员会更改你的台词，剪辑师会想方设法重新组织场次的连接，总之，片子不再是"你的电影"。这倒也无所谓。剧本不是一个完成的作品，它本身不是用来欣赏的。如果把电影比作一幢大楼，剧本只是设计图纸。谁也不会喝着红酒和自己的心上人一起欣赏一张图纸，即使这图纸再精彩，也没有什么人（拍电影的除外）会拿上个把好剧本到海滩上去休闲。

这么说吧，如果不能变成电影，剧本写作就毫无意义。

这个我们都心知肚明，至少潜意识里是知道的。但在我担当剧本开发高管的十年间，我所读过的成千上万个剧本中，大多数都和电影无缘。这些剧本的作者还在构思阶段时，其失败的命运就已经注定了。这些剧本写得或好或差，但他们都缺乏被拍成电影的剧本要素。

这本书讲的就是怎样去写一个能拍成电影的剧本。受欢迎的大众电影和艺术影片一样，都存在一个剧本能不能拍摄成功的问题。写一个能够变成精彩电影的剧本，在很大程度上就是写一个能拍成电影的剧本。这本书主要讲的就是这些，但本书所述并不到此为止。所以，如果你准备花大力气写一个剧本的话，理解电影剧本简单定义以外的东西就十分重要。否则，你的剧本写作很可能就是浪费时间。

1.1 剧本是电影项目包的一部分

在电影这个行当中，有一个说法叫项目包（package），剧本是这个项目包中最初的组成部分。这个项目包的组合元素为：

▶ 一些素材：一本书，一个剧本，或仅仅是一个概念
▶ 一个明星演员和（或）明星导演

电影人赌观众愿意去电影院，或是在电视上看到那些电影。

电影剧本只是整个交易中的一个组成部分。

影视业有着精神分裂的特点。它是一门生意，这一点就意味着从业人员干这一行不是为了休闲和养生。电影拍砸了，有人就失业了。不成功的导演还得回去拍广告；不成功的女演员还得回餐馆端盘子或嫁给卖地毯的；不成功的制片人还得回去接着卖地毯[①]。电影的商业味道这么重一点都不让人称奇，它的铜臭气其实还可以重好多。

很少有人是带着赚大钱的想法进入电影界的。要是你有活干的话，这一行钱还算好挣。但谁要是光想着赚钱的话，那还不如去卖卖保时捷或钻油设备。在这行干活的人差不多都是因为他们热爱电影，编剧喜欢讲故事，制片人希望把好片子推上银幕。演员呢，愿意在众人面前过一把情感放纵的瘾，所以跟这些人约会前可要三思而后行。大家都尽其所

---

① 可是，不成功的电影公司高管则会得到一份丰厚的"金降落伞（golden parachute）"遣散套餐，其中包括对其个人电影项目的资金保证。有意见？影视业就这德行，伙计。

能拍出好片子来。不是每个人都在为伟大的艺术而奋斗，但如果让大家选，多数人还是更愿意去拍那些经得起时间检验的影片。

每一个电影项目开始的时候，其动机中都有那么一点商业考虑，一点艺术追求。

从理论上讲，当电影制片厂或制作公司的开发人员读到一个精彩的剧本时，这个电影项目就启动了。开发（development）是电影制作的一个环节。在这个过程中，剧本版权或期权（option，又译为预售权或优先购买权，即在一定时间内购买版权的权利）被买断，然后就会一遍又一遍地被反复修改，直到……直到——在大多数情况下——被枪毙。读剧本的一般被称作"审读员"（reader），他们常常是刚毕业的电影专业的学生，写一篇两到五页的报告来赚个40美元，报告中有故事梗概（synopsis）和语气轻蔑的评论。要是审读员喜欢一个剧本，他可能把它交给一个剧本编辑（story editor）。剧本编辑再转给开发主管（development executive），开发主管再转给制片厂或电影公司的制作主管（production executive）。

剧本交易一旦完成，制作主管或项目制片人就会把剧本送给一个导演。导演对故事有感觉就可能同意亲自执导这部片子。下一步，剧本被送到明星手上。只要一个腕儿足够大的明星同意参演，电影公司就会同意为影片提供资金。这样，电影制作的旅程就开始了。

你的剧本需要得到下边所有人的认同才可能被拍成电影：审读员、剧本编辑、开发主管、制作主管、导演、明星。要是他们那一天碰巧气儿不顺，那你的项目就死在电影公司或制作公司了。

（要是汤姆·克鲁斯［Tom Cruise］送来了自己朋友的剧本，那剧本直接就到了所有环节的顶端。制作主管读了剧本就会自然而然地很喜欢，然后他就拿到了剧本期权。要是阿汤哥同意出演，片子就拍成了。关于这些，稍后还有讨论。）

剧本是一个销售工具，相对电影而言它就是一个推销员。它把你的故事推销给你从未见过和永远不会遇见的人。这些人里边可有的是坏脾气的家伙，因为他们自己不如你，他们没本事写剧本。你的剧本要打动一个才二十多岁但自以为对电影无所不知的审读员；剧本还要打动编辑，她读你剧本的时候可能已是半夜，手上还有其他一摞子剧本要读完，读完了她才能在男朋友进入深度睡眠之前跟他做个爱；剧本也要打动制作主管，他回家时带了两个剧本，一个是你的，另一个是汤姆·汉克斯（Tom Hanks）要拍的；剧本还要打动一个因担心自己变老而总是没有安全感的演员。也就是说，你的剧本要搞定所有这些难缠的人，让他们相信这是一部非拍不可的电影。

总之，剧本就是一个设计图纸，交易中的一个因素，一个销售工具。

那到底是什么可以让你的本子过关斩将获得成功呢？大部分剧本写作的书会提供如下一些答案：

结构：拥有一个新鲜的、观众易懂的好故事，而且也要讲得精彩。

人物：有趣的、有血肉的人物。人物要生动，要跃然纸上。

对话：精彩自然的对话能够凸显人物的个性。

节奏：张力不断加强以创造最终的戏剧高潮。

老天！

这些都不能帮你成功闯关。不错，你的剧本需要这些，但真正能够带你顺利通过关口的是一个出色的钩子。

1.2 钩 子

钩子，简单地说，就是一部电影的概念。不是随便一个概念，而是能引出故事的一个崭新的想法。这个想法会让影视业的人愿意马上就读到你的剧本，让观众渴望看到你的电影。下边是一些精彩的钩子：

▶ 当一个男子准备自杀时，来了一个天使。天使给他展示了一种可能的景象，即假如他没来到这个世界，他的家乡会是什么样的。（《生活多美好》［*It's a Wonderful Life*］）

▶ 两个相互仇视的人以匿名的形式交往后，反而都爱上了对方。（《街角商店》［*The Shop Around the Corner*］、《电子情书》［*You've Got Mail*］）

▶ 一帮失业的英国男人决定去跳脱衣舞来赚些钱。（《光猪六壮士》［*The Full Monty*］）

▶ 一个玩世不恭的广告业高管突然获得了听见女人心声的能力。（《男人百分百》［*What Women Want*］）

▶ 一个律师一下子丧失了说谎的能力。（《大话王》［*Liar Liar*］）

▶ 几个牙买加人决定以雪橇队的名义参加奥运会，尽管牙买加这个地方连雪都没有。（《冰上轻驰》［*Cool Runnings*］）

▶ 一个怪异的天才发现了一个号码，该号码有可能就是上帝的名字。（《死亡密码Pi》［*π*］）

▶ 三个拍电影的年轻人到森林里去拍一部关于一个知名女巫的纪录片。他们后来消失了，只留下了现在我们看到的这些录像带。（《女巫布莱尔》［*The Blair Witch Project*］）

▶ 一个木偶剧演员发现了一条通往演员约翰·马尔科维奇（John Malkovich）大脑的秘密通道。（《傀儡人生》［*Being John Malkovich*］）

▶ 一辆装满了乘客的公交车上有一颗炸弹。如果公交车车速低于每小时80公里，炸弹就会爆炸。（《生死时速》［*Speed*］）

▶ 一个男人发现他被自己的克隆人顶替了。（《第六日》［*The Sixth Day*］）

▶ 一个记者在一个瓶子里找到了一封催人泪下的情书。她开始搜寻并找到了写情书的男人，最后还爱上了他。（《瓶中信》［*Message in a Bottle*］）

我可没说影片有了一个出色的钩子就一定是好影片，对不对？我只是说，你的剧本要想拍成电影就必须得有一个出色的钩子。

以上这些有的成了好莱坞大片，有的成了独立电影（"独立"［independent］是一个使用不当的名称，"独立制片人"实际上需要来自几乎所有人的帮助。"互相依赖的制片人"［codependent producers］这一称呼听上去更准确）。这些影片的一个共同特点是，谁都想知道故事的结果是什么。

那些孩子们在森林里到底怎么了？一帮粗糙的、保守的英国老爷儿们怎么能跳脱衣舞呢？你得读了剧本才知道这是怎么回事。

有的时候钩子甚至都不是影片真正讲的故事。《自由进取号》（*Free Enterprise*）的钩子可能是这样的："两个上了年纪的'星际迷'（Trekkie）[①]撞上了进取号船长扮演者威廉·夏特纳（William Shatner），而夏特纳一直想写一个说唱版的'尤利乌斯·恺撒'（*Julius Caesar*）并担纲主演"。故事主要还是一个爱情喜剧，讲的是一个年岁不小的"星际迷"遇上了同是"星际迷"的梦中女郎，但却差一点把两人关系搞砸了。但如果钩子是这样的，那片子就必死无疑了。而"星际迷"遭遇柯克船长，这样的钩子才能够把故事卖出去。

说到这里，你可能会想，"可是大多数电影没有多出色的钩子呀！"事实上，要是你去查 IMDB（即互联网电影数据库）上观众选出的 250 部最佳影片名单上的电影（参见 http://www.imdb.com），没有几部片子有什么出色的钩子。

我从来没说过所有的剧本都需要一个好钩子才能拍成。我说的是，你的剧本要想拍出来的话，需要一个出色的钩子。

时至今日，真正推动电影的力量都是一些所谓稳赚因素（bankable elements）。稳赚因素是指任何一种创作要素——比如明星、导演、故事素材——这些可以吸引观众来看电影的、保障回收的因素。换句话说，要是哈里森·福特（Harrison Ford）主演我的片子，那我就会有一张数额巨大的支票存到自己的银行了。

1.3 没钩子的片子是怎样拍成的

我们来看看没钩子的影片是怎么拍成的：

[①] 所谓"星际迷"指的是美剧《星际迷航》（*Star Trek*）的忠实粉丝，本段中"自由进取号""柯克船长"都是剧中的人物或道具。——编者注

▶ 史蒂文·斯皮尔伯格（Steven Spielberg）读到了一本小说，小说讲的是一个纳粹党徒从大屠杀中救了成千犹太人的故事。斯皮尔伯格多少年都没拍过一个失败的片子，所以他是一个稳赚因素。（《辛德勒的名单》[Schindler's List]）

▶ 一个制片人拿到了百老汇热门剧《贝隆夫人》（Evita！）的电影版权。一个关于阿根廷独裁者胡安·贝隆（Juan Perón）的寡妇夺权的故事不是一个好钩子，但"安德鲁·劳埃德·韦伯（Andrew Lloyd Webber）的卖座音乐剧"可是一个稳赚因素。

▶ 凯文·科斯特纳（Kevin Costner）和朋友聊天时，朋友突然想出一个故事，讲的是美国南北战争期间一个人被送到边远地区守边时，遇上了印第安人并最终与他们为伍。凯文承诺，如果朋友把书写出来，他就一定会把电影拍了，凯文本人就是一个稳赚因素。（《与狼共舞[Dance with Wolves]）

▶ 一帮人用数码相机花了一万美元拍了个片子，挣了八千万美元的票房。现在这帮人要拍另一部片子，他们一下子就成了稳赚因素，至少在他们第二部片子失败前都是这样。（弄《女巫布莱尔》那帮人下一部片子肯定是这样，不管他们拍什么。这也适用于九天就拍出了《疯狂店员》[Clerks]的凯文·史密斯[Kevin Smith]和拍了《杀手悲歌》[El Mariachi]的罗伯特·罗德里格兹[Robert Rodriguez]）

▶ 一个制片人读到一本以一位脑子有点迟缓的南方人为主角的小说，讲述了他在我们共同经历的二十年中所遭遇的大起大落。制片人雇了编剧改编剧本，汤姆·汉克斯决定做这部片子。汤姆·汉克斯的电影加起来一共赚了十亿美元。这种项目你就投吧，稳赚不赔。（《阿甘正传》[Forrest Gump]）

▶ 约翰·格里森姆（John Grisham）写了一部新的律政惊悚小说。说起来有点难以置信：好多去看他的小说改编成电影的观众根本不知道约翰·格里森姆是谁，甚至也不知道电影来自小说。但他的小说改编的电影在市场上一直表现优异，而这一点让格里森姆成了一个稳赚的因素。(《失控的评审团》[*The Runaway Jury*]、《危险机密》[*The Juror*]、《终极证》[*The Client*]、《造雨人》[*The Rainmaker*]、《糖衣陷阱》[*The Film*] 等)

▶ 维度电影公司 (Dimension Films) 决定拍《玉米田的小孩7》(*Children of the Corn 7*)。过去的六部《玉米田的小孩》都赚钱。这些片子已经形成系列。如果第七部拍摄花的钱少于上一部的总收入,那他们就会赚到钱。

所谓稳赚因素,就是让投资人相信观众愿意为之把口袋里的钱换成电影票的因素。只要电影中的这些因素加起来等同于制作一部影片的成本,那就可以放手去拍了。这个因素越大你的片子的规模就越大,因素小那片子自然也就小。金·凯利 (Jim Carrey) 是个可以拍大预算喜剧的稳赚明星;简·坎皮恩 (Jane Campion) 则是一个半稳赚的艺术片导演。(你要是有兴趣,可查看美国电影工业的专业报纸《好莱坞报道》[*The Hollywood Reporter*],上边每年都会刊登一个叫做"明星影响力"排名的名单。排名的依据是业内专家的判断。这个单子告诉你谁是稳赚因素,他们值多少钱等。另外一个新晋的参考是 IMDB 上的明星排行榜,明星的排行位置取决于他们参与影片的片名被影迷点击的次数。)

要是你有了稳赚因素,你不一定需要一个好钩子,甚至有没有钩子都无所谓。如果仅从把电影拍出来的角度来说,稳赚因素越多,剧本出色的必要性就越低。但是,如果你想让那些有稳赚因素的明星或导演来看自己写的东西,那你就可能需要一个好的钩子。大部分明星都不愚蠢,那些愚蠢的人之所以成为明星也是因为他们懂得如何雇那些不蠢的人为他们做事。所以说,一个精彩的钩子会让一个电影项目的路径顺畅许多。

拍一部既没有钩子,也没有稳赚因素的片子是可能的,那是因为你的剧本是如此惊天地泣鬼神以至于许多人都愿意奉献自己的热情,不管项目能找来多少钱,也不管项目请得起什么样的演员。这个你就甭想了,这种几率实在是太低了。不是没发生过这种情况,但其成功的原因往往在别的地方。外国政府因影片在其国内拍摄而提供的退税造就了不少这样的例外情况，而剩下的大部分都是所谓细分市场影片（niche market picture），即专门为核心观众拍摄的影片，如关于土著美国人的精彩正剧《烟火讯号》（*Smoke Signals*），或关于女性同性恋的、十分聪明的爱情故事《我女朋友的女朋友》（*Go Fish*）。在美国发行的所有电影中只有极小一部分是由大胆的独立制片人制作的，他们不惜一切手段为影片筹钱，常常把自己信用卡上的额度花到头。而每一个以这种方式成功的影片背后，都有十个甚至二十个根本没有发行的影片，没人给这些影片写文章或报道破了产的制片人。

> 假如你的故事没有一个钩子，你写剧本很可能是在浪费自己的时间。

要是你没有稳赚因素，而本人也不是稳赚因素，你就需要一个精彩的钩子，否则你的剧本就不会拍成电影。要是你的故事没有一个钩子，你写剧本很可能是在浪费自己的时间。

任何原则都有例外，以上的原则也一样，而且你也有绕道而行的办法。但是，如果你的目标是把电影拍出来，而且自己又不是娱乐业要人的挚友，那么上边的原则你就应该予以关注。

这话值得再次重复：要是你的故事没有钩子，你写剧本很可能是在浪费自己的时间。你也许很享受写作过程，你也许会找到一个经纪人，你也许会受邀参加在豪华空调房里举行的会议，但是，你的剧本是卖不出去的。即使卖了，也不会拍成电影。

那么，怎么才会有一个精彩的钩子呢？

1.4 钩子是怎么来的

精彩的钩子相当少见。只要有一个电影拍成了，其钩子谁都不能再用，至少，只要大家还记得这部电影，你就不能用人家的钩子。钩子是一次性用品。新的钩子是如何想出来的？有没有灵丹妙药？

哎呀，实在是很可惜（这对你我都一样）！我没有想出精彩钩子的灵丹妙药。谁都没有，甚至乔治·卢卡斯（George Lucas）也没有（有没有看过《天降神兵》［*Howard the Duck*］？[①]）。但是我有两个技巧。它们不是灵丹妙药，而且需要你付出很多努力，但这两个技巧很有效。它们是：

（1）用心观察
（2）偷

用心观察

用心观察就是说要对发生在你身边的真实故事十分敏感，然后把它们改变成电影的前提（premise）。比利·怀尔德（Billy Wilder）的经典影片《扑克王》（*Ace in the Hole*）讲了一位记者报道一个矿工被困井下的故事。怀尔德和制片人开始的时候也许只是看到了矿工被困的相关报道，并注意到这一正在发生的事件使人们处于兴奋的状态，但这还不是一部电影。可是，假如这个记者为了让新闻持续发酵而想方设法让这位矿工继续被困，那会怎么样？假如这是一个玩世不恭、事业不振并试图通过操纵眼下的局面来拯救自己职业生涯的记者，那又会怎么样？这就是一个钩子了。

在加拿大，一位小姑娘救了一批雪鹅宝宝。这些小雪鹅的妈妈死了，所以没有妈妈为它们带路飞往冬天的栖息地。小雪鹅只有依靠小姑娘才能活下来。小姑娘的爸爸教会了她驾驶一架"超轻"（一种装有引擎的悬挂式滑翔机），她带领小雪鹅们飞到了佛罗里达。她的爸爸为此还写了一本书。

这是一个钩子。这故事再加上一个"鬼魂"就是一部电影了（"鬼魂"的事我会在下边谈到）。我们知道小雪鹅们为什么要飞回家，但我们不知道小姑娘为什么要帮助它们。在 1996 的影片《伴你高飞》（*Fly Away*

---

① 卢卡斯是这部失败影片的制片人。——译者注

Home）里，小姑娘失去了母亲，所以拯救这些小雪鹅也就是让自己的创伤得以愈合。

《神犬也疯狂》（*Air Bud*）系列电影的问世，多亏了主演的那条狗先在新闻里出了名。它的主人训练这条狗打篮球，而干这一行的人就会想："嗯，有一条会打篮球的狗？这里边肯定有一部电影可拍。"让这个故事成为电影的钩子，是它讲述了一个男孩失去了自己的父亲，为此，他放弃了自己心爱的篮球运动。是这条狗让这个孩子重新爱上了篮球，帮助他度过了丧父的难关。

这些钩子都来自于书籍和新闻事件，故事或戏剧化的情景也都可以，但是你得琢磨出故事中还缺少的东西。补上了这些东西，你的故事才能拍成电影。

我们试举一例，比方说你在《纽约时报》（*The New York Times*）上读到一篇文章，讲纽约那些闹离婚的夫妻常常不得不住在一起，而且一住就两年多，要么因为他们没钱搬出去，要么因为双方律师出于战术上的考虑建议他们先别动窝。如果两人都在和别人约会但四人间又摩擦不断，那这故事就有可能拍成电视剧；如果他们两人都为了让对方早日搬出去，而试图为对方寻找男女朋友，那这故事就有可能变成电影。他们的计划成功了吗？还是他们又在彼此身上找回了旧爱？

用心观察意味着当你听到或读到充满戏剧性的真人真事时，你要有意识地去琢磨如何把它们变成电影故事。

要是你的故事离真实事件太近，那你就得从当事人那里购买真实故事版权，除非那些人是公众人物或者你的故事来源是公共渠道（请看第九章中的"版权"一节）。但是，如果你试图基于一个创意（idea）来写就最棒的电影故事，而不是试图忠实于真实事件，那么你写出来的故事很可能是"受启发于（inspired by）"真实事件，而不是"基于（based on）"真实故事。在这种情况下，你不需要购买别人的真实故事。①

---

① 免责声明：本人不是律师，以上所述是我作为一个非法律人员的意见。如果你有一个真正的法律问题，看在老天的份上，请找一个真正的律师谈一谈。

　　许多制片人还是会去购买别人的真实故事，尽管他们知道电影拍完以后，故事已经变得面目全非了。为什么呢？因为这样的话他们到制片厂开会时，手上就攥着一个卖点。只要有个电影概念，谁都可以到制片厂去，但花钱买了别人真实故事版权的人就多了一个说法，这会让项目看上去更真实。而且这也会让制片厂或制作公司没那么容易就甩开制片人去拍以同一概念为基础的电影。一个概念是没有版权的，但你可以优先买下别人真实故事的期权。所以，如果你不是制片人，而且你本来就准备大刀阔斧地改变一个故事，你可能就不需要去买别人真实故事的版权了。你可以说自己的电影是"受一个真实故事的启发"。

　　用心观察也可以应用到更为日常的生活状态中，一个人们常说起的事件或是新的技术发明都可以考虑。比如你听说过有人在网上找对象，那这能不能拍成一个电影？一个显而易见的喜剧创意是两口子分手了，然后都想要在互联网上找对象，结果找到的还是对方；一个惊悚片的创意可以是一个女人被自己在网上认识的男人跟踪。这个男人讲的跟自己有关的故事全是谎话，但却掌握了女人的全部真实情况。当然，这两个创意早都被人用烂了，但在1999年或是更早的1997年却相当新鲜。这也是追风写作的风险。风头过了，你的本子就成明日黄花了。

　　《侏罗纪公园》（*Jurassic Park*）来自于两种力量的组合，一方面是恐龙对人类持久的吸引力（说它持久是因为早在我是孩子时就是这样）；一方面是重组DNA的新技术。"一个富翁花钱请科学家为他的主题公园克隆恐龙，结果引起了恐龙的造反"。差不多所有迈克尔·克赖顿（Michael Crichton）的科幻惊悚小说都有着很牛的钩子，所以几乎所有他的该类作品都被改编成了电影。

　　有一点要记住，那就是选择适时的题材同想出适时的钩子不是一回事。乔治·阿博特（George Abbott）的《西线无战事》（*All Quiet on the Western Front*）根据埃里希·玛利亚·雷马克（Erich Maria Remarque）的小说改编。灵感是来自于一战期间电台每日反复提到的一个短语，这个短语在电影中充满了讽刺意味——片子里一群理想主义的年轻学生士气高涨地去参军，最终面对的却只是战争的恐怖。《黄金时代》（*The Best Years of Our Lives*）是另外一部受到流行短语影响的电影，不少二战退伍军人发现离开战场回到平民生活跟他们想的不一样，实际上他们宁愿战死沙场也不想忍受日常琐事的侮辱。这部电影是编剧罗伯特·舍伍德（Robert Sherwood）根据麦金利·坎特（MacKinlay Kantor）小说改编的，《黄金时代》跟踪记录了三组退伍回家的老兵努力融入平凡生活的过程。

上面两部影片都没有钩子，但它们是适时的电影。《西线无战事》拍于战争结束十四年之后，这时人们已经能够冷静地审视他们所经历的恐怖了。这两部电影都获得了奥斯卡最佳影片，但如果两者不是均改编于畅销小说，则都很难通过制片厂那一关。另外，要不是影片的全明星阵容，也很难推销给观众。

《窈窕奶爸》（*Mrs.Doubtfire*）一片的概念放在今天仍然古怪又新鲜，即离了婚的男人和离了婚的女人一样爱自己的孩子，而且可能会想尽一切办法和孩子待在一起，1977年的电影《克莱默夫妇》（*Kramer vs. Kramer*）讲的就是这样的故事。父亲独自养活儿子本身就是个够好的钩子了，而造就《窈窕奶爸》钩子的还有罗宾·威廉姆斯（Robin Williams）所扮演的人物，为了和自己的孩子在一起居然男扮女装变身一位英国保姆。

一个电影创意，要是还没有被拍成电影的话，就没必要非是新近的故事不可。美国宪法早就规定了同一人不能因同一罪名被判刑两次，但是直到2000年才有人根据这个概念拍成《致命追缉令》（*Double Jeopardy*）这部电影。"一个女人被诬陷成杀害自己丈夫的凶手。她坐牢时却发现丈夫还活着，而且正是他陷害了自己。法律不可能因杀死他这一罪行而再次起诉她，因此……"。

用心观察还有助于你从其他途径得到钩子。随着电影技术的不断提高，以前拍不起的视觉奇观现在可以在电影中实现的。1990年的时候，《侏罗纪公园》中的恐龙要么会贵得吓人（如果用机械恐龙的话），要么就荒唐可笑（如果让人穿上橡胶套子扮恐龙的话）；到了1995年，最先进的电脑成像技术使恐龙制作成为可能；现在，谁都可以在自己的电影中加入恐龙了。同样，《龙卷风》（*Twister*）使用了当时最先进的技术去复制被龙卷风挟裹的效果。要换从前，你得用云室（cloud chamber，记得《绿野仙踪》［*The Wizard of the Oz*］中的龙卷风吧？），这一技术很难准确驾驭，而要让演员置身其中则更不容易。《烈火雄心》（*Backdraft*）用了数字合成技术把人物放在逼真的火焰之中。

　　人们去看电影的一个重要动机，就是去看他们从来没有看到过的东西。如果你能想出来一个大家都没见过的东西，再用令人信服的方式将其放到一部电影里边，那你就有了一个钩子的起点。难的是你如何找到一个适合的故事来展示这一奇观。在有些电影里，故事不过是为奇观的存在而设计的、并不高明的借口。比如一对儿研究龙卷风的科学家想方设法赶在竞争对手之前把测量仪器置入龙卷风之中，这一举动没什么特别打动人的地方。人们去看这个片子是因为里边有特棒的龙卷风特效。但也有一些影片，其故事则借用奇观高屋建瓴，《金刚》（*King Kong*）的故事本身比黑巨猿的特效要深刻和丰富得多。也正因为如此，我们到现在还在看它，而且在多年之后还将会有观众看《泰坦尼克号》（*Titanic*）这样的电影，虽然到那时影片中海水和沉船的特效已经不再让观众们为之动容。导演罗杰·斯波蒂伍德（Roger Spottiswoode）即将改编威廉·戈尔丁（William Golding）的小说《教堂尖塔》（*The Spire*），这部还未制作的电影完成后一定会精彩绝伦，它展示了一个中世纪天主教堂的尖塔是如何冲天而起的。以前的话，把这样的奇观放到电影里恐怕是十分昂贵的，你得建个教堂，至少建个假的，或逼真地把真人演员放到模型教堂中。但如用CGI（computer graphics interaction，电脑图像互动），你就不需要建整个教堂，只做些布景就可以（我觉得，看到一个教堂是如何建起的应该十分刺激）。不过真正让这一奇观变成可信的电影的，是发生在教堂主持和建筑大师之间的意志较量。他们俩一个执意要建尖塔，而另一个则坚信尖塔太高会把整个教堂压塌。

偷

偷比用心观察更受欢迎，这大概是因为善于用心观察的人实在很少。偷的意思是不付钱使用别人的故事并把它变成一部电影（你要是付了钱，那叫"改编"，但如果你没有付钱就对拿来的东西进行了忠实地改编，那是花钱买官司）。

一种非常有效的"偷"法是更新经典。《独领风骚》（*Clueless*）这部喜剧讲的是比弗利高中的校花想给一个新来的、"一窍不通"[1]的女孩改头换面，最后却发现真正需要在精神层面上改头换面是她自己，这个钩子（还有其情节线索）是从简·奥斯汀（Jane Austen）的《艾玛》（*Emma*）这本小说中偷来的；《红磨坊》（*Moulin Rouge*）是一个爱情悲剧，讲的是穷作家爱上了被大款包养的高级妓女。这个概念和人物都是从小仲马（Alexandre Dumas fils）1884 的著名小说《茶花女》（*Camille*）中偷来的，这本小说也被改成了著名的歌剧《*La Traviata*》。[2]小仲马写的是自己的人生经历（用心观察的结果）。

莎士比亚的《罗密欧与朱丽叶》（*Romeo and Juliet*）的钩子是这样的：

一双不幸的恋人选择了自尽。

他们凄凉苦楚的殒灭，

息争了他们交恶的尊亲。

一男一女来自两个相互仇恨的家族，他们相爱了，最终两人的惨死给彼此家庭间的战争画上了句号。

这个钩子被偷去变成了经典热门百老汇歌舞剧《西区故事》（*West Side Story*），后来又变成了一部经典歌舞电影。蒙太古家族变成了白人

---

① 影片英文原名 "Clueless" 是 "什么都不懂" 的意思。——译者注
② 由于歌剧是由意大利作曲家威尔第所作，此处 "La Traviata" 是《茶花女》的意语翻译名。——编者注

黑帮（喷气机帮），凯普莱特家族成了波多黎各族裔的帮派（鲨鱼帮）。两帮人在纽约的西区大打出手。《致命罗密欧》（*Romeo Must Die*）把两个结仇世家再改成亚洲帮和美国帮。在《罗密欧与朱丽叶后现代激情篇》（*Romeo+Juliet*）里，导演巴兹·鲁赫曼（Baz Luhrmann）对莎士比亚的故事进行了更新，虽然原剧中的台词他一字未改，但意大利古城威洛纳（Verona）变成了"威洛纳"海滩，"刀"和"长刀"则变成了手枪和冲锋枪的牌子。

莎翁本人的许多钩子也都是偷来的。《罗密欧与朱丽叶》的钩子偷自罗马诗人奥维德（Ovid）的《皮拉摩斯和西斯贝》（*Pyramus and Thisbe*），这是一个耳熟能详的故事，如果你知道奥维德还有另一部戏剧，叫作《仲夏夜之梦》（*A Mid-summer Night's Dream*）。

如果你偷窃的内容属于公有领域（public domain），原作中的材料你想保留多少都可以（关于一部作品什么时候归属公有领域的解释，请见下边的"改编"一节）。但你可能还是会做大幅修改，因为今天的观众和一百年前的观众爱好已不再一样。埃德蒙·罗斯坦（Edmond Rostand）的话剧《大鼻子情圣》（*Cyrano de Bergerac*）是一个爱情故事，讲的是才华横溢的作家和剑客赛拉诺爱上了一个叫罗姗的美女。不幸的是，赛拉诺的鼻子大得出奇，于是呢，他就帮自己的帅哥朋友克里斯蒂安去追求这个女孩，这样的话他就有机会给她写情书，她也肯定能收到这些情书。

在《爱上罗姗》（*Roxanne*）这部电影里，史蒂夫·马丁（Steve Martin）就偷了这个钩子。戏里边，他扮演的赛拉诺是消防队员，而达丽尔·汉纳（Daryl Hannah）扮演的罗姗是个天文学家。当然了，他得向观众解释赛拉诺为什么没做整形手术。但真正的创新是电影的结局，罗斯坦的主人公没有表达他对罗姗的爱就死去了，因为这样做会损害她对所谓的爱人，也就是赛拉诺的挚友克里斯蒂安的美好记忆。对浸淫在荣誉价值观和悲剧传统中的1897年观众来说，这一套正合他们的胃口。而现代观众则完全不能忍受这种陈词滥调，所以马丁的主人公不仅向罗姗坦白了自己的爱，而且还抱得美人归。

偷钩子的诀窍在于窃取当下依然奏效并更新当下不再有效的东西。弗朗西斯·福特·科波拉（Francis Coppola）的奥斯卡获奖影片《现代启示录》（*Apocalypse Now*）取材于十九世纪作家约瑟夫·康拉德（Joseph Conrad）的小说《黑暗之心》（*Heart of Darkness*）。这本小说的背景是殖民时代的非洲。一个叫库尔兹的白人沿着河逆流而上，并变成了非洲部落里的疯狂之神。马洛，故事的主人公，接到任务前来接他回去。行将死去的库尔兹向马洛讲述了自己所见的和参与的恐怖暴行，并希望马洛能告诉自己的未婚妻。在《现代启示录》中，一个本来大有前途的职业军人库尔兹上校也是沿河逆流而上，把自己弄成了柬埔寨部落里的疯狂之神。一个来自陆军的杀手威拉德上尉受命去刺杀库尔兹。同样，时日无多的库尔兹向威拉德讲述了自己的恐怖暴行，希望威拉德能向他的儿子解释自己的所作所为。导演的创新之处是把电影的背景设计成了疯狂的越战，虽然场景和人物变了，但主线和故事动力是一样的。

哥尔多尼（Goldoni）的经典闹剧《一仆二主》（*The Servant of Two Masters*）是一个渴望新元素的故事：一个仆人觉得如果自己同时拥有两个主人，那他就会挣更多的钱。他在两份工作之间尽力应付，但结果却越来越糟。如果你选择接受这个创新任务的话，就要为你的主人公想出一个新的活计来。今天的社会里已没有仆人了，但假如有这样一个老板助理，他用公司电话干另一份工作，那会怎么样？

偷的另外一种好办法是把一个故事的情节放到另外一个环境中。赛尔乔·莱昂内（Sergio Leone）的经典西部片《荒野大镖客》（*A Fistful of Dollars*）有一个极棒的钩子：一个枪手来到一个小城。小城有两个黑帮，互相仇视。城里的居民因此生活在恐怖之中。枪手先加入到一个帮派中，然后又跑到另一个帮派中，结果在两个黑帮之间挑起战争，使其相互残杀，从而拯救了小城的居民。这几乎就是一场戏一场戏地从黑泽明（Akira Kurosawa）的经典武士片《用心棒》（*Yojimbo*）里抄来的。而《用心棒》本身，是受了达西尔·哈密特（Dashiell Hammett）的小说《红色收获》

（*Red Harvest*）的——我们是否可以说——巨大启发而来的。而故事又被拍成了布鲁斯·威利斯（Bruce Willis）主演的电影《终极悍将》（*Last Man Standing*）。

《九霄云外》（*Outland*）的钩子是"一位心灰意冷的警长受命到外太空负责采矿，在遭受到恐怖威胁后，他试图说服矿工们来帮助自己对付前来谋杀他的三个杀手"。这部电影是太空里的《正午》（*High Noon*），它用航天飞机着陆的倒计时取代了原片中随处可见的钟表。

《电子情书》讲的是两个见面时相互看不上眼的书店老板却在互联网上相爱了。刘别谦（Ernst Lubitsch）的经典喜剧片《街角商店》（The Shop Around the Corner），是山姆森·拉菲尔森（Samson Raphaelson）根据米克洛斯·拉斯洛（Miklós László）的话剧改编的。故事是一个办公室里的两个同事平时互相厌恨，但却以交友广告的方式爱上了对方。这是巧合还是偷窃？你自己判断吧。

由弗兰克·卡普拉（Frank Capra）导演、詹姆斯·斯图尔特（James Stewart）主演、悉尼·巴克门（Sidney Buckman）根据路易斯·福斯特（Lewis Foster）的故事所编的《史密斯先生去华盛顿》（*Mr. Smith Goes to Washington*），表现了一个童心未泯的国会众议员因为不愿意牺牲原则而大闹美国众议院。艾迪·墨菲（Eddie Murphy）主演、马迪·坎普兰（Marty Kaplan）和乔纳森·雷诺兹（Jonathan Reynolds）编的《滑头绅士闯通关》（*The Distinguished Gentleman*）为卡普拉的故事安了个现代的噱头：新议员本身就是一个骗子，但就是他也发现，那些更加玩世不恭的政客行为让他根本无法接受。

从法律的角度而言，你随时都可以偷一个钩子。谁都不会为一个钩子申请版权。事实上，只要是被偷的仅仅是一个点子，那你怎么偷都可以，但你不可以偷人物、对话或情节的具体细节。换句话说，你可以写这样一个剧本：一个小女孩被吹到了一个魔幻世界里。在那里既有邪恶的家伙阻止她，也有友善的朋友帮助她回到自己的家人身边。但当所谓的朋友是锡皮人、狮子或者稻草人的时候，你就侵犯了莱曼·弗兰克·鲍姆（L. Frank Baum）[①]的版权。在你的戏里，你也不可以让锡皮人出现在一个梦境的系列场景中，除非所涉及的作品已经过了版权有效期（该作品版权有效期可能已过）。

改 编

你可以对其他有着精彩钩子的材料进行忠实改编。当然，这时你用的就不仅仅是人家的钩子，还有它的情节、场景、人物，甚至可能还有对话。

你可以随意地对已经过了版权有效期的任何作品进行忠实的改编。版权会随着时间而过期，一部作品何时归属公有领域取决于其诞生的时间，以下是一些简单的判断规则：

▶ 任何出版于67年前的作品都属于公有领域。

▶ 1978年之前出版的作品都有28年的版权，版权登记后可以延长到67年。如果一本书再版，我们差不多可以肯定，其版权登记已被延长。可是，如果一部作品已经被大家遗忘，比如一部已经绝版好多年的书或刊登在已经停刊的杂志上的文章，这样的作品有可能没有进行重新登记，那它本身就算是公有领域的一部分或属于公有领域。（显然，《生活多美好》因为没有重新登记而常常在电视上重播，谁也不需要为此而付费。当然，本片的加色版是有版权的。）

▶ 1978年以后出版作品的版权为作者所有，其有效期除贯穿作者的有生之年外，还要额外再加上70年。这对我们眼下的目的而言，几乎就是"永远"了。

如果你对一部作品版权的状态有兴趣，你可以访问美国国会图书馆（LoC）的网页：http://www.loc.gov。但是国会图书馆网页上的记录并不

[①] 莱曼·弗兰克·鲍姆是小说《绿野仙踪》的作者。此处的锡皮人、的狮子或者稻草人来自电影《绿野仙踪》。——译者注

全面，没有版权注册并不一定意味着你所需的材料属于公有领域。因此，你需要做版权信息搜索。汤姆森与汤姆森（Thomson and Thomson，http://www.thomson-thomson.com）是华盛顿的一家版权调研公司，他们可以对国会图书馆的文件进行实地搜索并把结果报告给你，其报告费用为几百美元，通常需要 5 个工作日就能完成。详情可致电：（800）356—8630。做版权调研的还有其他公司，你可以在互联网上找到他们。

如果属于虚构的材料不在公有领域的范畴，你就得同版权拥有人进行交易了。比方说，一本小说，你得找到它的电影版权的拥有人，你可以在书的头几页上找出版社及所在城市的信息，从电话号码查询台可获得其电话号码，并打电话找负责小说附属权利或电影版权的人。如果作者本人按照眼下的惯例保留了这些权利的话，出版社的人就可以告诉你作者经纪人的联系办法；如果出版社保留了电影的权利，那你们就可以直接谈判，锁定交易细节。

你要通过谈判拿到小说的期权，谈判的目的是保证交易对你和作者或出版商都是公平的，也保证你有足够的时间写出剧本并将其成功卖出（这些你可以聘用一个娱乐律师来做。如果你没钱请律师，你可以试试找一个免费的律师。作为交换，律师将会以某种制片人的身份参与你的电影项目。这样做眼下是帮你省了钱，但如果你的项目动起来了，你要为此付出不小的代价）。需要记住的是，如果你得到了书的期权，你可能要花上七年的时间才能把电影拍出来。剧本可能要写许多稿，许多制片人可能买了剧本的期权但最终没能让项目上马，许多演员可能先是对项目有兴趣，后来又没了兴趣，《阿甘正传》花了十多年功夫才荣登银幕。所以，你不能只买一年的期权，除非你可以无限期地续约。否则，你还没拿自己的剧本做什么呢，作品的基本权利已不在你手上了。

真实的故事

如果你所需的材料由真实事件构成，那么它也属于公有领域范畴。任何历史性事件都任你选用，当然，前提是涉及事件的当事人都不在世了。死人一般没有什么权利，在法庭上说的话都是公共档案，所以也属于公有领域。只要你紧盯着法庭记录，那你就可以拍一部关于某个橄榄球明星谋杀前妻的电影。也许你不想拍这样的电影，但如果你要拍的话，是可以这样做的。

如果你不想为公共档案所限，而是去写还活着的人，那就会有点说不清了。如果你把某人写得看起来不怎么样，那就有被控告诽谤的危险。所谓诽谤罪就是制造关于某人的谣言。如果你能够证明自己说的话属实就有可能打赢官司，但打官司就像去打仗一样：杀敌一千，自损八百。

别人也可控告你侵犯他人的隐私权，因为除公众人物外，每个人都有隐私权。宽泛地说，就是我不能在没得到他人允许的情况下拍一部有关他个人私生活的电影，除非，除非他把个人的私生活变成了公共事务。他要是竞选公共职务、上脱口秀、成了一位娱乐人士或体育明星、被逮捕了或心甘情愿地上了新闻，那他就成了公众人物。隐私权的细节我是完全没有资格讨论的，不过需要强调的是，这样的权利是存在的。如果你有疑问的话，还是应该去咨询娱乐律师（同样，如果你在版权或其它任何法律问题上存有疑问的话，在花上六个月时间写剧本之前先花十五分钟找个娱乐律师谈一谈，这应该是值得的。至少，你应该花上几个小时在网络上阅读大量有关版权的讨论，这些讨论比我这里写的要深入许多）。你最好也不要说活人的坏话，你会注意到在《披头岁月》（Backbeat）这部可爱的、描述披头士早年生活的半纪实电影里，只有斯图尔特·萨克里夫（Stuart Sutcliffe）、布莱恩·爱泼斯坦（Brian Epstein）和约翰·列侬（John Lennon）做了伤害他人的事。这几位，咋说呢？都是死人啊。影片中的保罗·麦卡特尼（Paul McCartney）大不了写些傻得冒泡的爱情歌曲而已，真人很难为此把别人告上法庭。

经验告诉我们，要么紧紧盯住那些可以证明的历史事实并咨询律师，要么创造一个来源于真实生活的全新故事，这个新故事里的人物和事件细节同故事原型相去甚远，以至于谁都不会说你的故事写的就是他或她。

1.5 其他钩子

有许多精彩的电影其钩子并不一定是用心观察和偷窃的结果，它们是编剧自己独立想出来的。编剧把相对立的东西放在一起，或者让人物假扮另外一个身份，钩子就有了：

▶ 一个冷血的公司高管雇了一个妓女陪他过周末，但她却教会了他如何去爱。(《风月俏佳人》[Pretty Woman])

▶ 三个笃定单身的大老爷们摊上一个婴儿，而且还不得不照看这个宝宝。(《三个奶爸一个娃》[3 Men and a Baby]是柯琳娜·塞罗(Colline Serreau)的《三个男人和一个摇篮》[Trois Hommes et un Couffin]的重拍版。法国原片的故事更为紧凑。)

▶ 一个既强势又不可一世的芝加哥警察在静雅的比弗利山庄调查一起谋杀案"。(《比弗利山警探》[Beverly Hills Cop])

▶ 一个满口脏话的女混混硬是把自己乔装打扮成一个修女以逃避黑帮的追踪。(《修女也疯狂》[Sister Act]，该片也受到《热情似火》[Some Like it Hot]的启发。《热情似火》讲的是两个乐师为了躲避黑帮的追杀，男扮女装混进了一个全女性的乐队里。)

▶ 一个有着异装癖的男人假扮成孩子他妈，以赢得女儿未婚夫全家的好感，而未婚夫的父母却是那种刻板保守型的家长。(《鸟笼》[The Bird Cage]是《一笼傻鸟》[La Cage aux Folles]的重拍版。)。

有的钩子来自于"要是……会怎么样"（ what if ）这样的思路：

▶ 要是一个钓鱼的人钓上来一条美人鱼会怎么样？(《美人鱼》[Splash！])

▶ 要是一个阴谋理论家发现了真的阴谋会怎么样？(《阴谋理论》[Conspiracy Theory]，虽然影片并没有成功回答自己提出的问题。)

▶ 要是一个富翁给一个穷人的妻子一百万美元让她陪他睡觉会怎么样？(《桃色交易》[Indecent Proposal])

▶ 要是你能同动物交谈会怎么样？（《怪医杜立德》[*Dr. Doolittle*]）

有些钩子是单从编剧的奇思妙想中而来的：

▶ 一个离了婚的父亲穿上了圣诞老人的衣服就不能自拔地变成了圣诞老人。（《圣诞老人》[*The Santa Clause*]）

要是你想出了一个钩子，可随后发现有着差不多相同钩子的片子已于不久前拍出来了，或是在洛杉矶的什么地方正在开发中，一旦出现这种情况，你最好放弃自己的项目。如果五年之后电影没拍出来或者人们都把这事忘掉了，那你可以再把项目拾起来。但是，写出一个你喜欢的剧本却因为"华纳兄弟在开发同样的东西"而遭到拒绝，那是很可惜的事。

1.6 我应该花多少时间去想出一个钩子来？

一根绳子（piece of string）有多长？

你愿意花多长时间？

也许在买我这本书的时候，你脑子里已经有了一个精彩的钩子；或者你要花三个月才能想出一个好钩子来。

弄一个不够动人的钩子会让你的剧本注定失败，没人会花钱买你的本子。如果你运气不赖，而且还有不错的经纪人，或许还有机会参加半打有开发人员参与的开发会议，不过这就到头了。除了作为练习还有点价值外，你在剧本上所做的努力会因为你的钩子不够动人而让你一无所获。

问题是，你愿意花多少时间？

这么说吧，几乎所有人在钩子上花的时间都不够。想钩子没有写剧本好玩。大部分作者刚有一个半熟的想法就动手写了，但半熟的东西是卖不出去的。所以，我建议你采用三个步骤来检验和改善你的钩子。这样做会花费你不少时间，但却可以让你在日后免遭感情的痛苦和精力的浪费。

（1）想出一个精彩的片名

（2）兜售你的创意

（3）征询

这样做你是肯定不会后悔的。

片　名

在你兜售创意之前先得有一个片名，它是整个剧本写作中最重要的环节。引人注目的片名会让别人去倾听你的故事或阅读你的剧本，而一个无聊、含混不清或装模作样的片名会让人退避三舍。

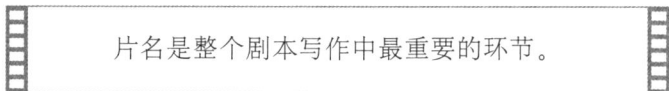

> 片名是整个剧本写作中最重要的环节。

我会在本书的最后一章对片名做更详尽的讨论，但在此处，我想说的是你的片名要：

（1）引人注目

（2）对你的故事有所暗示

当你把钩子变成故事，再把故事变成剧本时，你应该在不断地琢磨你的片名。是的，几乎所有人在片名上花的时间都不够，如果你花百分之十的写作时间，啥都不做就是想更好的片名，那你的时间是花对了。当每个人都说："哎呀，这可是个好名字！"的时候，你就不用再想了。

兜售你的想法

要是你觉得自己有一个极棒的钩子，那你是不是就可以开始动手写剧本呢？

先别忙，很多人即使认为自己已经有了一个新鲜的、激动人心的、巧妙的、大家都想在银幕上看到的新故事也不马上动手。不可思议是不是？

你可能觉得下边这个说法有点奇怪，但要想了解人们是否真的想看用你的钩子拍成的电影，最好的办法是去问问大家。

把你的故事概念讲给所有愿意听的人：女朋友、男朋友、干洗店的老板娘、理发师、酒吧调酒师、你自己的孩子、孩子保姆、公园晒太阳的老年人。认真倾听他们的反应并注意观察他们脸上的表情。你的故事是不是让他们眼睛放光？他们会不会去看你的电影？还是人家仅仅是出于礼貌不得不有所反应而已？

不过，年轻人，可别在专业编剧喝咖啡或制片人侃大山的地方做这事儿，至少剧本写出之前不能这样做。人们很少去有意窃取别人的想法，可要是有人无意中听到了你的想法，他们有办法让自己相信这想法是自己先想出来的。

当你试图兜售自己想法的时候，可能会出现下列情况。

（1）你会知道别人是否感兴趣。如果谁都没兴趣，那你要么想出新的钩子，要么想出更佳的表述方式，再去讲给别人听。

（2）你会听到有关竞争对手的信息。你的想法让人们想起类似的书和电影，其中有些你还没看过。也许你应该把他们找出来，看看有没有可偷的东西。一旦发现最近有过相似的故事，那你现在写这个故事也许就不合时宜。

（3）要是人家感兴趣，他可能会打断你说："而且他是真爱她的，对不对？"或者"其实他坏得很，是不是？"这样的反应有可能带给你好点子。即使有的反应让人莫名其妙，但它们传递给你一个信息：这就是观众希望看到的。你不需要把每个建议都用进去，这个还是你说了算，但你有必要知道别人是怎么想的。

如果你得到的是非常积极的反应（"哇噻！这点子太牛了！真是你自己想出来的吗？"），那你就可以开始下一步了。

征询信

知道了普通人对你的故事感兴趣之后，有必要考察一下电影业内人士是否有兴趣。我在这儿提一个大胆的建议，那就是在动笔写剧本之前，而不是之后，发一封征询信。

征询信就是你写给《好莱坞创作通讯录》（*Hollywood Creative Directory*）上负责开发的高管的信。如果你需要找一个经纪人，那征询信就是写给《好莱坞经纪人通讯录》（*Hollywood Agent Directory*）上的经纪人（参见 http://www.hcdonline.com）。只要一页纸长，介绍你的剧本并征询对方是否有兴趣阅读。作为一个开发高管，我读过成千上万封征询信。如果你在电影界没熟人，发征询信是一个让有关人士看到你剧本的再自然不过的方法。谁都不会闲着没事读一个剧本，除非人家能在这个本子上有所作为。所以，如果有人读了你的征询信并跟你要剧本，那说明他觉得你的故事有了钩子。

如果你担心别人会偷你的主意的话，那你也许不需要走这一步棋。你可能需要等到自己有了可以在国会图书馆进行版权登记的情节大纲以后再这样做（参见本书第 9 章）。但是，恕我直言，除了我所推荐的那种"偷窃"以外，我觉得在演艺界没有多少偷窃行为。想想看，我要花百万、千万别人的钱拍电影，而在所有的预算中，你的剧本至多也就是十几万，那我干吗要偷你的剧本，把自己搅进官司里？我可以花几千块钱拿下你剧本的期权。但我要是想偷你的想法，我得雇一个作者来做这事，而他就要花我五万块钱。我干吗不先读读你的本子，拿下期权，然后要是我觉得需要修改的话再花钱找人重写呢？

好吧，我为什么这样说呢？因为当我读到一封征询信时，我并不知道作者是否已经把剧本写出来了。作者给我的是填好回信地址并贴好邮票的信封，从我给作者发回信到剧本出现在我眼前，这之间我压根就不会再去想这事儿，因为那些出现在《好莱坞创作通讯录》上的创作公司，哪怕其规模再小、信用再不佳，每天也会收到十到二十封征询信。你得读五十封这样的信才能碰上一个也只能说是有点儿意思的东西。

你可能觉得我作为一个开发高管会因为别人把我当作免费的市场研究试验品而郁闷。其实不然，我还真希望别人这样做。那意味着，找到一个能让我有所作为的剧本的可能性增加了。

如果你送出了两百封征询信并收到两个回应，你可能就不需要浪费自己的时间写剧本了。要是有十个回应，你就可以动手了。要是你收到二十个回应，你就觉也甭睡赶紧把剧本写出来吧。

顺便说一下，写征询信的附带好处是你有可能发现自己剧本的焦点不准确。

假设你的钩子是"一个海洋生物学家爱上了一个神秘的女孩儿，这个女孩儿原来是一个美人鱼"。假设在写故事的过程中，你发现自己的精力都集中在美人鱼的历险经历上，回头看一下你的征询信就可能意识到自己写偏了。有可能你的直觉告诉你，你没写偏，但你需要重写你的钩子（"一个美人鱼爱上了一个海洋生物学家"），看人们是否依然有兴趣。

当然，这不等于说你应该把自己的剧本降低到征询信的简单水平。剧本需要丰富的内容和深度，也需要出人意料和跌宕起伏。我想说的是，如果你的征询信效果不佳，那不外乎两种情况：

（1）别人没理解你的创意奇妙在哪儿，所以你得重写征询信；

（2）别人没觉得你的创意多么奇妙，所以你需要找一个更好的点子。

无论是哪种情况，你都可以趁这个时候解决掉你的问题，而不是等到剧本出来以后。

1.7 怎么写一封好的征询信

能在一段话里就讲清楚钩子是什么的征询信就是好征询信，然后你问人家要不要读剧本，这些就够了。一个好故事要么能把自己卖出去，要么就不是一个好故事。

我花大约三秒钟读一封平均长度的征询信。如果第三个句子还抓不住我的话，我就去拿另一个信封了。对不住，各位，我知道这样说听上去很恶俗，但读了这么多年征询信和剧本让我发现，如果一位作者不能三句话就把我抓住的话，他的剧本就不是那种我能把它变成电影的东西。即使是创意不错，但如果你没能力用一页纸就把我拉到你的故事里，那我可以判断你那115页纸的剧本也吸引不了我。

当然，如果我感兴趣了，我会把信读完，而且会去思考以判断你的创意是否能拍成一个好电影。

下边就是一封写得很好的征询信：

亲爱的爱波斯坦先生，

我刚刚完成对《神奇》(*Mythic*)的润色修改。《神奇》是一个惊悚故事，讲的是一条龙攻击阿拉斯加一个偏僻的石油钻探社区的故事，那儿的钻探活动把这条龙从远古的沉睡中搅醒了。

我希望您能告诉我是否愿意阅读剧本。如果您有免责授权书(release form)①的话，我将愿意签署。或者我也可以让我的经纪人把剧本送给您

谢谢。

您真诚的……

看到信有多短没有？但如果我对制作一部关于当代龙的电影有兴趣的话，我会愿意去读这样一个本子。

事实上，《神奇》是埃伦·克鲁格(Ehren Kruger)的一个出色的剧本。它不是通过征询信，而是通过其能干的经纪人万拉瑞·菲利普斯(Valarie Phillips)到我手上的，我们买了期权。我很好奇自己的公司是否还拥有这一权利。赶快把它拍出来吧，我非常想看！

再提供一封稍微偏长但也写得很好的征询信。

---

① 签署人为保护阅读者免于法律责任的协议。——译者注

亲爱的爱泼斯坦先生：

　　麦克尔·艾斯纳（Michael Eisner）[1]建议我就自己的新剧本《美丽人生》同您联系。这是一部苦乐交融的正剧，讲的是在1943年的意大利，有一位犹太男子为了保护儿子的幼小心灵，把因纳粹占领造成的恐怖景象说成是一场大的游戏。虽然历史事件本身令人悲伤，但故事却是鼓舞人心的，甚至是富于喜剧色彩的。

　　我祖父是纳粹大屠杀的幸存者，他给我讲过一些令人难以置信的故事，我要让这些故事获得生命。

　　如果您有兴趣看一下我的剧本的话，请告诉我。为方便您回信，随信附上一个贴好了邮票并写好回信地址的信封。感谢您愿意考虑我的请求。

您真诚的……

　　这是为畅销影片《美丽人生》（*Life is Beautiful*）虚构的一封征询信。我不知道是否有人写过这样一封信，我猜没有，因为本片的编剧兼导演本人就是意大利的一位喜剧明星。

　　如果业内人士建议你写信，这一点首先要提到；如果你或你的剧本（尤为重要）获了奖，这你也要提到。获奖和个人推荐信息是你征询信中的两个最强项，这意味着除了你以外还有人认为你的剧本不错。

　　如果你有同电影剧本相关的直接的个人经历，或者你曾在这方面做过深入的研究，这些都值得一提。

　　顺便说一下，你用一两句话概括的钩子也常常被称作一句话梗概（logline）。你把它想成《电视指南》杂志（*TV Guide*）可以用来描述故事的那句话就对了。

▶ 油井钻探惊醒了一条沉睡的古龙，它开始了对阿拉斯加小城的攻击。

---

[1] 迪斯尼公司原总裁。——译者注

▶ 一位犹太男子为了保护儿子的幼小心灵，把纳粹占领所造成的恐怖景象说成是一场大的游戏。

那你不该做什么呢？列表如下：

（1）不要告诉我你的剧本为什么会广受观众欢迎或满足某种需求，对于你的故事有没有观众这样的问题，读你信的制片人、经纪人或高管知道得比你多得多，至少他们自己是这样以为的。把故事讲给他们就好了，一个好故事要么能把自己卖出去，要么就不是一个好故事。

（2）有些作者（比方说，《巴比伦五号》［Babylon 5］的创作者J·迈克尔·斯塔克金斯基［J. Michael Straczynski］）认为为了避免遭窃你不应该把钩子说出来，而应当只说出故事类型，同时用这样的措辞："我的剧本同贵公司产品的水平属于同一档次。"如果信中没有钩子的话，我很难想象有人愿意对这样的信给予回应，我就从来就不予回应。另外，当你把信寄给了很多家公司，"同贵公司产品的水平属于同一档次"的说法，对你自己的作品而言并不是很高的评价。

（3）如果你有一个出人意料的结尾，你可以提到这一点，但不要说结尾是什么。这时候，你卖的是吆喝，不是实物。

（4）不要上来就为浪费我的时间而道歉。

（5）不要给我讲五个故事。那样做就像是往墙上丢泥巴，哪个贴上了算哪个。写五封信可以，但要寄给不同的人。

（6）不要把整个征询信写成电影中的一场戏，这个别人也做过。

（7）拼写很重要。不管信里说了什么，只要有错别字，我立即就将其否决。光做电脑拼写检查还不够。要是我看见信里把"哪个"写成"那个"，把"走投无路"写成"走头无路"，那信就只有进垃圾桶了。

（8）如果你经历中有个激动人心的壮举（我做过五年美联社的特约通讯员，曾被什叶派教徒绑架，被关禁闭111天后逃脱），你应该告诉我。如果你做过很多年的研究，也告诉我。

（9）如果你以前写过九个剧本，这个信息对你没帮助。影视圈的人都有一种从众心理，他们相信别人的判断更胜过相信自己的。他们会想，"要是谁都不喜欢作者别的剧本，我为什么要喜欢手上这个？"但是，如果你写的剧本被拍了或者哪怕卖出了期权，那你千万别忘了告诉我。

（10）如果你用传统邮寄方式把征询信寄给没有电子邮件的人，请用普通的白色商业信封，不要用牛皮纸或特卫强（Tyvek）信封。别忘了在信中装上一个贴了邮票、写了回信地址的明信片，我可以在上边写有"把剧本寄给我"的格子里画勾。

（11）要是征询信是电子邮件，请不要把信作为附件发。把信当做信件的正文发就好，附件存在硬盘里有时不好找，有时又常常读不了。一页纸的文字用附件也的确没有必要。

故事就是一切。你不需要精美的纸张、花哨的格式、彩色的字体或本人的照片，这些都让人觉得业余。你卖的不是自己平面设计的能力，而是文字的能力。不管你的信是打字机上写的还是电脑打印的，只要清楚整洁，我都会一样严肃对待。

我认为你不需要提出再为对方提供故事梗概，这样会鼓励对方只索要梗概而不是剧本本身，从而多给了对方一个否决你的环节。他们也许会要故事梗概，在这种情况下，不要送梗概给他们，因为梗概把故事内容都暴露了，给他们一个兜售提案（pitch）。故事梗概是一个包含情节细节的工作文件，而兜售提案是一个介绍故事的销售文件，如何写兜售提案，请见下一章。

顺便说一下，送出征询信后请不要打电话或再写信送电子邮件，这样做纯粹是浪费时间。如果人家想读你的本子，人家会告诉你的，是不是？

1.8　怎样把你没钩子的故事拍出来

假设你有一个故事特别渴望拍出来，但是呢，这个故事没有一个钩子。

有一个办法让没钩子的故事拍成电影，那就是让它完全靠自己的力量变成市场上具有真正价值的东西。如果你能把自己的故事变成一个制片人需要从你手里购买，然后再卖给电影公司的"财产"（property），那你的故事以后就能够变成电影（你还可以坚持自己把剧本写出来）。要走到这一步，你需要让自己的故事在另外一个媒体上大获成功。

让我们假设你要讲一个住在中西部的中年主妇，爱上了一个前来本地拍大桥的中年摄影师的故事，这个故事没有一个明确的钩子。故事抓人的不是其概念，而是它刻画人物的方法以及人物互动和改变的方式。故事的主体是内心活动——摄影师让家庭主妇重新感受到爱和被爱的滋味，从而让她获得了情感的觉醒。

这个剧本要写吗？

不要，你要写的是小说。在小说里你可以给予人物强烈的深度和巨大的丰富性。瞬间的感受可以写上几页，几年的故事也可以浓缩成一句话，你可以进入一个甚至几个人物的思想里。《廊桥遗梦》（*The Bridge of Madison County*）被拍成了一部很成功的电影，主演是克林特·伊斯特伍德（Clint Eastwood）和梅丽尔·斯特里普（Meryl Streep）。但它最早是一部小说。事实上，小说开头卖得并不好，这本书在经过书店销售举办的长达数月的朗读会和苦苦推荐后才上了畅销书单。

剧本不需要抓人，这工作小说都做了，编剧也不需要对付"守门人"的刁难，他是项目启动以后被请来对小说进行改编的。小说和剧本都给每一个参加该电影项目的工作人员提供了指南和参考。

要变成电影，小说不需要太长，实际上，小说越短其成功的可能性就越大。艾瑞克·西格尔（Erich Segal）的《爱情故事》（*Love Story*）很短，而且据说是因和别人打赌，她在几个星期里就写出来的。

假设你有一个关于移民归化局六部警探的故事。这些警探都穿得酷酷的，拿的武器也都酷酷的，他们打交道的对象是看起来酷酷的外星人，这些外星人混迹在地球人里生活和工作，而其身份却不为人知。

这个剧本要写吗？

虽然这听上去像是一个不错的想法，但这不能算一个真正的钩子。要是你想的是《黑衣人》（*Man in Black*），那你知道里边的外星人、武器、警探都特酷。但要是我的桌子上放着这么个本子，主打的就是这样的概念，问题是我怎么知道片子会像剧本写得那样酷呢？《异形》（*Alien*）、《极光追杀令》（*Dark City*）和《银翼杀手》（*Blade Runner*）这类影片的成功在很大程度上归功于其独特的视觉风格。

说起来让人难以置信，电影剧本对于视觉风格的表现相当力不从心。从理论上说，不是不能做，但你要写上几页极其详尽的描述。问题是，读你剧本的人不喜欢读大段排版密实的散文。他们会跳过这样的描写以捕捉你的故事，因为他们知道导演很可能根本不理睬你的描写，事实最终也可能就是这样。人们都觉得电影剧本提供一种视觉感觉就够了，而不需要刻意要求太多视觉细节。

要是你想写一个《黑衣人》这样的剧本，你不如出版一本漫画书，《黑衣人》走的就是这条路。许多视觉上风格奇异的电影开头都是漫画系列（《刀锋战士》［*Blade*］、《乌鸦》［*The Crow*］和《蝙蝠侠》［*Batman*］）。

要是你的故事没有一个明确的钩子，但你铁了心要把它拍成一部电影，那你需要考虑，故事吸引你的特质用其他媒介来表达是否更合适。小说适于表达人物的内心生活和时间的演进，而漫画书是视觉风格的最佳载体。你的故事，如果直接写成电影剧本的话有可能同银幕无缘，但在其他媒介，比如话剧、互联网上却能同观众见面并成功。

1.9　编剧的策略

看完了这一章，此时此刻，你可能已经怒火中烧，我费这么大周折就为了得出一个剧本该写不该写的结论。那些话是怎么说来着？什么写作的乐趣在于一边写一边发现故事是什么啦；什么要写你自己所熟悉的啦；什么要说真话啦；什么写完了再操心卖出去的事啦，这些都不算数啦。

那些说法说的不是编剧策略，但这本书叫"编剧的策略"（*Crafty*

Screenwriting）是因为剧本写作是一种工艺，不是一种艺术。

艺术家创造是为了愉悦自己，画家想在画布上抹什么就抹什么，人们愿意买就掏钱，不愿意买拉倒。作为艺术家他想怎么着就怎么着，只要有钱买颜料、画布、还有烟，他就齐活了。

工艺师创造的目的是为了愉悦自己和客户，打衣柜的干活时既要考虑别人房间的尺寸也要考虑别人的品位，但是他也试图赋予衣柜某种优雅、美丽和真实的气质。抽屉拉起来要灵活，格子的比例呀，柜子的油漆呀都得感觉舒服。一个制作精美的衣柜既是所在房间审美的一部分，同时它又能担当起承载衣服的重任。

电影就是一个工艺品，几十人、上百人投身其中，而且制作起来动辄几百万美元。它没有娱乐性不行，不赚钱也不行，但它也必须有一个主题，一个潜在的意义，一个永恒的东西，而且实现这一切的方式必须是新鲜的。或者我们可以这样说，你拍电影如果只为愉悦他人，拍出来的东西就没有灵魂，而且可能谁都愉悦不了；但如果你只为愉悦自己而创作，根本不考虑别人的感受，你的片子就可能拍不出来。

要是你的剧本不令人兴奋、不给人以启迪的话，那是对树木的浪费。理论上讲，这道理大家都懂，但有太多剧本，它们只是我们已经看过的影片的拙劣模仿品，它们不能带给你任何情感经历和人生感悟。它们呈现出的人物，你已经见过成千上万次，写这种剧本干的是苦力活。

真正的好影片都是讲究策略的：它们给我们以知识和快乐，也带给我们感动；它们向我们展示了新的世界；它们让电影院里挤满了观众；它们的钩子非常出色，让故事顺利通过守门人的关卡；它们的故事生动诱人，人物和对话都真实可信；它们很商业，但它们不出卖灵魂。真相就是这样：观众要看好的电影，而所谓商业电影，简而言之，就是任何一部很多人要看的电影。

作为一个有策略的编剧，你的工作就是以匠心打造你的剧本，使它实现以上所有的目标。

Chapter 2

情 节

PLOT

那些试图在叙事中寻找动机的人将被起诉，那些试图寻找情节的人将被处决。

——马克·吐温《哈克贝利·费恩历险记》

2.1 讲故事

现在你有了一个钩子，那么你就想要开始写剧本，或者至少是为你的剧本写一个大纲了，对不对？

动手写是你最后才要做的事儿，或者说，是差不多最后要做的。

我马上就要把我知道的写剧本最厉害的工具传授给你了，如果规定你只能从这本书中选择一种技巧，那么就非它莫属，但它和写作没有丝毫关系。事实上，我认识的人当中很少有人用到它，因为他们很难说服自己去用。但是，没有什么比它对你的剧本帮助更大了。

你在听着吗？

把你的故事讲出来。

把你的故事大声地讲出来，讲给你的朋友、同事、妈妈和你的孩子们听。

在脑子里构思好你的故事，然后讲给所有愿意听你讲的人听。一遍又一遍地讲出来，不断地充实它，在每一次讲述的过程中使它变得更加深刻、更加丰满、更悲伤或者更有趣。

如果在编故事的过程中，你需要写下笔记来给自己提个醒，那就写下来。但是讲的时候，就把笔记放到一边，只要你和你的听众还受得了，那就反复地、大声地讲给他们听。

写作会让你脱离观众，但是当你把讲故事大声讲出来时，它就活了。它在讲述的过程中成熟起来。每一次讲给一个新人听的时候，你都会发现更好的讲述方法，慢慢你那简单的小钩子就变成了一个好故事。

你把故事写下来，那么它似乎就是板上钉钉了，把东西写下来的意义无非就是省得用脑子记。可是如果你把故事记在脑子里，那你就可以随时对它的情节和细节进行再创作。不管你做哪一种创造性的工作，你都需要心甘情愿地"杀死你的宠儿"。可是你把故事写下来了，枪毙它就没那么容易了，但如果你一边讲故事一边对其进行再创作，那你的宠儿就不会痛苦地死去。

当你把故事讲出来的时候，故事的不断变化只是你的收获之一。还记得你兜售故事的时候别人的反应吧。你不仅当场就能得到听众的反馈，而且还能根据表情马上就知道他们是否有兴趣。故事讲出来的时候，听众对每一部分的反应你都能迅速掌握，而审读员则只对那些他们愿意评论的部分提出意见。这样你就会知道自己到底是抓住了听众还是失去了他们，也会发现故事是不是过于复杂，或者过于简单，或者还不够新奇。

你自己也会听到自己所讲的故事。有时候你觉得讲的东西很无聊，有时候甚至你自己都听糊涂了。那个时候，你就会知道自己的故事很没劲或者很令人费解。

当你把故事写在纸上，写作的魅力本身会掩盖叙事中的症结。你的辞藻可能十分令人信服，即便你的故事本身没什么说服力。问题是，大纲中出现的词句和最终出现在电影当中的词句关系有限。事实上只有情节和人物才会最终存活下来进入电影。即使你直接把对白放在大纲里（可别这么做），到了写那场戏的时候，你也一定会去改动它，因为大纲中的对白和戏中场景需要的对白之间实在有着天壤之别。

大声讲出自己故事的最后一个好处是，它会促使你去写一个简单明了、逻辑性很强的故事，这样你才能记住每一个步骤、每一个场景以及每一组镜头是如何过渡与衔接的。

好的电影基本上都是非常简单的故事。

当然也有例外。罗伯特·阿尔特曼（Robert Altman）神奇的电影就是多故事和多人物之间的相互切换，故事中的人物是否能够遇见彼此都不好说。想要按部就班地遵照顺序把《纳什维尔》（*Nashville*）或《人生交叉点》（*Short Cuts*）的故事讲出来几乎是不可能的（剧本中的场景顺序要是真的和影片最终剪辑出来的顺序一致那才奇怪呢）。如果你要在今天拍《人生交叉点》这样的片子可就太困难了，除非你还能让阿尔特曼来导。

把故事讲出来逼着你去记住接下来要发生什么。要是你的场景能够合乎逻辑地一幕幕地连贯下去，讲起来就没什么困难的。但是如果衔接得不够好，那么对你来说要记住下一场戏就十分困难。这就意味着你需要一个更靠谱的方式将前后衔接得更好，可以是富有逻辑性地连接（杀人犯丢掉尸体，警察找到尸体），也可以是主题上的并置（一边是乔和歌舞女郎把酒狂欢，一边是他的妻子在教堂祈祷）。

要顺便一提的是，在电影这个行业，编剧们无时无刻不在讲故事，以便能够拿到进一步开发和撰写剧本的经费。有时候电影厂会投资开发剧本，但开发经费不够了，他们就会只买待售剧本。这种状况就像天气一般循环往复着，前几年你兴许能先卖掉你的故事，这几年你就得先把剧本写出来，没什么规律可循。

写《二见钟情》（*While You Were Sleeping*）的那帮人花了五年的时间兜售他们的故事，最后才确定要让那个男的昏迷而不是女的。如果他们先写好了剧本，你觉得他们会把写好的剧本丢在一边，然后按照新的想法把剧本从头到尾再写一边吗？他们会努力保住已经完成的作品并"改进它"。一旦你写下了什么，你就有了这么一样"成品"，丢掉你所喜欢的东西太难了。但是，你讲出来的故事就只是个故事而已，你今天把它改一改，明天不喜欢了就再改回来好了。

所以，大声讲出你的故事

▶ 能够帮助你更具创造性地丰富故事；

▶ 带给你来自听众的即时反馈；

▶ 带给你源于自己的即时反馈；

▶ 逼迫你写出简单精炼的故事。

那么为什么不是每个人都讲故事呢？一个是怕被剽窃，再一个人们有这么一种观念，"艺术家"就应该进行独立的创作，只有当作品完成之后才能展现出来，而其他人的参与只会削弱作家的创造力。

这种观点用于小说或者诗歌的写作可能说得通，但是小说或诗歌是书面文字，一旦你读完这些文字，你就可以去评判这部小说。而电影故事并不是书面文字，它是剧本的草稿，剧本也只是电影的一张蓝图。草稿没问题了，你才会开始绘制蓝图。

但是我认为作家们不喜欢讲故事的真正原因在于，创作一个故事对于大多数作家来说，都是件恐怖的事情。你将从灵魂和内心深处汲取的东西抛到外面的大千世界，任人伤害，如果你把故事讲给别人听，别人并不喜欢，那种当场的否定会让人无地自容。如果你只是拿给人家几页纸就转身离开，你就不需要看到人家一边读着你的故事一边打哈欠的样子。之后人家很可能还会告诉你，你的故事"很不赖"或是"很有趣"。

咱能超越这个心态吗？

好吧，好吧。我们假设你就是不想这样做（到时候别说我没劝你），但咱们能做多少就算多少吧。先写下你的故事，然后放在一边，给别人讲的时候别看稿。

或者在车里讲给你自己听。

或者，把故事分成一段一段地写在索引卡上，然后把索引卡打乱，再尽可能按照最合适的顺序将它们重新排好，此时故事的顺序也可能和之前的不一样了。

再或者，把故事写出来，然后把它藏起来，凭记忆写一遍。然后再把它扔一边，再凭记忆重写一遍。

你需要凭借记忆去写故事（能大声讲出来当然更好），每一次以这样的方式让你的故事不依赖纸上的文字立起来，它就会变得更加流畅，更加精致，更具逻辑性，更加新奇，当然，也就更像是一个好故事。这个方法你不妨试试看。

2.2 改编真实的故事和小说

抛开某些特例不说，一部电影其实基本上就是一部短篇小说。一部电影中有一个中心人物（爱情轻喜剧中或许会有两个），他有一个想要实现的目标，和一些想要达成这个目标就必须面临的阻碍。

顺便说一句，这也是为什么，大家喜爱的小说被拍成了电影之后，你几乎一下子就能看出来。一部好的小说让人们想要尽可能忠于原著地去进行改编，小说中一些场景的安排好到让你无论如何都想把它们保留到剧本之中。当你在电影中看到一场设计精巧、让人欢欣的戏，而这场戏又和剧情本身关联甚小，对主人公和其目标又毫无帮助时，你可以打赌，这电影是从一本小说改编而来的。

一本好的小说会最大化地去运用它的优势，即小说能揭示人物的内心世界，其"预算"也丝毫没有限制这一点。小说家可以写："山谷中有成千上万的马匹"，于是万马奔腾，尘土飞扬；小说家可以写："地球像个橘子般分成两半，各大陆剥离松散，在真空的状态下破碎毁灭"，这样写比"她回到家，思绪万千"这样的句子也不多花一分钱；小说还可以延长和缩短时间，一个瞬间可以用整整五页铺陈开来，而五年时间也可一笔带过。小说有足够的空间容纳许多人物，每个人物在一页又一页的叙述和描绘下生动和丰满起来，每个人物都可以有自己的视角，这些是小说这种形式所允许的。

这也解释了为什么伟大的小说很少能够变成伟大的电影。改编时要对我们所熟悉和喜爱的情节、人物痛下斧头实在是太难了。而蹩脚的小说却恰恰相反，很容易拍成好电影，因为谁都没觉得有义务去保留小说中对电影没有用的东西。这样一来，创作者就会专注于如何拍出好电影的最终目标，而不是让自己忠实于另一种形式的艺术。

听说希区柯克（Hitchcock）在改编小说的时候往往只看原著一次，然后和编剧共同探讨剧本的时候就再也不看原著了。如果有哪个场景是他记不住的，那这个场景就没必要出现在电影当中。

这是利用小说的一种绝佳技巧。你要做的是找出小说的钩子和主题，然后在这个基础上重新架构一个故事，找出这本书里能够用于电影的部分。当你对小说内容的依赖越小，才越容易忠于它所讲述的故事，而不是它的对话和场景。

小说里的对话本来就不是好的电影对白。总的来说，在回想那些对话的时候，你最好重新创造对话的风格和基调，而不是直接从书里拿来用。在写出剧本大纲之前，你不应该为具体的对话或场景再去看书。要是你耐得住性子，等到完成了剧本的第一稿之后，再回头看书就再好不过了，这样做会让你花更多的时间，但是同时也会让你写出更好的剧本。

改编书籍最强大的技巧就是忘记。当你读完一本书，把它放在一边，那些你不记得的内容显然不是令人难忘的东西，对不对？而如果不是令人难忘的东西，那对你要讲的故事而言，它们就根本不重要。

当然了，观众会希望你保留书中那些值得记忆的词句，你没有必要让他们失望。写出第一稿后，你可以回过去偷台词：

白瑞德

坦白地说，亲爱的，我还真他妈的一点
儿都不在乎。

当你从一种艺术形式走向另一种艺术形式，从小说走向银幕，一切都需要重新设计。书里面对一个客厅场景进行大段的描绘或长篇的对话可能是好的，但是完全照搬到银幕上，看起来就索然无味了。同一场戏，放在电影里，要是两个人一边打壁球一边有一搭没一搭地说着话或许就好看多了。要是换成简练的台词和大段的沉默说不定效果更好。

> 你想要忠于故事，想要忠于一本书的精神和基调，这就意味着要对作者所写的内容有所不忠。

当你想要改编一个真实故事的时候，你的负担就更重了。小说是有主题的，在你把小说改编成电影的时候你是可以运用这些主题的，尽管你没有义务非这么做不可。然而真实的生活是没有主题可言的，事情就那样发生了，你必须在一系列真实事件中找到某个主题，然后在它的基础上讲故事。

在对历史事件进行改编时，你可能要做大量的研究，尽可能收集与你想写的内容相关的所有信息，但在写作过程中你要将这些信息都锁起来。从你的主题出发来写，把那些事件粗略地列个提纲，不要纠结于细节，否则你迟早会被这些细节拖死。当你兜售成功了或者已经完成了整个剧本，你再回头查找有没有漏掉重要的信息时，我敢打赌你没有漏掉。

如果你要说自己的故事是"一个真实的故事"或者"根据真实故事改编"，那么就要面临一个更高的"真实性"标准，尤其是在下列情况下：你要写的历史事件众人皆知；你描绘的事件对于某个特定群体至关重要；或者你的故事所涉及的人依然健在。假设你要讲一个关于耶稣的故事，而你却背离了福音书，那么你要面对许多愤怒的基督徒，你的电影要拍出来可就难了。假设你要写一部关于马丁·路德·金的电影，那么你对于真相的把握将迎来众多目光的审视，如果你把很重要的事实搞错了，人们当然有理由十分生气；同样，如果你没搞错，但是真相的内容让人觉得不舒服，他们还是会非常生气。

所以我倾向于去写和观看那些把真实故事仅仅作为灵感的电影：这样的电影在事实的准确性上压力较小，而故事本身有更充分的想象空间。

对于大多数的历史故事来说，多大程度上忠于历史是由你自己决定的。如果你要讲一个古罗马的故事，那么即便你将这段历史改个面目全非也无伤大雅，任何一个对经典历史感兴趣的人都不会期望从一部电影中获取史实。真实的克利奥帕特拉①漂亮与否都与你的故事无关，你要说一个浪漫的故事，那她就是漂亮的。当然，如果你看看她那个时代铸造的钱币，你可能会发现她就是一个鼻子软塌、脖子粗短的胖女人，可是谁会希望一部爱情片的女主角是个胖大妈？

如果你的故事牵扯到还在世的人，那么你可要小心了，他们会因为你在故事中散布不友好的谎言而起诉你。所以，写一个以真实事件为灵感的故事比根据真实事件改编的故事要好很多，这样你就不需要在写剧本的时候还找个律师时刻陪伴了。《局内人》（*The Insider*）是一部非常好的片子，讲的是烟草公司内部的人告发自己公司的非法行为。编剧在以自己的角度呈现事实时，他是要极其小心的，好在故事的大部分内容在法庭记录中都能找到，《永不妥协》（*Erin Brockovich*）的情况也是如此。除非把真实的故事原原本本地讲出来对你来说具有极其重要的意义，否则换几个人名，讲一个类似的故事有什么不好呢？这样你就可以随心所欲地编织自己的故事，忠于自己的钩子和主题，而不是时刻担心你是不是侵犯了谁的隐私或者诋毁了谁的名声。

---

① 即埃及艳后。——编者注

2.3 你的兜售提案什么地方不对劲？

让你的故事在灵感迸发的脑海中自由遨游的时间越长，它就会越发饱满新鲜。尽可能地不要去分析它。当然，最终你会发现故事卡在一个地方走不下去了，而且你也看不出哪里出了问题，到了这个时候，你才需要对你的故事进行批判性的分析。

每个电影故事都包含着几项至关重要的戏剧元素：

（1）一个主要人物
（2）有一个令我们关心的目标——风险/赌注（the stakes）
（3）冒着很大的——危险（the jeopardy）
（4）在实现目标的过程中要经历至少一个（但最好是三个）——阻碍（obstacles）

电影的核心要素，我认为也是所有戏剧形式的核心要素，包括以下几点：

（1）某个人想要某个东西
（2）如果他得到了它，情况会比现在好
（3）如果他失败了，情况要比现在糟糕
（4）但是在获取那样东西的过程中，他要面临阻碍

观众必须关心以上这些要素。只有观众关心每一个要素时，它们才能够成为分析故事的有力工具。

一个主要人物

电影故事失败的标志之一就是我们不在乎主人公都遭遇了什么。

几乎所有的电影都是关于一个人的，比较常见的两个特例是：

（1）爱情喜剧片
（2）群戏（ensemble pieces）

爱情喜剧片偶尔会将视角分割开来，实际上就是有两个主人公，《西雅图夜未眠》（*Sleepless in Seattle*）就是一个例子。某个人物也许占据了较多的银幕时间，但是如果有很多该人物生活之外的戏份，你就很难说这只是关于他一个人的电影。两个人物都有各自的目标，即便他们自己不知道，他们所真正寻找的其实就是彼此。从本质上说，你其实是在写两个互相交织的电影，最后让它们汇合在一起。

尽管很多人想写群戏，但是真正意义上的群戏却不多见。《大寒》（*The Big Chill*）和《西卡柯七个人的返来》（*The Return of the Secaucus Seven*）是不错的例子，这两部片子讲的都是一群已经长大的老朋友，彼此间或许有了些许隔阂，他们失去了年轻时的梦想，在某个周末他们相约来到一个地方，尝试着去理解自己的生活（至少我认为这两部电影讲的就是这个）。

群戏很难拍成电影。没几个导演有拍这种片子的本事，所以即便有了这么一个项目，你都不知道能找谁来导，你还需要一票优秀演员。群戏的写作和剪辑都很难把握平衡，做起营销来就更难上加难：你要把一张张面孔都放在海报上么？不然还能怎么办呢？我收到过太多群戏的烂剧本，它们看起来很好操作，实则不然。除非你确切地知道你在做什么，否则我是不推荐你写一部群戏的。

绝大多数电影都有一个中心人物，我们必须关心这个人物。如果我们连这个人都不在乎，我们就不会在乎电影中发生的其他事情。

正如我将要在第三章中讨论的，我们不需要去"喜欢"你的主人公。很多电影的主人公都不讨人喜欢，我们只需要关心他或她经历了些什么。我们希望桃乐丝能回到堪萨斯州的家；我们希望《猎人之夜》（*The Night of the Hunter*）中的邪恶传教士受到应有的报应；我们想知道《玫瑰战争》（*The War of the Roses*）中的罗斯夫妇如何解决他们之间的分歧，并不是说我们都希望奥利弗·罗斯和他的妻子重归于好，而是我们都想知道他的结局是怎样的，是好是坏都无所谓。

我们认同一个人物，不外乎是因为他或她所处的情况和我们自己的极其相似，又或者我们喜欢将自己放在他的位置上浮想联翩。我们认同桃乐丝，是因为我们能够理解一个生活在死气沉沉的、孤独的堪萨斯州的小女孩，她想要去彩虹另一边世界的心情，每个人的生活中都有他们自己的堪萨斯。我们也能理解为什么即便她身处美妙绝伦色彩斑斓的奥兹王国，但却始终想要回到自己的家人身边，我们怀念小时候的家，或者我们怀念想象中小时候本该拥有的家庭生活。

而从另一方面说，我们认同詹姆斯·邦德，因为把自己和邦德联系在一起是非常有趣的事儿。难道你不想横扫群敌，拯救世界，然后带着某个性感尤物远走高飞？要是你真不想，我敢说你肯定也不会去看007的系列电影。

我们或许会因为一个人物代表了我们自身最黑暗的冲动而与他产生共鸣。在电影《城市英雄》（*Falling Down*）中，观众只知道迈克尔·道格拉斯（Michael Douglas）饰演的角色名叫D—FENS，他的精神崩溃了。D—FENS 是一名失业的国防工程师，离了婚，和老妈住在一起，他的车被卡在水泄不通的车流中。他从车上下来，徒步穿行洛杉矶，在回家的路上，他情绪越来越差并最终变得狂暴。他走在去看望前妻和孩子的路上，他的结局有可能挺美好，也有可能极其悲惨。我们每个人都有过濒临崩溃的感觉，这部电影让我们在不用付出真实惨痛代价的情况下经历了崩溃的体验，并且有机会看到这种崩溃能将我们引向何方。

一个目标（风险／赌注）

当某人想要某样东西时，就有了戏剧（这或许是为什么很少戏剧的主人公是禅宗大师的原因，不过这个问题可以另当别论）。

值得再次强调的是，这个目标必须是我们所在乎的。

风险／赌注可能是内在的。我们在乎发生了什么或许是因为我们十分关心主人公，哈姆雷特能否最终鼓起自己的勇气？桃乐丝能否回到家？

风险／赌注也可能是外在的——某些我们天生就在意的东西。蓝调兄弟能挽救他们生活过的孤儿院吗（《福禄双霸天》［*Blues*

Brothers〕)？威廉姆·华莱士能从英国的统治下解放苏格兰吗（《勇敢的心》〔Braveheart〕)？奥斯汀·帕沃斯（Austin Powers）能够阻止邪恶博士毁灭世界吗（《王牌大贱谍》〔Austin Powers〕)？

好的风险／赌注是内在的也是外在的。在《第六感》（The Sixth Sense）中，医生马尔科姆·克罗（Dr. Malcolm Grove，布鲁斯·威利斯饰演）在帮助科尔·希尔（Cole Sear，海利·乔·奥斯蒙〔Haley Joel Osment〕饰演）解决一个大问题：希尔能看到死人。然而实际上，克罗是在试图将自己从内心的负疚感中解救出来，他的病人自杀了，他因为没能解救自己的病人而负疚。

如果故事的风险／赌注不是我们所关心的，那么故事就很可能失败。举个例子来说，假设你的主人公特想赚一百万美金。但谁会在乎这个呢？某个人想要捞一笔钱，这实在很难让人感兴趣。但是如果他赚这一百万是为了挽救濒于倒闭的城区医院，你可能就会在意；如果他赚这一百万是为了躲避欠黑手党债务的血光之灾，你或许也会关心，尽管有的人会觉得这是他罪有应得。

我们的主人公想赚一百万如果是因为他把赚钱看得高于一切，我们甚至也会予以关心，我们关心是因为我们想看到他和钱失之交臂，我们希望他明白自己的动机是不对的。但是如果故事的主人公只是一个安分守己的商人想要凭本事赚钱，那这种故事就无法激发起我们的兴趣了。

我们没有必要非站在主人公一边，我们只是需要在情感上参与到他所做的事情当中。

《塔克》（Tucker）讲述的是一个汽车商人的故事，他的梦想是能够造出更好更安全的车。这部片子从商业角度讲是失败的，一部分原因就是因为它没能让我们关心主人公最后成功了没有。同样的，《艾德·伍德》（Ed Wood）的失败在于它的主人公是一位不断拍烂片的梦想家，我们可能会关心这个人，因为他实在是个古怪的家伙，但是故事所需要的风险／赌注几乎是不存在的。《巴格西》（Bugsy）也一样败在了风险／赌注上，电影主人公巴格西·席格梦想把赌城建到内华达的荒漠上。我们或许会关注他本人，因为爱上一个追梦的人很容易，但是我们很难认同搞个拉斯维加斯出来是为世界做了一件好事。

主人公的目标帮助我们去关注他本身。在电影《浮生若梦》（*All That Jazz*）中，乔·吉迪恩（罗伊·施耐德［Roy Scheider］饰演）是一个很糟糕的人。乔利用并侮辱身边的所有人，但其吸引人之处在于他非常努力，可以为一次完美的演出而竭尽所能，他不能接受自己的作为中有半点平庸。在电影《巴顿将军》（*Patton*）中，巴顿（乔治·C·斯科特［George C. Scott］饰演）也是一个十足的混蛋，但是他想尽办法把纳粹赶出欧洲，如果不是因为我们关心风险/赌注（赢得战争），我们肯定讨厌这家伙。

主人公的目标可能会在故事的进程中发生改变。桃乐丝想到彩虹的另一边去，可是一旦真的到了，她又想回家了。我们需要关注的是她的"即时目标"。

如果一直到某件事发生以前，你的主人公都过着平静的生活，那么你需要确定那件事来得足够快，因为主人公如果没有一个我们在乎的目标，戏剧就不存在。风险/赌注可以是个人的（陷入爱情是高风险/赌注），也可以是全球性的（从一个能毁灭星球的流星手上拯救地球是高风险/赌注），在任何一个剧本或电影中，主人公都不能没有需要为之奋斗的目标。

人物有所损失——危险

只有你自己也有可能把裤子都输掉时，扑克才好玩。

你的主人公一定要拿我们很在意的东西去冒险。在动作片中或许是他的性命，剧情片中可能是他的幸福，什么都好，只要能引起我们关注。

一部片子中，男孩爱上两个女孩，它的风险/赌注是：他是否能选对人？而危险（jeopady）在于他可能会同时失去她们两个。假设最坏的事情发生了，他选错了人，那么你就必须想办法引起我们的关注：让我们看到和错误的人选在一起是一件多么糟糕的事情。否则，就没有真正的危险可言，片子也就很容易失败。

　　一本讲述科学家从致命瘟疫（风险 / 赌注）中拯救人类的非虚构小说或许会让我们关心这个科学家，但要在电影中让我们关心这样的人物，我们就会希望她冒点险（危险）。她倒不必非要自己染上疾病（一般来说电影结束前她的家人或团队成员总会有人染上的），可能是因为过于专注自己的工作而没能保住自己的婚姻；她也可能挑战传统，剑走偏锋地进行一些实验，一旦出错就无法再在业内立足。总之她要承受的危险要远远大于"哎呀，没成，看来我还是和诺贝尔奖没缘啊"这种成与败都无所谓的事情。

　　如果哈姆雷特要冒的危险仅仅是搞不好就要被送回威顿堡（Wittenberg）大学去完成他的博士学位，那还有什么戏剧可言？这里的危险是："哈姆雷特能否为父亲的死报仇？"，危险是："哈姆雷特会不会因此而丢了小命？"

　　危险将主人公置于戏剧之中，如果他不冒任何危险，也没有什么可损失的，那么故事就会失败。

阻碍，令我们关注的阻碍

　　如果没有任何阻碍，主人公在开始的几分钟就得到他想要的，那么电影就不复存在。再说，生活本身也不是这样子的。

　　阻碍有三大类：

（1）外部对手（或障碍）
（2）亲密的对手
（3）悲剧或喜剧缺陷

你需要至少其中一样，而好的电影会将它们都扔在主人公的面前。你的工作就是要让主人公的工作难上加难，如果他能够轻易实现目标，就没有电影可言了。

　　如果是爱情片，你最艰巨的任务是给出一个最合理的理由让两个人不爱上彼此。在简·奥斯汀的时代，来自不同的社会阶层是个好的理由；在莎士比亚的时代，这个理由就是来自有世仇的家庭；现如今种族和阶级已经不能成为悲剧的阻碍了，但是发生在以色列人和巴勒斯坦人之间，或者塞尔维亚人与克罗地亚人之间的爱情故事就是对罗密欧与朱丽叶故事的合理重现，比如在电影《西区故事》中的托尼是个白人，而玛利亚是波多黎各人。好的理由是源源不断的，在《爱的甘露》（*Desert Hearts*）中相爱的两个女人，一个是异性恋，另一个却是同性恋；吴宇森导演的《喋血双雄》中，男主角在一次暗杀行动中误伤了他未来爱人的眼睛。

在生活中，绝大多数的任务会随着你的努力迎刃而解。你遇到一个难题，你就设法解决它，一点一点地攻克直到问题不复存在。而在电影中，你要的是阻碍随着故事的发展而渐趋严重，直到英雄战胜了你能想象的最大的困难，故事也就结束了。这样才得以保持故事的张力不断增强，直至推向高潮。

根据经验来看，在第二幕的末尾，主角会发现自己身处极度的困境之中，他不能寻求警察的帮助，因为警察认为他就是凶手。主角的盟友或是离他而去或是遭到杀害，对手步步逼近，他正面临着巨大的个人危机，换做常人恐怕早已逃之夭夭。《星球大战》（*Star Wars*）第二幕结束时，卢克·天行者的老师智者欧比旺·肯诺比倒在邪恶的达斯·维达的光剑之下，与此同时死星正在驶向叛军基地。

爱情片也是一样，故事中间部分还发展得好好的一对情侣到了第二幕的末尾就分道扬镳了。这可能是外界环境导致的（《罗密欧与朱丽叶》中罗密欧杀死蒂波尔特后从威洛纳被放逐），也可能是因为两个人中的一方觉得对方背叛了自己（《二见钟情》），总之要比以前的关系糟糕得多。

主角很可能在打败了外部对手（屠龙或击败故军）后却发现自己有着更加严重的内在问题需要去面对（女孩子讨厌他 / 他不知道怎么过婚姻生活）。

如果主角在路上结识了盟友，那么他的对手就需要更强大。桃乐丝在朋友的帮助下到达翡翠城，结果被送去见邪恶的西方女巫，女巫可比奥兹城的魔法师恐怖多了。你让主角的日子越不好过，那么等他战胜困难获得成功的时候就越激动人心。

2.4 外部对手或阻碍

在一部关于登山的片子中，所谓阻碍就是要登的山；

在战争片中，阻碍指的是举枪射杀英雄的人；

在怪兽电影中，阻碍指的就是怪兽。主角要尽全力阻止哥斯拉（《哥斯拉》［*Godzilla*］）把纽约变成一个人类无处安身的地方；

在爱情片中，阻碍指的是拆散恋人的力量，对手也可能是这对情侣中的某一方，例如《美女与野兽》（*Beauty and the Beast*）、《女友礼拜五》（*His Girl Friday*）和《落跑新娘》（*The Runaway Bride*）。

同其他关键元素一样，我们必须关心和在乎外部对手和外部阻碍。1998年由编剧迪安·德夫林（Dean Devlin）和导演罗兰·艾默里奇（Roland Emmerich）合作拍摄了耗资巨大的影片《哥斯拉》，它败在我们根本不在乎影片中的怪物。它看起来不通人情，又不像是那种力量超级强大的恐怖生物，甚至也毫不邪恶。它没有被外界误解，它就是个到处横冲直撞的大蜥蜴，说到底，它只是特效而已。我们对它并不持有某种感情，也不惧怕它，直到这可怜的家伙最后被困在布鲁克林大桥上死掉了之后，我们才有了一丝丝的同情。

相比之下，我们对科学怪人弗兰肯斯坦却充满了同情。在约翰·L·鲍尔德斯顿（John L. Balderston）、弗朗西斯·法拉戈（Francis Faragoh）和加勒特·福特（Garrett Fort）联合担任编剧的这部1931年的经典作品中，怪人杀死了一个无辜的小女孩，但这主要源于他畸形的成长历程。我们能够感受到他无父无母地被丢在这个世界上的痛苦与愤怒。我们都喜欢《金刚》中的大猩猩，不错，他是绑架了费伊·雷，可碰上费伊，哪一敢保证自己不犯同样的错误呢?

从另一方面来说,《大白鲨》(*Jaws*)里的大鲨鱼真是把人的魂儿都吓没了,我们恨不得这家伙立马变成鲨鱼罐头;而《黑夜幽灵》(*The Ghost and the Darkness*)里的两头到处猎杀的狮子已经越过自然的界限,变成了心怀不轨的邪恶野兽,它们到处杀戮不为猎食而只为消遣,我们巴不得它们被打死。总之,我们必须在乎影片中的反派对手:要么爱他,要么恨他。

把两部罗宾汉影片中的诺丁汉区警长这个角色挑出来看,就不难看出我们同样在乎这两个角色,但是原因却不尽相同。在 1938 年埃罗尔·弗林(Errol Flynn)主演的经典作品《侠盗罗宾汉》(*The Adventure of Robin Hood*)中,警长是个卡通形象:一个残酷的没落贵族,他邪恶、贪婪又傲慢自大;而在 1976 年的《罗宾汉与玛丽安》(*Robin and Marian*)中,他是一个受过良好教育的人,一个高贵的骑士,他的职责就在于打击犯罪团伙。他明白罗宾汉为什么奋起反抗,但是忠于法律是他的职责所在。我们憎恨一个警长,却对另一个心怀同情,但是他们两个都是我们在乎的人物。

如果你的主人公面临的是阻碍而不是对手,我们也还是需要关注它。如果他要跨越南极洲,你就要寻找一个方式让我们感受到那一堆冰有多么的雄伟壮观引人入胜。如果片子要讲的是攀登珠穆朗玛峰,你就要让我们见识到那块高耸入云的大石头有多厉害。

亲密对手

有一个外部对手其实就已经够了,但是通常情况下你会希望在主人公一方安排一个人和他对着干。《异形》中就有一个亲密对手的经典范例,对手显然就是外星生物了,但是船上的某人并不打算灭掉它,事实上他奉公司之命要将其活着带回去,这人就是亲密对手。《第一滴血》(*Rambo*)中的外部对抗者是那些越南人,而亲密对手则是美国陆军中的那些胆小鬼们,他们可不是真心希望兰博将俘虏带回来。

亲密对手也可以是主人公所爱的人。在卡尔·福尔曼(Carl

Foreman）担任编剧的《正午》中，加里·库珀（Gary Cooper）扮演的警官威尔·凯恩将要和三个到城中来杀他的恶棍展开一场殊死搏斗，他的妻子艾米（格蕾丝·凯利［Grace Kelly］）是一名贵格派信徒，她希望警官能够离开镇子避免硬碰硬。尽管她是站在他一边的，但是她阻止警官去实现他的目标。

悲喜剧缺陷

主人公的内心深处有着一个难解的结，这个心结挡住了他通往目标的路。

《哈姆雷特》（Hamlet）的反派虽然是克劳迪亚斯这个缺德叔叔，如果单单只是他的话并不足以将哈姆雷特置于极大的危险当中。可以真正毁灭哈姆雷特的是他自己本身的优柔寡断、迟疑不决，他的天性中并没有杀手的基因。《奥赛罗》（Othello）的反派虽然是埃古，但要不是因为奥赛罗是个有勇无谋、深爱自己的妻子却又疑神疑鬼的家伙的话，也就没什么可演的了。想想如果你把这两个角色对调一下会怎么样？阴险的埃古想以通奸罪诬陷哈姆雷特的妻子苔丝迪蒙娜，聪明的哈姆雷特轻易地就看穿了埃古的把戏，并直接把他绞死。同时，奥赛罗王子回到家之后发现父亲被叔叔克劳迪亚斯杀害了，好冲动的奥赛罗挥舞着大刀直接当庭取了克劳迪亚斯的首级，"我现在是国王了，你们有谁不服？"

▶《浮生若梦》中，乔·吉迪恩的死亡意愿取代了他本可以有的对前妻、女友，甚至对生活的爱。

▶《安妮·霍尔》（Annie Hall）中的阿尔维·辛格有一种无法体会到幸福快乐的心理障碍。任何一个愿意和他这种人相好的姑娘，他都一概拒绝，这严重阻碍了他和安妮获得一个美好的结局。

▶《傲慢与偏见》（Pride and Prejudice）中，达西的傲慢和伊丽莎白的偏见是两人感情的最根本阻碍。事实上并没有什么别的阻碍可言，因为伊丽莎白的贫穷对富有的达西来说根本不是什么问题，再说两人的家庭背景也都说得过去。

一部真正的好片子，主人公的悲剧性缺陷通常在某种程度上是他外部对手或阻碍的一种反射。只有克服了内在的缺陷，他才能真正地打败外部敌人。

▶《莫扎特传》（*Amadeus*）中，萨里埃利的悲剧缺陷在于自己的音乐天分足够让他明白自己离莫扎特的天赋差了个十万八千里，这种不平衡将他对音乐的热爱转变成了对一位伟大作曲家的仇恨。他有限的才能正是对莫扎特音乐天才的苍白映象。

▶《卡萨布兰卡》（*Casablanca*）中，里克想要得到伊尔莎，但是他无法如愿，因为她是属于维克托·拉斯洛的，里克的阻碍不是纳粹，而是理想主义者拉斯洛。里克因为受伊尔莎的伤害很深而变得玩世不恭，她还是属于他的——但前提是里克把她还给维克托。他要摆脱自己的玩世不恭、愤世嫉俗，才能做到这一点，里克的玩世不恭是对拉斯洛的理想主义的一种折射。

▶《荒岛余生》（*Cast Away*）的主人公不论生活还是工作都讲求精准效率，因此同女朋友的关系一直很冷漠，直到他被困在一个孤岛上，那里他除了时间一无所有，难道这种安排是巧合么？在岛上，他要面对物质意义和内心的双重孤独，是他对人间冷暖的渴望最终带他离开了自己的孤岛。

主人公的主要缺陷作为外部对手的反射并非必须。《终结者》（*The Terminator*）是一部超牛的怪物电影，但是主人公莎拉·康纳（琳达·汉密尔顿［Linda Hamilton］）就没有所谓的缺陷，她只是个普通人，只想着从机器人杀手的追杀下死里逃生。但是主人公具有缺陷的设置能为你的故事增加一种丰富性。

在真实生活中，人们的缺陷有时候正是他们的优点，而美德反而可能会成为致命伤。比如拿破仑的毁灭是因为他不顾一切一心攻占俄国，但他要不是野心勃勃的话，可能一辈子都只是一个炮兵上尉而已；哥伦布在当时反对所有著名科学家的看法，坚持认为自己一直向西航行个三十天就能抵达日本，事实证明他错了，但如果当初不那么一根筋，他就不会发现新大陆。

不要害怕给主人公的优点找茬，即便是优点也可能成为其敌人用来对付他的武器。

最后说一句，主人公很可能为了达到目标而做错事，尤其是在剧情片中。一个感觉到他的家人要与他反目的孩子很可能会做出一系列离谱的举动，最后真的导致他的家里人和他相背离；一个觉得即将失去恋人的女孩子可能会赶在对方提出分手前先提出分手。实质上，这就是悲剧性或喜剧性缺陷，你的人物要努力奋斗以达成目标，但其手段未必是理智的，事实上，一个人物越是合乎逻辑，就越缺少戏剧性，越不够吸引人。

2.5 你需要全部元素，而且要贯穿始终

故事一开头你就该备齐所有这些元素。

故事的关键元素中唯一一个可以晚点出场的就是钩子（钩子必须在第一幕结束的时候才能出现，其实也就是说，在钩子出现之前，你要为故事做足铺垫）。

在故事的一开始，你就需要一个带有目标的主人公以及他需要克服的阻碍。这个目标可以在钩子进入后发生改变，但是只有当有了目标和阻碍，你才有了戏剧性，没有戏剧性，就没有电影。

比如说，你的片子要讲主人公的女儿被绑架了，就别浪费十分钟的时间向我们展示他的生活是多么得美好。他可以有美好生活，但是要让我们参与到这个故事中来，你就得给他点事情做——可以让他在孩子被绑架的时候正忙得团团转。如果你的片子要讲一对恋人受到了恐怖分子的追杀，请别向我们展示他们的关系是多么融洽多么完美无缺，那样的话，我们无法被拉到他们的故事中去。谁愿意一个劲儿地看两个人互诉衷肠，告诉彼此自己有多么多么爱对方？相反，请让我们看到他们正在设法解

决的感情问题，这些问题同恐怖分子也没有任何关系。

我总是想知道，要是电影中的故事没发生，那这个电影会是什么样呢？

让电影故事发生的是一个有时候被叫做"激励事件"（inciting incident）的东西。激励事件可以发生在影片的第一卷胶片中，比如电影《目击者》（Witness）中一个男人在浴室中被杀害了，而一位阿米什男孩目睹了凶手从浴室离开；它也可以发生在电影开始以前：战争片中的激励事件基本上就是战争的开端；它甚至还可以发生在第一幕的结尾，《绿野仙踪》里，桃乐丝正在跟埃尔米拉婶婶争夺小狗托托，结果一场龙卷风把她带到了奥兹王国。激励事件是什么并不重要，那都是理论层面的东西。重要的是，如果没有那场龙卷风，故事依然有戏剧性可言。也许我们不会去掏钱买票看这个电影，但至少戏剧性是存在的。

《卡萨布兰卡》中，里克在卡萨布兰卡经营着一家酒吧，接着伊尔莎就出现了。如果伊尔莎不出现，里克会就如何处理那珍贵的通行证的问题想办法，同时试着忘掉伊尔莎。

《星球大战》中，在机器人出现之前，卢克·天行者正琢磨着如何快快逃离叔叔婶婶的无聊老农场。

《虎胆龙威》（Die Hard）中，布鲁斯·威利斯正在赶去和关系疏远的妻子共度圣诞节。我跟你这么说吧，恐怖分子占领了福克斯大厦算他走运，不然的话，他跟妻子的关系只会变得更糟糕。

主人公最初的目标不见得就是一个驱动目标。刚开始她或许只是想顺利地大学毕业或是找到男朋友。但是她最初的目标越吸引人，她就越可能逐渐成为一个引人入胜的人物。另外，她最初的目标越是急迫，我们就越是珍视她后来的目标，因为很显然，让她心甘情愿地放弃了开始的目标就告诉我们后边的目标更加重要。

我发现如果一个电影故事失败了，那么当我回过头去究其原因时，总会发现那些关键性的元素要么有所缺失，要么就没有达到应有的效果。一个好的故事总是完全包含这些元素的，不论它们是赤裸裸地展现在你面前，还是巧妙地隐藏在故事当中。

主 题

　　故事的主题就是故事对于深层、普遍的人类问题的探讨。你的主人公、风险/赌注、危险和阻碍让我们有理由关注你的故事如何结局，而你的主题解释了为什么我们应该关注。有一个好的主题对于创作出一部好的甚至精彩的电影并不是至关重要的，但是假设你希望自己的故事能够给人们留下持续的影响——如果你不希望它只是边吃爆米花边观赏的消遣活动——那么你就需要一个主题。

　　电影《银翼杀手》是一部制作精良的影片，故事讲述的是一名警察受命去干掉一群复制人，而从这些复制人的角度来看，他们只是试图摆脱无形的桎梏，这些枷锁从复制人诞生之初就强加其身，从某种意义上来讲，这些复制人比警察更加珍惜生命。这部片子的主题是"所谓人类意味着什么？"（在导演剪辑版中我们甚至能够察觉到那个警察本身也是个复制人）。在电影结束之时，我们除了体验了肾上腺素的快速分泌之外，还有了不少有趣的想法可以拿来探讨。

　　电影并不需要有一个自己的观点以确立主题。一部片子中主人公可能扯出一个道理，而第二主人公又扯出一个完全对立的道理，这很可能会削弱原本想要表达的东西。《发条橙》（*A Clockwork Orange*）明显讲的是自由意志是好的，但是片子又同时展现了主人公过度滥用自由意志造成的不良后果，于是到最后你就纳闷了，自由意志到底是好是坏？一部电影的主要场景中触及了主题所提出的问题，影片就有了主题，倒不一定非要明确地给出问题的答案。

　　纯粹娱乐的商业片不需要什么主题。《异形》讲的是一群人面临被怪物吃掉的事儿，是一部非常不错的片子。尽管我们发现，其实是一个邪恶的公司预谋将他们置于危险当中，但是这个电影根本不是讲这个公司如何邪恶的，它讲的就是一群人想方设法不要被怪物吃掉而已。我们看这部片子无非就是跟着肾上腺素的奔腾激动一把而已。

　　这没什么不好的。《异形》我看了有四、五次吧，每次都把我吓个半死。

　　下面是一些影片主题的例子：

《大白鲨》：大自然始终大过你；

《第六感》：内疚与救赎；

《唐人街》（*Chinatown*）：高贵的品行斗不过腐败；

《史密斯先生到华盛顿》：高贵的品行足以对抗腐败；

《勇敢的心》：自由值得让人们为之献出生命；

《摩登时代》（*Modern Times*）：进步能够毁掉人们的生活；

《毒品网络》（*Traffic*）：关于毒品的法律比毒品本身更加罪恶深重；

《教父》（*Godfather*）：家庭胜于一切；

《星球大战》：信仰的力量可以战胜帝国；

《安妮·霍尔》：恋爱关系或许充满痛苦，但是我们需要它；

《记忆碎片》（*Memento*）：记忆与现实的对抗；

《发条橙》：自由意志与犯罪；

《大寒》：如何面对理想的消失；

《十二怒汉》（*Twelve Angry Men*）：真相远比愤怒来得重要；

《罗生门》（*Rashomon*）：真相是相对的；

《几近成名》（*Almost Famous*）：名望使人上瘾；

《美国X档案》（*American History X*）：仇恨可以杀人；

《碧血金沙》（*The Treasure of the Sierra Madre*）：贪婪可以杀人；

《黑客帝国》（*The Matrix*）：人性比进步更重要；

《2001：太空漫游》（2001: *A Space Odyssey*）：我必须停止服用迷幻药啦。

如果你在建立一个主题，就需要想办法让每一幕都讲述一个有关主题的真相。所有的主要人物、他们的目标以及缺点都要在一定程度上反映主题。如果你的主题是救赎，那么你的某些人物就要始于堕落终于获救，有的则是堕落了但却永远无法得到救赎，还有的是故事一开始就已经完成了救赎。你的主题在他们之间的冲突中得以明朗化。

把主题隐藏在故事之中，效果是最好的，如果让它浮在故事表面，则会有些扰乱视听。如果你要说明什么，选择一个本身就能表达出你的观点的故事。举个例子来说，如果你想说贪婪是不好的，就讲一个贪婪如何毁掉人们生活的故事，你可以讲一个淘金热的故事，也可以讲一个雅皮士为赚大钱而抛弃妻子的故事。如果你想说贪婪是件好事，那么就讲一个穷人如何靠自己的好点子白手起家致富的故事。

让故事去操心主题的事儿吧，你不需要让人物去谈论主题。在《致命吸引力》（*Fatal Attraction*）中，人们看到丹·加拉赫（迈克尔·道格拉斯饰演）因为对妻子不忠而惹上了一身麻烦。没有谁会把大道理单挑出来告诉观众"嘿！千万不要对你的妻子不忠啊！"

"如果你想传递一个信息"，正如塞缪尔·戈德温（Samuel Goldwyn）常说的"打电话给'西联汇款'呀"。[①]

惊奇与必然

你的故事情节需要同时具有两种明显矛盾的特质，它要让人觉得是无可避免的，同时又要给人以惊奇。没有惊奇的故事是无聊的，而不是必然发生的故事又让人觉得是作者在偷懒。

本质上讲，在我们经历故事的过程中它是需要惊奇不断的，但当我们从结局往回看时，一切都在情在理，我们意识到刚刚经历的那个结尾就是故事真正的结局。

如果一个故事，观众能够猜到它的走向，而它正如预料的那样发生了，那么显然毫无惊奇可言。而如果电影的高潮让人觉得它只不过是许多可能出现的结局之一，那么故事就没有必然性可言。

主角活了下来并不是因为他就应该活，而是因为编剧听从了市场部的建议，或是他吃了太多百忧解[②]，主角惨死也不是因为故事必须要这样发展下去，而是因为编剧痛恨生命，或者因为编剧是法国人。

你可以同时兼顾必然与惊奇，因为惊奇多数情况下是关于"方式"

---

① 一家提供原始形式 email 的公司，这句话的意思是不要太直接地表达自己的意图。塞缪尔·戈德温是米高梅影业公司的共同创办人。——译者注

② Prozac：百忧解，抗抑郁类药，制造幸福感、让人精力充沛。——译者注

（how）的，而必然性则是有关"内容"（what）的。我们知道詹姆斯·邦德从悬崖上跳下来也能活命（内容），但是我们不知道那是因为他背包里装了降落伞（方式）。我们的内心深处深知布兰奇·杜波依斯的脆弱和彬彬有礼会使她在斯坦利与斯特拉·科瓦尔斯基的工人阶层公寓中以悲剧收尾（内容），但我们不知道斯坦利会如何将她推向崩溃的边缘（方式）。①

如果创造性不足，故事就难以让人惊奇。如果你把自己的故事大声讲出来（你是这样做的，对吗），那么当惊奇不足时你就会及时发现。别的不说，你的朋友就会打断你说"让我猜猜，后来是这样这样的"。也就是在你讲出结局之前人家就把它讲完了。早说啦，这样的话，你自己也会觉得无聊，正如老牌编剧杰弗瑞·波姆（Jeffrey Boam）说的那样"如果我都觉得无聊，就更别提观众了"。

如果你费了太大力气想要把故事捏成你最初想要写的样子，你的故事就会丢失合理性。故事是个有机体，它会朝着某个方向自主地成长。你不能擅自折弯它肆意生长的枝干，如果你发现它的走向不对，你可以将它移植，或者改变光照的方向。换句话说，如果结尾哪里不对劲，你可以改变它的开头。从头改起，后面的故事就自然而然地呈现出来了。

运 气

真实的生活中运气无处不在。好运气：你在大学里心仪的女孩子二十年后住到了你的隔壁，而且凑巧的是，你们又刚各自离了婚。坏运气：你的车坏在了城里最不该坏的地方，而你恰恰在同一天丢了手机。

运气会削弱必然性，所以将你的情节建立在运气之上是十分冒险的，然而，很多故事都是建立在运气之上的。例如，《卡萨布兰卡》中，是运气让伊尔莎·伦德走进了里克的酒吧："世界上有多少酒馆呀，她却偏偏进了我的这一家！"那还用说，里克，要不然也没有电影可看了，是不是？

---

① 以上均为《欲望号街车》（*A Streetcar Named Desire*）中的人物与情节。——译者注

通常情况下，你总是要你的主角倒霉，而好运却降临在其对手或阻碍身上。比如说，你可以像《西雅图不眠夜》里那样，让一对情侣擦身而过；你可以让主角意外地和他的搭档分开，好让坏蛋有机会杀死他的搭档；你可以一直给恶人以好的运气，从而让主角的日子苦不堪言。

如果主角有了喘口气的机会，那是因为他的努力付出，而并不是因为运气。如果在最后关头有人救了主角的命，那是因为主角在之前要求过他们这样做，那些人或许当时并没有答应，但是考虑良久之后，又改变主意并及时赶到了。坏人应该享有全部的好运气。如果坏人出了差错，那叫受迫性失误。他们被英雄烦得不行，终于沉不住气了。

在科幻小说中，对于主角为什么无法去做他想做的事情，你总是可以编排出一个伪科学（pseudoscientific）的原因，但是你却不能给你的主角一个伪科学的理由去解决自己的问题，总而言之，主角应该想出一个在我们的世界里也行得通的妙招。同样的，在魔幻电影中，如果战无不胜的神龙有着不为人知的致命弱点，你最好早点让我们知道；但是如果你要这龙逃掉，那你则可以赋予它一个绝密而神奇的救命招数。

> 你在故事中走得越远，能够依靠运气的地方就越少。

在第一幕中设计巧合是安全的，许多好电影的前提都建立在运气之上。《一夜风流》（*It Happened One Night*）中，巧合使记者彼得·沃恩（克拉克·盖博［Clark Gable］饰演）和离家出走的富家女埃莉·安德鲁斯（克劳黛·考尔白［Claudette Colbert］饰演）在去往纽约的公路旅途中相遇；《亡命天涯》（*The Fugitive*）中，本是被押往监狱途中的金波博士因为刑车与火车相撞而越了狱；《浅坟》（*Shallow Grave*）中的神秘房客死后给室友留下了一大皮箱的钞票；《小鸡快跑》（*Chicken Run*）中的母鸡们在一只美国"飞鸡"从天而降之前一直生活在监狱农场中；《激流四勇士》（*Deliverance*）的主人公们误打误撞地遇到一群十分变态的、近亲繁殖生下的当地人。复杂的连锁反应，就像这一行常说的那样，便接踵而至了（complications ensue）。

在第二幕中，你可以有一些小的巧合。英雄和坏蛋意外地相遇了，但那是因为他们在寻找同一个东西，这样他们出现在同一地点就不足为奇了，唯一的意外是时机问题。

在爱情片中，让某人在第二幕的结尾处不小心听到半截对话是一种非常传统的做法。他完全曲解了对话的意思，结果本来发展得好好的爱情故事在向第三幕进行的途中变成了灾难（见《婚礼歌手》（*The Wedding Singer*）、《怪物史莱克》（*Shrek*）等）。

在第三幕中，故事中所讲的一切都应该合情合理地到达这一点。要是再有巧合出现的话，那就让人觉得你是在偷懒了。

2.6　三幕结构的迷思

这是一个你不需要过分吹毛求疵的问题。

很多关于剧本写作的书中都提到了三幕结构，戏剧有三幕，这一基本观点要追溯到亚里士多德。在一开头，或者说第一幕中，主人公被你安排在一棵树上；到了中间也就是第二幕，他想办法离开那棵树，结果却爬得更高了；在结尾，或说最后一幕中，他从那棵树上爬了下来或是摔了下来。

这么说也对，但是这等于啥也没说不是？没有开头、中间和结尾的故事写起来太难了。[①]

这些术语可以看做简单有用的说法，仅此而已。"第一幕"是对于故事开头的一个方便叫法，省得会有人问"你指的是第一个镜头，第一场戏，第一卷胶片，还是前半场，还是别的什么？"

---

① 顺便说一下，本人对哲学的不满即在于此。哲学基本上可以归为两种陈述：显而易见同时又十分荒唐。但这是另一本书要讨论的了。

就这本书而言：

▶ 第一幕 = 开头
▶ 第二幕 = 中间
▶ 第三幕 = 结尾

某位受欢迎的剧作指南作家自信地声称，你的第一幕应该保持在25—35 页的长度，而你的第二幕在第 90 页左右的时候就该写完了。每一幕的结尾都该是个转折点，主人公的状态发生了巨大的变化，他的欲望变了，而故事的走向也跟着变了。在 60 页左右的地方还应该有一个强化局面的拐点。

纯属扯淡！

现在有许多高概念的常规惊悚片是没有分幕的，故事的转折点会突然间蹦出来把你吓个半死。诚然，绝大多数的电影会在不晚于前四分之一的位置让故事铆足了马力往前冲，在中间那一部分，故事情节会变得复杂起来，而在最后的四分之一，所有的线索都串联了起来为故事高潮服务。

但是或许只有不到半数的真正的好电影有着三幕结构，而且其中的一部分在幕与幕之间很难找到明确的分割点，即使你找出来了也显得有些牵强。你说《一夜狂欢》（*A Hard Day's Night*）的分幕在哪？《浮生若梦》的分幕在哪？《斯巴达克斯》（*Spartacus*）、《阿甘正传》《阿波罗 13 号》（*Apollo 13*）、《安妮·霍尔》的分幕又在哪？或是有着五六次重大转折的剧作精品《野东西》（*Wild Things*），它的分幕又在哪？

《绿野仙踪》又是如何呢？第三幕是从魔法师将桃乐丝送去找邪恶的西方女巫那开始？还是从桃乐丝回到堪萨斯的家开始？或是发现魔法师是个骗子开始呢？这对故事本身有什么影响吗？谁会关心第三幕是从哪里开始的？

在大卫·杜西（David Twohy）写的《亡命天涯》中，第二幕是从什么时候开始的？是金波博士逃出了押送他的狱车？还是逃出了接下来的追捕？最后一幕又是从什么时候开始的？是他在医疗大会上和查尔斯·尼克尔斯博士的对峙开始？还是从塞缪尔·杰拉德警官开始意识到金波博士是无辜的时候开始？

谁在乎呢？假设你能够决定第三幕从哪开始，这对于你理解故事又有什么帮助呢？

许多惊悚片会在一个很短的第一幕中就把主人公立起来，通常用一件紧急事件就搞定了。接着主人公在漫长的第二幕中被一直困扰着，该幕的节奏会越来越快。在《异形》中，异形上船就是一个非常明确的第一幕。同样的，《铁血战士》（*Predator*）中的搜救队进入丛林的分幕点也非常明确，随后，队员们相继被怪物袭击身亡。你可以说第三幕始于怪物杀掉男/女主人公的最后一个盟友，或者始于他或她在和对手的交战中扭转局势，反败为胜。你不过是在找第二个转折点，于是你找到了。

一个故事在开头、中间和结尾都有可能失败，知道处于故事的哪个位置并不见得能将故事改好。我觉得人们对三幕结构有些言过其实了，重要的是你要讲一个好故事，也就是你在钩子里就展示给别人的好故事。

故事当然也可能败在结构上。例如，电影《天袭》（*The Arrival*）的主人公发现了外星人的真面目，并且在故事的中段就进入了外星人位于丛林中的秘密大本营。在这之后再不会发生什么有意思的事儿了，其实在第三幕开始之前，故事就结束了。重写这段故事可能会好些，让这个重大发现发生在故事的结尾，或者你可以在故事的结尾处安排一个更大的发现。

但这并不是三幕结构的问题。问题在于故事中间给了太多，结果没有足够的内容撑到故事结尾。你需要关注的是自己的故事是不是铺垫了太多，你对新人物的出场设计是不是太快以至于我们还没有十分了解这些人物；你需要关注的是自己的故事中间有没有拖沓，有没有搞得太复杂，或者复杂的情节是不是不够了以至于主人公过快或过于轻易地就战胜了对手；你还需要关注自己的结尾是不是显得仓促或者有不止一场戏让人觉得像是已经结尾了。

但是不要去担心你的故事是不是有三幕结构。你或许会发现五幕结构更适合自己的剧本，它在莎士比亚那里就行得通；你可能会有一个真实的故事，自然而然地就分了四个部分。硬要把它挤到三幕结构的普罗克汝斯忒斯之床①上只会毁了它。

讲一个能让人们保持兴趣的好故事就足够了。

然而要注意的是，如果你想把故事大纲交到制片人手里，他可能会想要知道分幕都在哪。那就在合适的页码或事件的地方分幕，让他开开心吧。

闪　回

电影学院有个怪规矩，那就是谁都不要再运用闪回的表现方法了。这事儿居然发生在 1994 年的最佳影片《低俗小说》（*Pulp Fiction*）获得巨大成功之后，此外还有几乎完全运用闪回倒叙的《记忆碎片》，1943 年的最佳影片《卡萨布兰卡》也运用了一大组倒叙镜头。事实上，闪回是电影当中最具力量的工具之一。当然，问题在于有时候闪回的确是被滥用了。

举个例子，如果你的人物正在埋葬他的好朋友，于是电影会以闪回的方式向我们展现两个人在一起时的欢乐时光或精彩瞬间，真的有这个必要吗？还是你不相信自己的演员仅靠演绎无法真正地把悲伤展现出来呢？如果你要表达的是一些不需要闪回就能表达出来的东西，何必要用它呢。你可以换一种方式，给演员一个好友的信物让他攥在手里，或者让他说一段感人至深的悼词，或者就让他的沉默来表达他的情绪吧。

当然如果你能做到条理清楚、前后连贯，也可以大胆地去尝试闪回。闪回所能传递的东西是任再多的对话或线性叙事都望尘莫及的。一般而言，只有你的中心人物才可以有闪回，即使故事并不是 100% 以中心人物的视角讲述的，故事也毕竟是他或她的故事，给予他人闪回会让我们对中心人物的认同产生偏离。当然了，正如所有的规则一样，以上所说也可根据需要随时打破或调整。

---

① 原文 "Procrustean bed" 源于希腊神话，现多指教条的、强求一致的政策或做法。——译者注

2.7 把你的故事写下来

如果你到了除非动笔，就想不出更好的办法来继续完善故事的地步，那你就该把它写下来了。松口气，没想到你会走到这一步吧？

如果你像我要求的那样将自己的故事一讲再讲，那么写故事对你来说就应该是小菜一碟了。你要做的无非是把一直讲给别人听的东西写下来。不要试图去美化或点缀它，只要把你大声讲出去的那部分如实地写出来就好（如果你因为胆小没能把故事讲出去，那么写故事的过程就要反复几个来回了。你得把故事写下来给别人看，他们会给你意见，你会进行修改。接着你又会拿给其他人看，根据新的意见继续修改，根据需要如此反复几次。不幸的是，人们在第二次读你的故事时便不会投入太多精力了，他们已经腻歪了。除非你在前一稿的基础上改动了至少三分之一的内容，否则先别把新一稿拿给人看）。

现在你已经写好一个可以兜售的故事了。如果将段落设置为单倍行距的话，它大概有三到六页那么长。如果你的故事比这个短，你可能写得还不够用心，如果比这个长，你可能放了过多的细节进去。

要是放在过去，你可以直接拿着你的故事去找制片人要钱写剧本了。但是如今不同了，即使你的关系硬得很，你都不容易在美国拿到剧本开发的钱，更不要说仅凭单薄的兜售提案去拿到写剧本的钱了。

如果你生活在加拿大或者欧洲，或许可以依靠政府的资助来完成你的剧本。比如，加拿大影视机构（Telefilm Canada）就会为加拿大公民和落地移民提供剧本开发资金。你可以上网查一查相关资料，如果担心网站没有更新，可以打电话给相关政府部门进行咨询。

分步大纲

兜售提案是你写在纸上的故事。

但是从它入手去写你的剧本却不见得是个好主意。这个提案通常会使用某些利于兜售的小把戏去讲故事，而这正是你在正式写剧本之前需要修正掉的东西。比如说，你可以用简写的方式来写一连串场景，比如想展示一段萌发中的爱情，你可以说"她越是抗拒他，他越是爱她"。你可能会按照时间顺序来讲述一段故事，假设男主人公正赶往去营救女主人公的途中，而女主人公正在想办法逃走，在提案中你可能会以讲述男主人公的故事为主："当他正在做这个这个的时候，她正企图做那个"，然后你接着把女主人公的故事讲完。但是在电影里，你就要在两个人的故事之间来回切换。而有些细节只会在它变得极其重要的时候才会出现："对了，他们刚刚发现自己一直以来佩戴的项链可以完美地凑成一对，原来他们是一对兄妹！"

　　这些虚招在剧本中都要撤换掉。剧本中，事件的顺序要符合电影的叙述顺序。你需要把你的提案发展成剧情节拍表（beat sheet）[1]或故事大纲（outline）。

　　节拍表将整个故事分成四十到六十个步骤或节拍。每个节拍包含一个戏剧冲突或揭秘（revelation），每个节拍通常会被扩展成两到三页的一场戏，所以剧本基本控制在 100 到 120 页左右。一场大戏中的节拍可能会超过一个，比如，某一个节拍中的揭秘导致了新的对抗，或者某个节拍需要一个由几场戏构成的短段落（sequence）来呈现。

　　有的时候你可能还会想要写一份大纲，这取决于在正式写剧本（或叫"码页〔writing pages〕"）之前你想做多少工作，大纲就是在节拍表的基础上又向前迈了一步。如果你要拍的是两个人边走边争论的情景，那么单独的一个节拍可以是从商店外面移动到商店里面，然后出来走进小巷。而大纲则会细化到写出每一个你要拍摄的地点。它会通过剧本风格的提示行（内景。肖克利的房间。白天。）来确定这场戏是在何时何地发生的。

　　这是一段黑客电影的兜售提案：

---

[1] 剧情节拍表是一种好莱坞常用的写作大纲的形式，编剧会概括出每小段情节点的中心内容，并将其按顺序串联起来，这对理清故事线索非常有帮助，有时编剧也会在写完剧本的第一稿后再写剧情节拍表。——编者注

　　阿切尔通过他的掌上电脑将一种电脑病毒植入到电网中，防火墙的指示灯极速地闪烁着。阿切尔和祖玛虚张声势地蒙混进车库，阿切尔找到了他想要的东西，那是一辆还在实验阶段的烈马牌（Bronco）无人驾驶车，它带有声控装置和摄像"眼"。阿切尔也许不知道怎么开车，但是他能让这辆车发动起来，因为阿切尔黑进了烈马的操作系统并启动了它。

显然，这儿的虚招不少。"阿切尔和祖玛虚张声势地蒙混进车库"可以是一个五分钟的段落也可以是一场十五秒钟的戏，其实它就是一场戏。这段提案可以扩展成如下的节拍表：

　　12. 阿切尔通过他的掌上电脑将一种电脑病毒植入到电网中，防火墙的指示灯极速地闪烁着。

　　13. 电子门失灵，阿切尔和祖玛逃到走廊后却撞上了洛克。阿切尔让洛克相信是韦斯特上校命令他们去地下室开启备用安全系统的。

　　14. 阿切尔在车库中找到了还在实验阶段的烈马牌无人驾驶车，他黑进了车的操作系统并启动了它。

大纲可以确保我们知道以上这些事件发生的具体时间和地点：

12. 内景。阿切尔的房间—夜
　　阿切尔通过他的掌上电脑将电脑病毒植入到电网中，电子门失灵后，阿切尔和祖玛从那离开。

13. 内景。走廊—夜
　　阿切尔和祖玛在走廊里猛跑，然后撞上了洛克。阿切尔语速很快地讲了一通，让洛克相信是韦斯特上校命令他们两个去地下室启动备用安全系统的。

14. 内景。车库—夜
　　阿切尔找到了实验阶段的烈马牌无人驾驶车，他黑进了车的操作系统并启动了它。

这两者看起来很相似。但是如果在大纲中，你就需要明确地点，而且时间至少也要细化到白天或夜晚，这就可能暴露出你故事中一些逻辑上的漏洞。你可能会一下子发现，你在安排主人公和女朋友在纽约碰面的时候，其实他已经坐上了去巴黎的飞机。你还会发现有两场惊悚的大夜戏是主人公正在逃避地狱魔犬的追逐，而在这两场戏中间他还有一场在车管所出现的简短场面。政府机构白天才开门，那么你的主人公在那一天接下来的时间做什么呢？悠闲地躺在浴缸里玩填字游戏吗？像这样的"情节漏洞（plothole）"在节拍表里很容易被忽略，但是放在大纲里就能一下子找出来。

当然，你并不一定需要一个大纲。在分步大纲和节拍表的基础上我都写过剧本。但是我发现和分步大纲相比，在用节拍表的时候更容易出现愚蠢的漏洞。

奇怪的是，"剧本大纲"（treatment）这个术语经常被用到，尤其是在合同里面，但是它并没有明确定义。在我这本书里，如果一个制片人在跟你买这个项目之前想要一个剧本大纲，你就给他兜售提案；如果他要决定是否给你钱让你写剧本，你就把大纲给他。关于这个问题，在我的书里，毕竟是我做主嘛。

读一读你的分步大纲

从兜售提案到分步大纲（step outline）的发展过程里，你将故事中的转折和起伏进行了线性梳理。在这一进程里，你有机会严格地审视每一个步骤和每一场戏。

▶ 我可以不要这个节拍吗？

▶ 这两个节拍之间是不是少了点什么东西？

▶ 我能不能把这场戏安排在一个更有意思或者更合适的地方呢？

▶ 故事发展到这一点上的时候，如果发生了截然不同的事情会怎么样呢？

　　要记住，有些剧情内容你看起来有些许熟悉的话，你的观众对之熟悉的程度都会五倍于你，他们看过的电影一点不比你少，只是没有你看得细致。所以哪怕有些内容只是大致上比较相似，他们也会完全忽略掉细节上的不同，直接断定那是同一个东西。

2.8　接下来做什么？

　　当你确定自己的故事已经达到了自己所能创造的最佳状态，并且知道如何去呈现你的钩子时，那么你已经做好了写剧本的准备。

　　欢呼！

　　当你有了一个具体化的节拍表的时候，写剧本其实很简单，就是将每个步骤用动作和对白充实并扩展成一场戏。

　　很简单，是吧？一如你把兜售提案变成分步大纲或者节拍表的过程那样，当你把节拍表变成剧本的时候，你会在每进入到下一个阶段之前发现，想要把某些听起来还不错的想法放进剧本中可能根本行不通。你还会发现某些戏或某些人物非常鸡肋，这时候你可以直接把它们剔出去了。不论进展到哪一步，你都要随时准备好舍弃那些没有用的东西，有必要的话再引进一些更吸引人的东西作为替代或补充。在写剧本的时候你可能会一直修改你的节拍表。

　　所谓剧本的策略，就是没有什么是一锤子买卖。每一稿都可以算是初稿。只有当你再也想不出更好的方法去完善你的剧本，或者已经有人推动项目想要拍它的时候，你才能真正停笔。

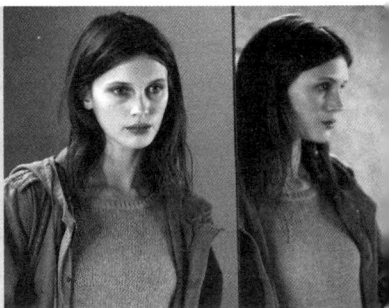

Chapter 3

人 物

CHARACTERS

如何写出引人入胜的人物是对剧本创作最大的一个挑战。

▶ 从表面上看，你故事中的人物像是被事件推着走；

▶ 其实他们只是你用来讲述故事的素材。

一个人物的所作所为都应该来源于他个性的自然流露——他的梦想，他的恐惧，他的缺陷……你的人物应该是一个活生生的人，但是他们只为你的故事而存在，一旦他们没能推进故事的发展，那就是在给影片拖后腿。

那些你需要他做什么就做什么，看起来却显得不够真实的人物，叫做扁平人物（flat characters）或功能人物（functional characters），你需要赋予这些人物以活力。

那些看起来活灵活现，很吸引人但却并没有推动故事发展的人物，叫做无用人物（useless characters）。他们或许给某场戏带来了活力，甚至可能是你的剧本中唯一活跃的因素，然而事实上，无用的人物才是真正破坏故事发展的家伙。在没有情节的情况下，从人物开始进入写作是相当困难的，但是如果你已经有了情节，就可以根据情节的设定决定你

所需要的人物，然后边写边赋予他们生命。如果是电视剧的话顺序恰恰
相反：某某想开发一个电视剧，他先想出一些非常有趣的人物和情景，
然后开始创造一个又一个把这些人物搅进其中的情节。

3.1 人物创造的逆向工程

编剧们会通过许多不为人知的方式来发掘人物，其实只要能奏效哪
种方式都是可以的。我估计大多数的编剧都是先在脑中搜索出一个他们
认为合适的人物，然后再去想他们能让这个人物做些什么。如果编剧的
直觉准确，这种方式便会奏效。

一个聪明的办法就是逆向工程（reverse engineer）。假如你已经知道
自己的钩子是什么，那么就不难想出你需要什么样的人物来讲这个故事。
你可以从主人公和对手（如果有的话）开始组建你的角色。每一个新的
人物都从你的钩子出发，也都立足于你已经创造出的人物基础之上，这
样你最终会得到自己所需要的全部角色。

也许这个办法听上去像是异端邪说，因为它显得十分不自然。它的
确很不自然，可是讲故事就不是一个自然过程，故事是人编造出来的，
其材料都是人工杜撰的。我相信，很多貌似用着更加自然的方式来创造
人物的作家其实在本质上跟我如出一辙，他们只是假装没这样做而已。
但如果想把技巧发展成有用的工具，你得清楚地知道技巧是怎么用的。

你的钩子通常会介绍你的主人公，或英雄。如果你的故事里有对手
或者是大恶棍，那么从钩子里一般也看得出来。比较理想的状态是，对
手（或恶棍）在某种程度上恰恰是对英雄的反射，他们可以是一个硬币
的正反两面。蝙蝠侠和小丑都是愤怒而暴力的人物形象，他们都穿着奇
装异服，游离在法律的约束之外而各自寻求着自己的归宿，只不过蝙蝠
侠碰巧站在了正义的一边，而小丑投奔了邪恶。我们可以在许多动作片
中找到他们这种对立关系：一个疲惫不堪、受过重创、凭直觉行事的普
通人和上流社会某个冷酷、狡猾又没有道德约束的恶人之间的对决（如

《虎胆龙威》、《谁陷害了兔子罗杰》［*Who Framed Roger Rabbit*］），
奥赛罗有多热情善良，埃古就有多狡猾和冷血。

你的主人公和对手应该完美地诠释你所要表达主题的不同层面。假
设你的主题是救赎，那么你的主人公最后会完成自我的救赎，对手却不
会；如果你的主题讲的是责任义务，那么你的主人公可能会出于责任感
而牺牲自己，而坏人则以义务为借口对他人为所欲为。

许多剧本中主人公都需要有爱慕对象或者一个密友，要是英雄没有
倾诉对象，谁能知道他脑子里想的是什么呢？同样的，主角和他的爱慕
对象或是密友之间的关系也必须是张力十足的：如果一个有着强壮的身
体，那么另一个就要有强大的内心；如果一个小心翼翼，另一个就要简
单粗暴；如果一个鲁莽过头，那么另一个就要懂得珍惜生命。在戏剧中，
越是反差大的两者就越是互相吸引。没人希望在一场戏中的两个人都是
意见统一相敬如宾的。至少在故事结束之前，两人之间充满矛盾才好。

爱慕对象指的是让主人公陷入爱情的某个人。她可以是第二主演，
在片子中始终都待在主人公旁边；她也可以是某个小角色，放在那只为
了给硝烟弥漫的战争场面增添点浪漫气息（为了商业原因考虑，通常戏
剧、电影的主人公都是男性，所以爱慕对象往往是女性；而在电视剧领
域，由于女性观众居多，女性主人公也就占主导地位，因此爱慕对象往
往是男性角色）。如果你写的是主流电影，只要钩子允许，你通常都不
会拒绝写一个爱慕对象的，一部主要人物都是男性或都是女性的电影实
在是与市场有些格格不入。但反过来说，千万别为了强求加入爱慕对象
就把你的故事改得面目全非。如果你写的是二战时期的海军故事，就别
绞尽脑汁地非要安排个女的在潜艇上了。

爱慕对象或密友可以且通常也应该成为主人公的阻碍，也就是说，
她或他有时候需要满足亲密对手的功能（见第 2 章）。如果她能够在某
种程度上和主题相呼应就更好了。如前面提到的，假如主题是救赎，那
么她可以是某个已经完成了救赎的人物，或者主人公为了完成救赎而必
须赢得她或是放弃她。

如果主人公在调查或进入一个他完全不熟悉的世界，那么你需要一个解说者：这个人能够告诉主人公也告诉观众正在发生的事情、面临的风险/赌注以及对手是谁。解说者可以是爱慕对象，尤其当主人公是从外界来到她的世界的时候（《夜长梦多》[*The Big Sleep*]，《目击者》[*Witness*]）；解说者也可以是主人公的导师（《星球大战》）。

为你的英雄安排一个跟班，给坏人设一个邪恶跟班，跟班通常是脱掉了神圣外衣或邪恶面具后的英雄或是坏蛋。如果英雄很勇敢，那他的跟班可能就是个胆小鬼；如果坏蛋是个大盗，那他的跟班就是个小毛贼。好跟班能够诠释英雄隐藏在内心深处的普通人情感，而坏跟班一般会摇摆不定甚至会背叛主子。

把所有可能出现的人物按种类列个单子出来实在是没有多大意义，人物是没法界限分明地划分类型的，跟班可以是爱慕对象也可以是解说者。我要说的无非是，你可以从钩子出发倒着来，这样你的主要人物（1）是从你的钩子和主题出发的；（2）从某种意义上说，是对故事的主人公与对手或英雄与恶人的反射。

我们可以把人物看作乐谱上的音符，主人公是基调，而其他角色只是各个部分的和弦。他们发出不同的声音，表达不同的情感，但彼此之间又相互呼应，才和谐优美。

如果你的故事没有钩子（但愿这没有发生），那么你的人物就要从主题入手。也许你认为自己连主题也没有，实则不然。仔细想想你的故事，总会发现它的确有一个主题，而你可以用这个主题作为创造人物的指南。要是真的既没钩子也没主题，你还写剧本干吗呢？（如果你回答说"因为他们给钱啊"——好吧，这是最实在的回答——可那你也至少得想办法找个主题出来不是？）

实际上，如果你当真没有钩子，那么其他任何能够推动项目往下进行的因素都决定着你的人物。如果你的片子是部续集，那么谁在上一部片子里成功地活了下来，就以谁作为开篇的人物；如果你的片子改编自一部广受好评的书，那人物就都来自书中，不过这样的话，你需要对他们进行大刀阔斧的删减和合并；就算你的故事是来自其他素材，你也会希望自己的次要人物们能够和主要人物以及故事主题产生联系和共鸣。

逆向工程实际上并不像它听起来那样标新立异。关键在于，你要确保自己的所有人物都在推动故事的发展。你是在钩子的基础上创造了人物并确保他们真实可信，而不是创造一些人物出来再去想办法让他们和钩子与主题挂上钩。

要记住，逆向工程只是个工具而已，没有什么工具会比故事本身更重要，工具存在的意义在于帮助你创造出一个精彩的故事。如果你真的觉得需要某个人物，那即便他看起来和钩子及主题都没什么关系也不要紧，你把他放在故事里，再看看效果如何。也许到后来你会发现他和钩子与主题都产生了关联也说不定。当然无论如何，最关键的是做个好故事出来，就像邓小平所说的：“黑猫白猫，抓着耗子就是好猫。”

逆向工程：《木乃伊》

让我们假设你要写一部名为《木乃伊》（*The Mummy*）的电影。你希望它会是一部冲击力强大、特效炫酷的浪漫动作历险片，因为电影公司认为观众喜欢这样的片子，或者（如果是待售剧本）因为你刚好有写这种片子的情绪与想法。那么它的钩子应该是这样的：

> 几个考古学家不经意间唤醒了一个木乃伊。他曾是古埃及的一个邪恶大巫师。当巫师想尽办法要让逝去已久的爱人复活时，一位勇敢的退伍军人和一位美丽的埃及学学者必须在他变得无比强大，并毁灭世界之前阻止他的行动。

1999 年这部红极一时的《木乃伊》可谓是鲍里斯·卡洛夫（Boris Karloff）1932 年版《木乃伊》的经典重现。但是编剧很显然对整个故事都有了新的把握，所以我们可以将其看做一次全新的创作。

立刻，我们就可以从钩子当中得到几个人物。

最重要的人物当然要数木乃伊伊姆霍特普（Imhotep）本尊了，他是罪人，因自己犯下的罪行而受到诅咒；他是活死人，一旦复活就将获得无穷无尽的永恒神力；他是个怪物，但是他同时又是一个脆弱和令人信服的人物，因为他的恶行都出于自己对法老妻子的爱。在古时候，最大的罪过莫过于杀死自己的王了，所以，他在故事的第一个段落中便这样做了。

下一个人物是法老的妻子，不过她在电影里大多数时间都是死掉的状态，所以其实她并没有什么戏份。

接下来便是我们的主角里克·奥康奈尔了。这是一部大打出手的片子，因此我们需要这样一个莽撞而勇敢、具有浪漫情怀的冒险家。他跟一帮考古学家能扯上什么关系？那些人可以雇佣里克保护他们，但是主角老是陷在自己搞出来的烂摊子里，那么故事会更有趣，所以他也一开始就参加了考古学家的挖掘活动。你当然可以单纯地将主角设置成一个导游，但是那就没法把他和情节紧密地联系在一起，所以我们设计，让他知道通往埋葬着木乃伊的神秘死亡之城的道路。他为什么要帮助考古的？比较常见的理由是因为钱，但是里克是英雄，他不能在乎钱，所以要是因为人家救过他的命，故事就好玩多了。再给他一个法国外籍军团退伍兵的身份，这种人天生就会制造麻烦，有着他们不愿提起的过去，而且这样也解释了为什么里克能冒着枪林弹雨到达死亡之城。以上说的碰巧正是故事的第二个段落。

如果男主角身手矫健，那女主角就最好是蕙质兰心，这样他们就彼此吸引又容易因对方而抓狂，能为对方所不能为，这样故事才有看头。她那么有学识当然看得懂象形文字啦，他越不修边幅，她就越玩命地优雅端庄；他理性实际，却不受约束，她浪漫感性，却自制内敛。于是，就安排我们的女主角伊芙琳在开罗当一名埃及历史博物馆的管理员好了。

这部影片既然已经被制片方设定成受众广泛适合家庭观影的片子了，那么我们不如扔几个有喜感的跟班进去做调味品吧。首先是乔纳森，伊芙琳的兄弟，里克和伊芙琳虽然表现形式有所不同，但是本质上他们都是非常勇敢的，而乔纳森就比较胆小。因为里克和伊芙琳是成功的榜样，乔纳森就成了失败的典型，但是他能够一路走到底修成正果，因为他是个正面的跟班。

我们已经有了足够支撑一部好电影的人物数量，这基本就是 1932 年《木乃伊》的主要人物规模。1999 年《木乃伊》的主创们希望影片有更大的规模和主演阵容，所以他们又加了些人进去。

木乃伊本身非常恐怖严肃，但是考虑到面向观众的广泛性，他需要一个搞笑点的跟班，对吧？英雄是一位强壮、勇敢、正义又浪漫的冒险者，坏蛋是个强壮、勇敢、邪恶又浪漫的冒险者，于是我们需要安排这样一个胆小、卑鄙又贪婪的家伙：贝尼·加博尔。木乃伊是大恶棍，贝尼是小恶棍；木乃伊的驱动力是情感，贝尼的驱动力是贪财。

他跟木乃伊要怎么扯上关系呢？虽然木乃伊是里克的对手，但是跟一个只会说古埃及语和一点点希伯来语的坏蛋实在是没法交流。所以贝尼的身份其实是里克的人类对手，这种对手关系可追溯到外籍志愿军团的时候。这就解释了贝尼为什么会和里克一样遭遇射杀，为什么他会回到死亡之城，和考古的人搅和在一起。

我们还需要安排一伙人跟伊芙琳这帮考古的人作对，我们已经不需要更多的邪恶的反派了，所以这帮人在道德上应该是中性的。于是，我们将他们安排成鲁莽的美国牛仔式的盗墓分子，他们想先于英雄们到达死亡之城，而且在唤醒木乃伊的问题上，他们至少要负上一半的责任。盗墓分子自己引火上身招来了诅咒，所以，当他们被挨个干掉的时候，我们也就不会太伤心。

说到这，我到底想要说的是什么呢？理论上来讲，每一个人物都可以从钩子或已有的人物中挖掘出来。当然，在这一过程的任意一点上，你都可以有其他选择，任何人物的发展都有着无限可能。或许在和我们这个世界并行的一个空间中，也有部叫做《木乃伊》的电影，那里面的贝尼，那个邪恶的小帮凶最后为拯救世界立了大功。

逆向工程是一个非常强有力的工具，但就像任何一个能工巧匠手里的工具一样，你要尽心尽力才能用好它，所谓尽心尽力就是创造出满足每一个需要的人物。不说别的，至少你还可以用逆向工程二次审视你剧本中是不是该有的人物都有了，而不该有的都删掉了。

3.2 新鲜感

你并不是在真空的状态下写作。读你剧本的人今天可能还有另外五个本子需要看，有些会从头读到尾。信不信由你，你呕心沥血塑造出的人物，可能对他们来说却相当面熟。

你要避免这种情况发生，你的人物必须让人过目不忘又独一无二，他们必须充满新鲜感。

电影《夺宝奇兵》（*Raiders of the Lost Ark*）中，影片介绍凯伦·艾伦所扮演的女强人的方式，是让她一出场就跟大块头的西藏男人比试酒量并战胜对方。她将成为印第安纳·琼斯的爱慕对象，但她又明显不是一般动作片中那种让人尖叫的典型爱慕对象类型。她有趣又暴力，能在山里开沙龙，酒量惊人。她遇到印第安纳·琼斯时，会挥拳将其重重击倒。

这在当时真是让人大跌眼镜，而自此开始，恨不得每个女主角都要将男主角打倒在地，让你甚至开始怀疑当个男主角真没有什么好处。

把次要人物写得强势总是要比弱势好，这样他们才能在最大程度上给主角找麻烦。如果不是身体强壮，他们就该要么狡猾奸诈要么神秘莫测。

你并不需要让自己的人物疯疯癫癫的，剧作所面临的巨大挑战之一就是创造具有新鲜感但又不是为了与众不同而与众不同的人物。

每当你创造一个人物的时候，就要考虑他或她的所有特质特征。你的第一个想法通常都不是最好的。每次你新想出一个角色的时候，都花点时间考虑考虑是不是对其做出轻微的调整就能获得更好的效果。他是不是该老一点？年轻一点？黑人怎么样？还是拉丁裔更好些？要不设计成女的？一个虔诚的天主教徒？还是一个患有轻微图雷特综合征（Tourette's syndrome）①的摩门教徒，一个总是满嘴脏话但怎么也弄不懂这有什么不好的家伙？

舍弃显而易见的东西，逆流而上。有了新想法，先想想有没有在别的电影中见到过，如果见过，你需要想出更好的，做不到也没关系，但是一定要尝试着去想。

3.3 细节之处见真招

> 你可以从一个人处理三件事情的方式上了解这个人：下雨天、丢失的行李以及缠绕在一起的圣诞树装饰彩灯。
>
> ——匿名

不管你是不是小心翼翼地运用技巧提炼你的人物，一旦他们只被用来满足戏剧功能，他们看起来就都还是枯燥乏味的。当然，他们的存在确实只是为了戏剧功能服务。但是他们必须看起来是真实的人，是被你故事中发生的一系列事件推着走的人。如果他们以纯粹功能性的姿态出现，没人会在乎他们身上都发生了什么事情。

让一个无聊的人物出彩不是个简单的工作，你需要：

▶ 让你的人物活起来；
▶ 千万不要背叛他们。

让你的人物活起来意味着赋予他一些与众不同的、甚至怪异的特质让他能从人堆里脱颖而出。创造人物的第一步就包括试着把你的人物作为一个完整的人来看待。他靠什么为生？她有没有家庭？他住在哪里？她都害怕些什么？他渴望得到什么？她长大后想成为什么样的人，而如今事与愿违又作何感想？是什么阻止了他去改变自己的人生？

---

① 图雷特综合征患者会不由自主地喉鸣、喊叫，甚至不由自主地咒骂。——编者注

这些都是重要的问题，因为正是这些问题定义了人物。但这些也只是人物的骨架，人物的生动性存在于细节当中。

让我们假设你正在设计一位美国总统。当然了，这是一个雄心勃勃的人物，他应该讨人喜欢。他可能来自南部，但是读了一所常青藤名校，这显示了他不仅仅徒有虚表，还是个有脑子的人。他可能会有绯闻韵事，通常政客和这种事都脱不了干系。

不幸的是，以上的种种描述可以和许许多多的总统候选人相符合——假设他们都在搞婚外情的话，这个人物还没有活起来，我们也谈不上喜欢或讨厌他。但是，要是你让他偏爱麦当劳的巨无霸，虽然他手下有着顶尖的大厨为他服务；要是他放着许许多多的美妙聪慧又行事谨慎的华盛顿女性不顾，偏偏喜欢上有点神经质又有点肥胖的实习生。这样一来，人们就会因为这个人物的人性弱点去喜爱他或憎恶他了。

是什么东西让人物感觉真实？是那些观众们仅从已知的人物行为中无法预测判断出的具体的、不平常的细节，是这些细节让人物在现实世界中立住了脚。假设你的故事里有两个警察正在一家点心铺外面盘问一个线人，线人因为对橱窗里的点心垂涎三尺而心不在焉，警察只好去店里买了泡芙给他好让其专心，这一细节让你的人物成了一个真人。我们大多数人并不认识什么警察或者线人，但是我们谁都认识一两个无法抗拒巧克力泡芙诱惑的人。

顺便说一下，让人物显得真实有个小花招，就是给他安排一点自我矛盾的细节。假设你的一个人物讲述她的父亲死于肺癌的事，讲得很动情，接下来她可能就跟谁要了根烟，虽然她有些尴尬，但是到底还是点着了。自由派人士可以持有手枪，保守党没准是个同性恋。但这一招你不能多用，因为它就是个花招而已。

3.4　鬼　魂

有时候你的主人公会有鬼魂（ghost）随行，这鬼魂指的是某种纠缠他不放的力量：它来自于主人公的过去；它驱使他达成目标又或者成为他实现目标的阻碍。如果人物有一个鬼魂相伴，它便是有关人物个性的最重要的细节。它可以是字面意义上的鬼魂，这个术语很可能就是来源于哈姆雷特父亲的鬼魂，它坚持让哈姆雷特违背天性，为自己报仇而去杀死他的叔父克劳迪亚斯；相似的，蝙蝠侠的父母死于一次抢劫，而想要为那一次罪行复仇的心理促使着他去打击犯罪；卢克天行者的父亲在卢克懂事前就已经去世了，卢克想要成为和父亲一样优秀的飞行员的愿望促使他在塔图因星球上摩拳擦掌。鬼魂，可以是任何一种让人心绪不宁的创伤或令人难以释怀的丧亲之痛。

《精神病患者》（*Psycho*）里，诺曼·贝茨在两种力量之间挣扎：一方面是自己的性冲动，另一方面是来自他保守母亲的清规戒律的约束；在电影《心灵捕手》（*Good Will Hunting*）中，威尔对他残暴父亲的愤怒使他无法开发自己的数学天才，也阻止了他敞开心扉地去爱；在《卡萨布兰卡》中，里克因为他的爱人把自己一个人抛弃在火车站而久久不能释怀，这也是为什么他选择在卡萨布兰卡开了间酒吧而不是抄起枪杆奔赴战场的原因。

如果故事有个大团圆的结局，那么主人公会在影片结尾时放下心中的鬼魂，要么是目标的达成使其得以平复，要么是为了能够达成目标而率先将其平复。如果结局是个悲剧，则通常是主人公因为不知道该如何应对这种力量而丧失了达成目标的能力。

3.5 人物的秘密生活

我觉得，你对细节的追求有时会让你走得太远。很多剧作老师们觉得你应该比观众更加了解你的人物。你应该为所有的人物都写出完整的前史（backstory）故事：他们读哪里的学校，学的是什么专业，他们的母亲靠什么生活，他们的早饭都吃些什么，等等。（前史是个电影术语，讲述银幕上故事开始之前发生的事情。）这种理论认为完整的前史可以有助于让你的主人公变得鲜活，它或许能够起到这种作用——对你来说。问题是，你的观众只能看到银幕上发生的事，审读员只能了解写在纸上的文字，如果是剧本里没有的事儿，我们又是怎么知道的呢？关于人物前史的信息能够慢慢渗透到你所写的人物当中吗？

没有这种渗透的话，别人怎么知道你的人物的前史？你的脑海中有了一个深刻饱满、有着多面性的人物，你为他写出含蓄美妙的台词，细腻地刻画着他独一无二的个性特质。

不幸的是，最有可能出现的情况是，只有你一个人知道你那个深刻饱满的人物内心生活的秘密。对白就那么摆在那，没有什么会引导我们去想象这个人物居然还有着不为人知的一面。人物银幕以外的生活或背景没有存在的理由，至多我们可以从银幕故事中人物受影响的程度上看出一些前史的端倪，仅此而已。

就我个人的习惯来讲，我喜欢通过写出人物的行为和台词来发现人物是怎么回事。我让他们说话，然后我对自己说："哇哦，我不知道盖尔原来还有这样的一面。太好了，我能用上它！"这意味着我能轻松为人物设计出适用于剧本的前史故事，也意味着我所了解到这个人物一切全都进入了剧本。

想要展现某个小人物的话，通常你可以展示一点他银幕外的日常生活，让我们或多或少地知道点他在这一幕开场之前的活动。如果是一个警察要去和一个店主谈话，你可以在这一场的开头安排店主去讨一个漂亮女顾客的欢心，或是去吼一群胡闹的孩子，或者在电话里和供应商讨价还价争论不休。这就让我们对他的生活有所窥见，也让这个人物把一种情绪和态度带到这场戏当中。

罗杰·泽拉兹尼（Roger Zelazny）是一位杰出的科幻魔幻作家，他有个很有意思的技巧，就是他为某个人物写一场戏，但并不把这场戏放在故事里。罗杰不是写整个前史，只是一场戏而已，他会在故事里提到这个场景，这就让观众觉得这个人物是有着自己的生活的。编剧特里·罗西奥（Terry Rossio，《佐罗的面具》［*The Mask of Zorro*］的编剧）在他的网站（http://www.wordplayer.com）上也探讨了同样的观点。他引用最早的《星球大战》故事为例：欧比旺·克诺比告诉卢克，"黑武士曾和他的父亲在克隆战争中一同作战，"尽管我们从来都不知道克隆战争是怎么一回事（至少在二十五年之后的第五部作品出来之前都不知道！）。

要注意的是这和写出完整的前史大不一样。要想让这一技巧有效，就需要在影片或剧本中的某一时刻，让某一个人提到这个没有在银幕上出现的场景。这一招，只要你不去滥用，是一个有价值的技巧，你不需要让每一个铺垫都开花结果。

有些人物你或许并不想太费工夫去充实他们。一个出色的定型角色（stock character）可以给观众带来极大的乐趣。让人生厌的商店售货员，糊里糊涂的老爷爷，我们真的想知道这些人的内心苦难吗？当然不，因为那没什么意思。

还有那些大坏蛋。比如阿伦·瑞克曼在《侠盗罗宾汉》（Robin Hood, Prince of Thieves）中那个装腔作势的诺丁汉警长，我们真的想要知道是什么让他变成了现在这个样子吗？我们不想。我们只需要他是个不折不扣的混蛋，任何解释都会让这个人物变得没那么有趣。恶人和定型人物之所以出彩是因为你可以淋漓尽致地表现他们的特质。人物的形象，就是要让他们把设定好的特质表现出来。我们愿意去憎恨邪恶的西方女巫，或者007系列里面的任何一个大反派（诺博士、金手指、魔鬼党的大头目等），他们纵情于自己的邪恶之中，我们也大呼过瘾。坏蛋的气场越强，英雄的阻碍就越大，矛盾冲突就更加激烈，故事也就更具戏剧性。

3.6 不要背叛你的人物

在充实人物的过程中，注意不要背叛他们。

当你逼人物去做的事情没有合理的动机时，就是在背叛他们。在你所创造的环境下，你让自己的人物去做某件事，换做真人可能不会去做的事，你仗着自己是编剧，就偏偏安排角色去做了。

那是作弊。

将自己放在人物的立场上，然后想：在这种情况下，我会怎么做？

几乎在每一部恐怖片的续集当中，我们都不难发现愚蠢的人类很少从他们非比寻常的经历中学到些什么。换了是我，如果有人在我的房子里开启了一道通往地狱的门，我会一有时间就去研究这其中的玄机。但这些人不是，他们像没事人一样该怎么着还怎么着。

骗谁呢？

《终结者2》做得最漂亮的一点就是导演詹姆斯·卡梅隆（James Cameron）没有背叛他的女主人公莎拉·康纳。在前一部《终结者》中，一个来自未来核战争废墟的机器想要杀死她。而在续集中，莎拉做了任何一个在她处境下的女人都会做的事情：她把自己变成了一个为生存而战的狂人，她尝试着去炸毁研制引发核战机器原型的实验室；她被关进精神病房，因为没人相信她的话。换个二流的编剧可能还会把她写成原来那个餐馆端盘子的女人，因为"她要把过去的包袱统统丢掉"。

永远别让你的人物比你还笨。如果你都不会回到那所房子里去，你的人物为什么要回去？要知道你的人物也看过电影，他们知道接下来会发生什么样的事。

为什么他们不打电话叫警察呢？

为什么警察不要求支援呢？

这并不意味着你就不能让你的人物去做危险或是愚蠢的事情了，只是你需要给他们以足够充分的理由去做这些事情。《异形魔怪》（Tremors）是一部不错的低成本科幻惊悚片，故事讲的是加州沙漠中的一个小镇子里的人们突然受到了某个地下生物的袭击。我非常欣赏这部电影的一点就在于当这些人物意识到有不好的事情要发生的时候，他们拼命地想要离开那儿。没有"哦，那可能只是风吧"，没有"我们去看看刚刚什么在响"。他们一心要离开道奇镇，并且尝试了所有可能的方法，最后实在是别无选择了才和怪物展开了搏斗。

你想要的行为越古怪，你就得越花力气，去给你的人物们寻找该行为背后的合理理由。

布奇·卡西迪和日舞小子跳下悬崖坠入河中，要不然他们就会被打死或绞死，我愿意相信他们宁可选择跳崖。《勇敢的心》中威廉·华莱士走进了一个明摆着的陷阱，因为那是他唯一可能获得和平的机会。

想让你的人物去做某件事时，要给他合适的动机去做。如果你想让一个大美女爱上你的衰人男主角，就给她一个好的理由去坠入情海，可不要只是因为你想让一个大美女爱上你自己。动机可以是合理充分的，或者干脆是古怪而标新立异的，但它必须是可信的。架好故事结构，写好人物，这样基于我们对人物已有的认识，我们才会相信，你让人物们做出的都是非常合理的选择。

> 每个人物都是它自己电影的主角。

我在这儿抖个秘密：在真实的生活中，每个人都认为他是自己生活这部电影中的明星，每个人都是自己电影的主角。如第二章中所提到的，你要确保自己的主要人物有一个驱使着他的目标，有他想要得到的东西，有他会失去的东西，还有阻碍他的东西。事实上，每一个重要的人物都需要这些，他们的目标将他们和主人公联系在一起，成为他的同伴或是对手。反派很明显地视英雄为阻碍；爱慕对象的目标可能是和英雄幸福地生活在一起，她可能会把英雄要对抗坏蛋这件事视为实现自己目标的阻碍，这时候她就成了亲密对手。或者她的目标是英雄能够战胜坏蛋的邪恶计划：那么她就变成了盟友。你可能不需要花太多时间去研究次要人物的目标和阻碍具体都是些什么，但是他们也应该具备这些元素。这样这些人物才可以引人入胜。

你应该为每个重要的人物通读一遍故事大纲（等有了剧本之后也要这么做），读的时候仅以某个人物的视角去读。单纯地从她的角度去看她的行为，而不要去管剧本需要她做些什么。有没有什么是你让她做，但是她没有必要做的事情？如果有，你就需要给她找点别的事儿做或者给她一个不同的动机。

当然，我是在逆向行进。人物来自于故事。当你决定了人物需要做哪些事情之后，再设计出动机，这也是剧作和真实生活不同的地方。故事就是一切，一切都始于故事的需要。

3.7 确定电影演员阵容

如果你是在为某一明星要出演的影片写剧本，这部电影里面有人们耳熟能详的明星担纲的大制作，那么你要小心不要违反了某些不成文的规定，要知道明星可是有所为有所不为的。这里我要套用编剧威廉·戈德曼（William Goldman）曾对明星和演员所做的对比来说明：明星是周而复始地出演同一类型角色的人，他们经过种种历练为自己打造了一个我们愿意掏腰包去看的、充满魅力的银幕形象；而演员则是让我们心悦诚服地去看他演绎不同角色的人。

比如说哈里森·福特在出演老童子军的正面形象之前，一直扮演了好多年那种自以为是、胆大妄为的家伙；罗伯特·雷德福（Robert Redford）则演绎了很久的老金童形象，就是比他本人看起来要机灵些，但不够智慧。是大体上的行为规矩体面，不到迫不得已都会与世无争的那种人；而梅尔·吉布森的形象就是个有点讨人喜欢的流氓，有点疯疯癫癫，内心却通常承受着莫大的痛苦。

相反地，像达斯汀·霍夫曼（Dustin Hoffman），罗伯特·德尼罗（Robert De Niro）和罗伯特·杜瓦尔（Robert Duvall）这样的演员，他们所演绎的角色不但不一样，甚至风格极其迥异。

尽管不同的明星有着不同的银幕形象，但并不是说就毫无相似点可寻。比如说，明星出演的角色就绝不会输，他们会被杀死，但绝不会被打败；他们所演绎的角色可能有阴暗的一面，但一定会完成自我救赎；他们可能会做坏事，但不会做下三滥的事儿。

保持人物一致性就要先把人物写出来再去为他选定演员。如果试着想像让某个明星去出演你写的东西，你往往会发现自己所写的那些对白和动作，明星们是压根儿不会接受的，你就只好改掉你的戏。

要为你的人物选对演员。我曾写过一个太空剧的本子，"拟请"哈里森·福特出演。主人公是个坏警察，也是个胆小鬼。内心的良知要他冒着生命危险站在叛逆者的一边，而另一边又有着更加丰厚的条件等着他，我们不知道他会如何做出选择。总之，人物的选择是模棱两可的。

我真的应该一早就想到，哈里森·福特怎么会去演个懦弱的坏人。大反派他会演的，比如《危机四伏》（*What Lies Beneath*），但是懦弱就没戏了。在我为这个角色"重新拟请"了库尔特·拉塞尔（Kurt Russell）之后，问题就迎刃而解了。拉塞尔的银幕形象中有阴暗的一面：人们可以喜欢他，但不见得就信任他。在我为拉塞尔进行改写的时候，对白文字跃然纸上，纠结的人物也自然地立了起来，谁也不知道他会如何做出选择。

当然你还可以把你的朋友甚至你的仇人想象成所写的人物，因为你了解他们遇事会如何反应。

你不需要告诉任何人自己想要的演员是怎样的，你要让台词本身来说明问题。如果你剧本写得很到位，那么读你本子的人对要谁来演哪个人物的问题都会心中有数。

拟定演员阵容这件事，电影学校是不会教给你的，我估计老师们是担心会扼杀了你的原创精神。为你的片子选择合适的演员这不是什么伟大的艺术，它只是一个技巧。但至少在我看来，通过技巧之路驶向伟大艺术的彼岸实在要比仅凭直觉这样做容易得多。毕加索在发明观察世界的新方法之前也是受过传统绘画训练的，不然他对那些立体主义作品的控制就难以实现。就在毕加索把人像的两只眼睛都画到鼻子同一侧的许久之后，他还会时不时地为某人弄出一副完全写实的人像来，好提醒人们他十分清楚自己在做什么。一旦你熟练地掌握了如何用明星模型去选定角色，下次再选的时候，你就可以根据自己的需要，而不是毫无自觉地去打破这一模型。

但是要注意的是，你不能指望通过对演员的想象就能让人物变得有趣或是讨人喜欢。我们，你的审读员们，在开始读你的剧本的时候，脑子里是不存在什么哈里森·福特的，也就不会从一开始就对你的主人公有任何额外的关爱。

你要把人物设计得十分诱人可信，这样哪怕是吉姆·贝鲁什（Jim Belushi）那样的演员来演，我们也会对人物命运予以关注。

试着"拟定"一个你自己觉得没什么魅力可言的明星来演你的人物。你是否还在乎你的主人公？如果回答是肯定的，说明你干得不错。如果是否定的，那么你还有许多工作要做。

但是你要记住，你的人物是否让人喜欢并不重要，重要的是你的人物是可信和诱人的。说到这个问题，我想要说一说——

3.8　一些开发主管的迷思

多年以来，我经常听到很多剧本开发部主管针对剧本中的人物问题提出的批评意见，其实这些评论并没有说到点子上：

（1）"对白太平淡。"
（2）"我们对主人公所知甚少。"
（3）"我们不喜欢主人公。"
（4）"情节太零散。"

这些评论没什么用处，甚至是危险的，因为从字面意义上去理解它们根本解决不了真正的问题。问题其实都出在人物身上。

对白太平淡

最危险的评论莫过于"对白太平淡"。不好的对白有很多种，平淡是其中一种：枯燥乏味的对白，毫无生气的对白，司空见惯的对白都是平淡的对白。但是那种听上去伶牙俐齿掷地有声的对白也只是好对白的一种，并且也只适合某些特定的人物和某些剧本。如果你写的是《当哈利遇到萨莉》（*When Harry Met Sally*）或者《电子情书》又或者任何为梅格·瑞恩（Meg Ryan）量身定做的电影，那么你的对白可能需要清脆迅疾，像连珠炮一样。但是如果你写的是《荒野大镖客》或者《不可饶恕》（*Unforgiven*）或是任何给克林特·伊斯特伍德写的片子，那么你会想要尽可能少用对白或只用简约的对白，不过简约的对白很容易被指责为太平淡。开发部的主管在深夜躺在床上看着你的本子，她的视线已经开始模糊，她的床头堆满了剧本，她的男朋友对着她打着没完没了的呼噜，她实在是没有多少精力可以放在认真阅读你的作品上，所以如果不对她的胃口，她就会认为是平淡的。另一方面，演员们却有可能将他们的想法、激情以及才能都融入到对白和对白空隙之间，因此你的"平淡"对白可能实际上是很不错的。

这里真正的症结在于你的人物还没有得到我们的关注，没有立起来。如果我们不知道他们是怎么回事，也不关心他们，我们才不在乎他们说什么。于是乎，对白就好像平淡了些。如果我们关心人物，我们自己就会为她或他的台词注入人性。搞定了人物，对白的问题不搞自定。

我们对主人公所知甚少

理论上来讲，每个人都想要一个丰满和讨人喜欢的主人公。但当你的主人公没达到这些要求，你就会听到"我们对主人公所知甚少"，通常这样的评论之后就会要求你拿出解决这个问题的戏来。最经典的评论是"我们对主人公的背景一无所知"。

不幸的是，当你把剧本修改到让人们了解了主人公的背景之后，你的本子依然会因为别的原因被拒之门外。如果你是个称职的编剧，你就该知道"我想要更多地知道主人公的过去"实际上的意思是"我看不明白你的人物"。这两者不是一回事。

《小魔怪》（*Gremlins*）是人物刻画的一个反面教材。菲比·凯茨

（Phoebe Cates）解释说她讨厌圣诞节是因为她爸爸是在那天去世的。尖耳朵的小怪物们都疯了，谁在乎她喜不喜欢圣诞节！

再看看电视剧《吸血鬼猎人巴菲》（*Buffy: The Vampire Slayer*）：

> **巴菲**
> 从八岁开始，我对所有的玩偶都很抓狂。
>
> **维洛**
> 发生了什么事？
>
> **巴菲**
> 我看到了一个玩偶，它让我浑身起鸡皮
> 疙瘩而已，干吗非有什么故事不可？

你的电影或许是关于主人公如何解开他过去心结的。但是大多数卖座的影片以及至少半数以上的好片子对它们主人公的背景都是非常轻描淡写甚至完全不做交代的。

比如你看《亡命天涯》（*The Fugitive*）里，金波医生几乎就没什么背景信息可言，他老婆是在电影中被杀的，剩下的时间他都用来寻找凶手了。也没谁觉得非要对他的过去进行一番调查，他在银幕上的行为已经比任何前史故事要说明问题了。他一次又一次地不顾个人安危和冒着失去自由的危险去挽救无辜的性命，我们还需要再知道些什么呢？

沙恩小的时候是个怎样的孩子？我们知道的不多，也不想知道得更多。我们了解他对于无辜的人受到恶徒虐待时是怎样反应的，也了解他对此采取了什么样的行动，足矣。

如果你的主人公做的每件事情都能够展示出他是怎样的一个人，那就没人跟你要橡皮鸭子（rubber ducky）了。

我还是费点口舌讲讲有关前史的橡皮鸭子理论是怎么一回事吧。

橡皮鸭子是编剧帕迪·柴耶夫斯基（Paddy Chayevsky）的一个术语，用来代表电影中的英雄或反派暂停动作的某个时刻，而这一时刻的作用就是来解释人物之所以变成了现在这个样子，都是因为在他三岁的时候妈妈抢走了他心爱的玩具鸭子。通常情况下这场戏都拍得很漂亮，演员真情流露，灯光美不胜收，还有编剧煞费苦心写下的强大独白。

人物的过去对你的故事而言有可能是至关重要的。比如蝙蝠侠一直生活在他小时候亲眼目睹歹徒杀死父母的阴影当中，所以他会穿着那样的行头出去惩恶扬善。而电影《终结者》的主人公，她的过去也是令全人类苦不堪言的未来世界，这决定了整部影片的风险/赌注。像这样的电影，我们的确需要知道人物的过去是怎样一个情况，你要让故事不停地回到过去，以彰显这一部分的重要性。事实上，《蝙蝠侠》和《终结者》都是在进入主要故事情节之前先进入前史的。

但是如果所谓前史不是故事的有机部分而仅仅是为了增加人物的情感深度，那么拜托请不要往你的故事里面塞前传了，一个不小心就会弄巧成拙。

塑造人物最有力的方式是让他在银幕上行动起来，让他讲话，这样我们才能像面对一个真人一样去感知他。如果人物的个性不能从文字的描述中立起来，那么审读员就会觉得人物太平。开发主管们就会想要了解更多人物的过去，而你就会束手就擒把橡皮鸭乖乖塞到故事里。接着如果这本子能拍，演员一定会去演绎橡皮鸭的那场戏，以显示自己的专业功底，橡皮鸭就这样保留了下来。

橡皮鸭会给人物丢分。库尔特·拉塞尔在电影《宇宙奇兵》（Stargate）中饰演的杰克·奥尼尔一角有自杀倾向，因为他把手枪留在家里的失误导致了年幼儿子的死亡。为了能让我们关注这个不招人待见的人物，奥尼尔对着詹姆斯·斯派德（James Spader）饰演的丹尼尔·杰克逊来了一段独白。对电影来说，重要的是奥尼尔想自杀，而不是他为什么自杀。再说奥尼尔根本看不上丹尼尔·杰克逊，所以他也不太可能会向他敞开心扉，表达自己有多么内疚。丹尼尔永远不知道奥尼尔为什么那么想死，这才符合故事感情意义上的真实性。要是影片干脆不提过去的事则更合情合理。当然了，拉塞尔本人想要观众知道他之所以这么混蛋是有原因的，这种心情是可以理解的，演员都希望观众能够对他们心怀同情。

《末路狂花》（*Thelma and Louise*）是不让橡皮鸭子浮出水面的一个经典例子。电影明确地展示出了路易丝（苏珊·萨兰登［Susan Sarandon］饰演）在德州有过很不幸的遭遇，所以这两个女人才会跋山涉水一路开车到了墨西哥边界。于是你慢慢意识到她肯定是在德州被人强奸了，然后法庭又不相信她。但是对于这些，路易丝在电影中从未明确地提到过，这反而增强了其前史故事的效果。

如果那些开发主管们向你要橡皮鸭子，那可能说明他们并不看好你的本子。别给鸭子，把精力放在戏上，好让它们把人物展示出来。再一场一场地梳理一遍你的剧本，确保人物的每一个动作都展示了他是谁。给人物一个别具一格、旁人没有的方式去行动，确保他的感受有效地传达了出来。

让我们去了解人物的方式只有两种：

传闻：他们是怎样评价自己的，以及其他人是怎样评价他们的；

观察：我们看到他们在做什么，说什么。

动作的影响要远大于语言文字。如果别人告诉我们说他是个好人，但是我们却看到他对女儿破口大骂，我们就再也不会相信他是个好人了。

主人公不讨人喜欢

开发部的主管们喜欢问"我们凭什么喜欢这主人公"，暗示着要是我们不喜欢可就大事不妙了。

通常作为回应，编剧会塞一场"拍拍小狗"的戏进去取悦他们。[①]之所以叫"拍拍小狗"是因为这种戏一般是主人公对流浪狗、孤儿、少数族群甚至蠹蝎等关爱有加，以显示出就算他是个斜眼又铁石心肠的混蛋，他的内心也是有温暖善良的部分存在的。我们说这是一场"拍拍小狗"的戏是因为它并不是故事情节的一个有机部分，但是要没了这场戏，你

---

① 这场戏也叫"摸摸小狗"，但是我经常听人讲的是"拍拍小狗"，反正对狗来说还不都是一样。

的主人公其实不是什么好人，有了它我们就能看见他人性中最柔软的部分了。

你若真想显示你的主人公人性和脆弱的一面，那这些要来自于故事本身。他需要对情节当中本来就有的角色表现出人性和关怀，不然就会让人觉得这戏是硬加上去的。这种戏，观众才不会买账呢。

我们没有必要喜欢主人公。那些觉得人物不够吸引人的主管们才会抱怨说人物不讨人喜欢，其实他们真正的意思是，人物太乏味了。你的主人公没有必要讨人喜欢，只要他吸引我们就足够了。

拿《浮生若梦》来说，乔·吉迪恩并不讨人喜欢，事实上他不是个好东西，但是他对自己诚实。我们关注他不是因为喜欢他，而是因为他对舞蹈的热情，他为了自己的缪斯可以牺牲一切的精神以及他对自己诚实的态度。

给人物一个我们会关注的梦想，我们就自然会去关注他或她了。

桃乐丝苦闷地待在灰蒙蒙的堪萨斯，只有她的小狗托托能够逗她开心，所以看起来也并没有很惨，最多是个不喜欢自己家的不快乐的小孩子。但是她梦想着"彩虹另一端"的生活，这让我们认同她的渴望，虽然我们不一定认同她的郁闷。

主人公的梦想没必要和我们的梦想是一致的。70年代的《热天午后》（Dog Day Afternoon）中，帕西诺的角色抢银行是为了有足够的钱给他的同性恋兼异装癖的男友去做变性手术。这个梦想是怪了点，但是我们理解他行为背后的冲动。

另外我们也会因为主人公惹上了大麻烦而去关注他。《热情似火》中，托尼·柯蒂斯和杰克·莱蒙不小心目睹了情人节大屠杀场面，结果惹来黑帮的追杀。

仅凭主人公或反派的强大气场，也足够让他们通过"讨人喜欢"这一关了。50年代的经典电影《猎人之夜》的主要人物是个杀人的传教士；《白鲸》（Moby Dick）的主人公亚哈也是个十足的坏蛋。我们关注他是因为他仿佛就是处于人生最低谷的我们，想要和周遭的一切同归于尽；

《出租车司机》（*Taxi Driver*）中的特拉维斯·比克尔（罗伯特·德尼罗饰演）从一个生活不如意的普通人变成了一个危险的杀人狂，我们不喜欢他，但是我们关注他，因为从他身上我们看到了一个和我们自己一样的普通人是如何走向毁灭的。

要是你的主人公完全一无是处怎么办，比如像《远离赌城》（*Leaving Las Vegas*）的主人公那样？那就尽可能地让他/她独特、实在、真实、吸引人，然后找个讨人喜欢的演员来演。许多演员都喜欢尝试不讨人喜欢的人物，因为他们

▶ 能够全力以赴；

▶ 认为更具挑战性；

▶ 讨厌自己。

梦想、麻烦、气场——每一样都可以替代喜爱。

在任何情况下都不要让你的主人公留下自我怜悯的蛛丝马迹。

最重要的是我们不需要喜欢你的主人公，我们只需要关注发生在他身上的事。

对任何重要的人物来说都是这样。愤怒、痛苦、悲伤、暴跳如雷、对生活不竭的热忱、远大的抱负、棘手的问题——这些都会吸引我们的关注。我们关注《卡萨布兰卡》中的很多小人物，比如：

（1）费拉里先生，因为他是一个厚颜无耻并因此而快乐的骗子；

（2）路易斯，因为他是一个卑鄙下流的、玩弄女人的浪荡子，但同时是个快乐的伪君子和玩世不恭的浪漫男人；

（3）乌加特，他就像受了惊吓的老鼠般为生存而挣扎；

（4）萨姆，因为他只是一个在危险的地方让自己努力生活下去的简单男人；

（5）斯特拉斯少校，因为他冷血、危险，是个想要伤害每个我们关心的人物的恐怖纳粹。

对于这些人物，我们有爱有恨也有鄙夷。缺陷、问题、梦想、目标——这些都会让我们去关注你的人物。

情节太零散

奇怪的是，这并不是在批评你的情节，而是在批评你的人物，不懂了吧？

要真是对情节的批评也够让人困惑呢。毕竟，电影是由许多一连串的事情组成的，而这一串一串的情节无非都是零散片段不是吗？尤其在公路电影中，情节更是设置在几个有明显区分的段落中——呈现出来的。

这条评论的意思其实是说你的电影片段看起来毫无联系，剧本中缺少必然性，片段承了前却没有启后。

但是问题并不是出在片段上，问题在于没有一个戏剧主干将片段集合在一起。主人公在片段中间冲来撞去，没有专心于他的目标，你必须依靠主人公实现目标的驱动力、遭遇挫折的情感反应等这些肌腱将散乱的骨架支撑起来。

说得再直白点，是主人公的特质将片段联系在了一起。主人公的特质主要是：

（1）他的目标；
（2）他对目标的情感；
（3）令他难以忘怀以及造就了个人目标的任何前史故事。

这些要是没交代清楚或者它们和故事情节的联系没有交代清楚，就会有人说你的剧本太零散。如果这些都是清晰的，那么哪怕你写的是公路电影，主人公一路上分别遇到一个又一个不会再重复出现的人物也不会使人觉得脱节。《末路狂花》里面的两个女主人公就是经历一段又一段冒险，遇到一个又一个只出现一次的人。《毛发》（Head）是个愚蠢但是十分让人愉悦的电影（是杰克·尼克尔森［Jack Nicholson］年轻时写的），猴子乐队（The Monkee）经历了一件又一件事，这些事几乎都没有联系，但我们就是跟着这伙人走，因为我们喜欢他们，我们想知道他们会遇到什么事。

只要能够让人关注你的人物，就不会有人说你的剧本零散脱节，我保证。

3.9 人物的名字

对于要给人物取的名字，我是十分挑剔的。你第一次为人物取了名字之时，就是你赋予他生命之日。在接下来的整个剧本中你可能要重复上百次这个名字，所以请好好把握命名的机会。

名字一般要取得足够真实、接近生活才可信。比如为某人取名为代达罗斯①就有点过了，做个昵称绰号还可以。

名字应该为我们提供一些信息。鲍勃就是个路人甲；乔伊是个普通的工人阶级；埃瑞克有些棱角；叫达科塔的女孩性感又大胆（至少在它成为雅皮士取给他们的小女儿名字之前是这样的）；芬斯特先生是被孩子们围得团团转的善良店主，如此等等。

对你的人物是称其家族姓氏还是直呼其名能够为我们提供许多信息，这和现实生活中是一样的，我们肯定是跟可以直呼其名的人更加熟悉亲密。通常对于主人公我们都比较倾向于亲密一些的称呼，除非他要求他的密友或是同事都用他的姓来称呼他（比如叫什么"马尔德"②之类的）。

这里有个很简便的方法可循：主人公和朋友说话时提到某人的名字，那这个就是你要放在该人物对白前边的名字。也就是说，如果你改编的是《理查三世》（*Richard III*），你会直呼格洛斯特公爵为"理查德"，而对他的哥哥乔治，也就是克劳伦斯公爵就要称呼"克劳伦斯"；如果你的剧本是以理查德收买的某个杀手的视角来写的，那么这哥俩就应该

---

① Daedalus，希腊神话中的建造大师。——译者注
② Mulder，X 档案中的人物。——译者注

分别称作"理查德公爵"和"克劳伦斯公爵"；如果从他们老爸爱德华的角度出发，那么就叫做"理查德"和"乔治"好了。

对有些你也不是很确定观众会不会一直关注的次要人物，可以为他们设置个头衔，如：沃尔默教务长、哈里王子、希尔法官、诺博士。

不是所有的人物都需要名字。对一些比较小的角色，给一个具有描述性的绰号比给出名字更具效果，比如孤独小子。观众也能通过这种方式明白这样的人物并不需要他们花费太多精力去追踪。

但也别给人物取歹徒甲、歹徒乙或者某小偷这样的名字，这也太偷懒了。至少也要取个胖贼、猴贼之类的，也好在观众的脑海中留个印象。

有时候你不给人物取名字是为了引导观众认为这个人物不重要。这样做之后，到了孤独小子开始和女主人公约会的时候就达到了让人大跌眼镜的效果。人们慢慢留意到他其实是孤独小子尼克，再后来才会完全记住他叫尼克。或者你有一个叫做黑眼男的角色，这个角色发展到后来会变成切尼博士，而审读员以及后来的观众都会感到困惑：黑眼男又是哪根葱？（你要为一个人物起两个名的话，就需要切记不能把审读员搞得晕头转向。）

当制片主任为拍摄将剧本进行分类拆解时，同人不同名的招数会让他们极其头疼。不用担心，你写的本子是拿来卖的，不是拍摄脚本，再说了，制片主任头疼就头疼吧，这也是他们的职责所在呀。

尽量避免给女性人物起男人名字。我知道称呼一个女孩乔伊（《恋爱时代》[*Dawson's Creek*]）或者查理（《特工狂花》[*The Long Kiss Goodnight*]）或许是件有趣的事儿，但是在看剧本的时候要记得萨姆（Sam）其实代表的是萨曼塔（Samantha）真的挺难。任何使审读员产生困惑的事情都会给你的本子减分，你不需要用男性的名字去为你的女性人物增添勇气和胆量。《终结者2》中的萨拉·康纳能把你打个七窍生烟，可她依然是"萨拉"。

同样的，也不要给你的男性人物取金（Kim）、莱斯莉（Leslie）这样的名字，除非你的人物是某个英国呆子。

不要使用读起来困难的名字，那会一直让读者分心。卢埃林

（Llewelyn）这样的名字就算了吧，除非你写的是以中世纪威尔士为背景的历史作品。还有 KJERSTI KYRKJEBO，这真的是我在某个本子里见到的名字，到现在我也不知道它应该怎么读。

编造外国人名的时候要格外小心。即便我不知道那门语言，我也能分辨得出来你是不是在瞎编乱造。观众其实知道很多也许连他们自己也不知道自己知道的事情，比如他们就知道名字听起来该是怎样的，哪怕是某个陌生国家的名字，保险起见，你最好还是用真正存在的名字。你可以从某个不太有名的政府年鉴里面寻找官员的名字，或者翻一翻《大不列颠百科全书》，选中一个人的名，再选另一个人的姓，放在一起，啪！一个新的人名诞生了。当然像甘地这么有名的姓氏就不要用了。

一个比较要小聪明的办法获取外国姓氏，就是找一份那个国家的地图，用某个地名或者某个外语词汇来当做姓氏。没人知道阿鲁沙其实是马赛的一个地方而不是马赛某个族人的名字，他们同样也不知道史卡瑞（Shikari）其实是梵文"猎人"的意思。

信不信由你，当你在写作科幻或魔幻题材时，你依然躲不过那些纯属编造的名字。Morthock 和 Gandath 这样的名字听起来就很假，尤其是在托尔金（J. R. R. Tolkien）的《指环王》（*The Lord of the Rings*）之后这样做。那么托尔金又是怎样为人物起名呢？他并不是将某些音节混合在一起敷衍了事，而是干脆将完整的人名拿过来用。像他笔下的甘道夫、吉姆利、格洛因和许多其他的名字就都是从古斯堪的纳维亚语和古英语文学中直接拿过来的，而其他诸如盖拉德丽尔的名字则来自他自己创造的精灵语。托尔金是剑桥大学的学者，他花费多年时间创造出了许多语言（他的所谓"见不得人的怪癖"）。他声称，写作《指环王》实在是因为不如此就对不起自己创造出来的语言。

如果你是位语言学家，那么你也可以自行编造姓名。如果不是，就从非洲、美洲印第安语或诸如藏语、乌兹别克语的亚洲语言当中寻找你喜欢的名字。

科幻小说中的人类成员名字应当遵从外语人名的规则，而对于外星人的名字就要遵从幻想故事的逻辑。你去想吧，人类的名字在以后几百年里能变到哪儿去？

要小心处理那些带有文学典故的名字。你的读者受教育程度很可能不在你之下，他们很快会注意你用了一个特别的名字。如果你把你的人物叫做雅努斯（Janus）[1]，当观众发现他其实是个两面派的时候也就不觉得惊讶了。如果他真是个两面派（也就是没有出人预料），观众会生你的气；如果他不是，观众还是会生你的气（那你干吗要给他取这个名字呢？）。总之，你怎么做都不讨好。

而其他读者和观众则会完全不明白你干嘛取雅努斯这个名字，它还那么蠢。任何你拿不准会如何影响读者的东西都不要放进去。能不能被理解倒在其次，问题是剧作的核心在于对读者阅读体验的掌控。如果你不确定自己写的东西带给读者的体验是怎样的，你就干脆别那样写了。

读者看剧本就像脑子里在放电影，任何把读者从电影中拽出来的东西，都不能留在本子里。文学典故会转移人们对电影本身的注意力。如果你在创作时为了方便自己思考而需要给某个人物取一个有文学含意的名字，那也可以，但在给别人看本子之前记得把它换掉。

3.10　人物登场

把握好人物登场的时间长度，放慢一点好让读者在接触到下一个角色之前先把现有的信息消化掉，最好每一场只有一个新亮相的人物。你可能会想在电影的开头给主人公一个单独亮相的机会。假设你的主人公是个警察，他和搭档被指派去执行一项看似常规、但结果却出人意料的监听任务，你会通过某种方式先对主人公进行单独介绍，然后引出他和搭档的关系，接着二人走进了上司的办公室。而不会选择以该任务作为开始，即·开头就让二人同时出现在办公室里。

———————————

[1] 古罗马神话中的两面神。——译者注

　　我们常常看到主人公独自一人在他的房间里醒来，就是这个道理。一个人的家可以为我们提供许多关于他的信息，他可能有个不错的房子，恩爱的妻子和可爱的孩子；也可能睡在破旧肮脏的单人床上，抬头就能看见通风井。

　　在《致命武器》（Lethal Weapon）中，我们首先接触到的就是梅尔·吉布森饰演的里格斯独自一人在他居住的拖车中，琢磨着用枪爆掉了自己的脑袋的事儿。这是一场纯粹关于人物的戏，它没有推动情节的发展，但它的确推动了故事的发展，因为我们需要知道里格斯有着自杀的倾向。这场戏也可以安排在我们看过里格斯的一些动作行为之后，但是让他以这样的方式自我介绍实在十分精彩。

　　你不必一上来就介绍你的主人公。《星球大战》在向我们介绍主角卢克天行者之前用了整整一卷胶片（十分钟）来展示两个倒霉的机器人R2-D2 和 C-3PO 是如何刚从受到攻击的飞船上逃出来却又落到了废品商人的手里的。与此同时，我们已经认识了爱慕对象莱亚公主，和反派黑武士。在许多惊悚片和动作历险片中，你都会首先认识坏人，他们的一些卑劣行径会迫使英雄出现进行制止。

　　如果你发现有人搞不清楚人物都是谁，那就要反思一下你介绍人物登场的方式。如果他们出现的时候还同时发生了很多事情，那么观众可能会很难摆脱这种困惑。

3.11　改　写

　　人物是剧本写作中最难的一个环节（不过，钩子、情节、动作和对白等环节又何尝不是。）。在短短几场戏中，你就要把关于这些人物的所有你想让我们知道的信息都展示出来：他们是谁，他们想要什么，他们准备如何得到自己想要的。

　　和剧作的其他环节一样，人物的关键也在改写。此时你可以单独从每个人物的角度去梳理剧本，问问自己还有什么办法能让人物更具新鲜感和独创性，问问自己能不能想出一个更出人预料的人物来满足现有人物的戏剧功能，去做你需要他做的事。

试着去合并人物。我们花在单个人物身上的时间越长，就会越关心他们。如果你能在不损失戏剧性的前提下合并人物，那么你就应该这么做。如果一个人物主要出现在第一幕中，而另一个人物主要出现在第二、三幕中，那么你能不能把他们合并成一个人呢？

砍掉一个人物能否让故事更紧凑？在电影《大寒》中，凯文·科斯特纳饰演亚历克斯，这个男人的猝死将昔日大学的旧友又一次聚集在了一起。这部电影是他的一次重大突破，粗剪版中科斯特纳的戏份通过录像带传遍了洛杉矶，这让他声名鹊起。什么？你不记得电影中看见过他？哦，那是因为他所有的戏份都被剪掉了，因为《大寒》要讲的不是一个死人的故事，而是前来参加葬礼的朋友们的故事。

现在，再从头到尾过一遍剧本。确保每一场戏不仅仅是在推动情节的发展，同时也让我们对人物有了最大程度的透析与了解。你可以让两个人物瞎聊天，但你也可以通过谈话这种方式让我们对这两个人物以及剧情发展有最大限度的了解。最大限度地利用每一个动作，每一句对白，让它们如灯光般一点点将人物照亮。

如果你下足工夫认真地去做，那么你就可以让人物的每一言每一行都能满足两个目标：既推进了情节的发展又彰显了他们的个性。

这就是剧本的策略。

Chapter 4

动 作

ACTION

现在你可以正式开始写作了。在第二章中，你已经把兜售提案分成了若干步骤和节拍，那么现在你要做的就是将每一个步骤或节拍扩展成一场或几场戏。

从兜售提案到剧本的过程，其实是将故事形式（也就是告诉听众发生的事情）发展成一种专门化的、企图在读者的脑海中生成一部电影的写作形式。谁都懂那么点讲故事的技巧，写剧本看起来似乎也同样简单。你只要把人们做的事和说的话写下来就行了，是这样的吗？事实上，写剧本可是一种连大师级别的人物都难以驾驭的写作形式。

每场戏都是由动作和对白组成的。动作是人或其他玩意儿做了些什么，对白则是他们说了些什么。这一章我们主要来说一说动作，下一章再接着讨论对白。

> 最棒的剧作是透明的。

最棒的剧作是透明的。意思是说它让你觉得自己并不是在读一个剧本，而是在看一部电影。有一次我的太太问我某场戏出自哪个电影，那场戏其实并不是影片当中的，而是出自她读到的我的某个剧本中，那可是有史以来我所得到的最高评价。在仅仅读到某场戏的文字描述的情况下，她就在脑子里有了某个银幕瞬间的视觉记忆。想要剧作达到这种透明效果，最关键的就在于动作。

4.1 透明感

写剧本要有这样一个目标，你要想方设法将读者牵引到剧本所呈现的经历当中，让他们仿佛真切地看了一场电影，也就是让你的文字"跃然纸上"。读者们不会记得你用于描述某个动作的具体词句，他们忘了自己是在阅读文字，他们只记得人物在说话，事件在发生。

要达到透明的第一步就是保持简洁、精确的动作描述。句子要短小精悍，描述要富于表现性，但不可拘于细节，尽可能用最少的话表达出最多的信息，语言要凝练具有视觉性，尽量使用陈述语气。

你不是要画一幅画，而是要试着勾勒出一场戏的草图。

对植入到读者脑中的意象，你要极其敏感。

> 在汤米疯狂地调整蒸汽阀门的时候，南希始终望向远方。

这句话的描写相当于一个双人镜头，也就是两个人物同时出现在一个广角镜头中。因为两个人物出现在了同一段落中，那么在我的视觉想象中他们共享着同一个画面。如果我们能再靠近些，它可能会显得更加有震撼力。

> 汤米疯狂地调整着蒸汽阀门。
> 南希始终望向远方。

两个句子中间的空行将其分成了两个动作。

要展示，不要告之。

"始终望向远方"是在告诉我们她在做什么，而不是向我们展示她在做什么，因为它不太像是一个视觉意象。要展示，不要告之。更具策略的写法是将上述内容分成两个时刻。

> 汤米
> 用扳手疯狂地将生锈的蒸汽阀门关上。
> 南希
> 透过斑驳的窗户不安地望着外面。

注意，"生锈的蒸汽阀门"意味着我们的距离已经足够近，能够看到阀门上的锈迹。

4.2 只写下你能看见和听到的

透明感的关键在于确切地写下你想让我们看见和听到的东西，也仅限于我们能够看见和听到的东西。

新手写的剧本总是倾向描述一场戏，而不是从视觉上展示给我们。要展示，不要告诉。下面这一段就是在告诉：

> **内景。奥布莱恩的房子—厨房—白天**
> 奥布莱恩一家刚刚搬进他们的新房子，那是离圣克鲁斯不远的一处小平房，可那也无济于事。他们看彼此不顺眼已经不是一天两天了。

如果只是个故事，你可以这样讲，但是用在剧本上就不行。我们怎么知道他们看彼此不顺眼呢？我们怎么知道他们离圣克鲁斯很近呢？我们看见了什么？我们可能在银幕上看到的是一个厨房，里面可能有几个人。你能通过银幕上的哪些信息向我们展示出他们在那房子里多久了，或者那是什么样的房子又或者他们看彼此不顺眼呢？

我想一些初出茅庐的编剧把这样的段落放到剧本里是为了在写作的过程中提醒自己这场戏是关于什么的。即便稍后他会将这些叙述拿掉，我也认为这不是什么明智之举。因为那样会误导你，使你不清楚自己到底在这场戏里放了多少东西。这就像为你的主人公设计大篇幅的、不会出现在剧本中的前史故事一样，把这类对动作进行描述的文字放在剧本中的危险在于，它们并不具有视觉上的呈现感，你觉得自己通过这些文字和读者们进行了某些交流，交代了某些信息，但实际上你并没有和你的观众进行交流。如果不是你能听到或看见的东西，就不会出现在银幕上。

一个好的编剧会找到一个具有视觉、听觉呈现感的方法将所有信息传递出来：

外景。奥布莱恩的房子一日

一座砖砌的小平房，草坪枯萎，两棵霜打了般的棕榈树显得很扎眼。远处的山脉死气沉沉的，不知哪里传来海鸟的哀嚎。

内景。奥布莱恩的房子—厨房一日

台子的一角上堆放着一些盒子，接线板上电线从盒子里跑了出来，软塌塌地挂在盒子上面，旁边腾出来的位置堆积着三天以来还没有清洗的盘子。地板上也堆放着一些箱子，水龙头滴着水。阿曼达气冲冲地进来，噼里啪啦地将盘子扔进水池里。

凯瑟琳

（O.C.）①

阿曼达！

阿曼达

我正在洗！

凯瑟琳

（画外）

阿曼——达！

阿曼达将最后一个盘子扔进水池，冲到餐厅一端。

---

① 该词指"画外音"，详情见第五章"5.11 旁白"小节。——编者注

阿曼达
我讨厌这个房子! 我讨厌它! 我讨厌它!
我们为什么非搬家不可?

她跑到房间另一端，前门打开，发出嘎吱的声响，又被重重地摔上。
凯瑟琳颓靡地走进来，将烟头扔进水池。自言自语地说:

凯瑟琳
我也讨厌它，亲爱的。这只是暂时的。

这要比原来的叙述篇幅大得多, 但是这些内容都可以出现在屏幕上。
我们了解到他们刚刚搬到这个房子里，并且他们不喜欢搬家，同时我们
大概也猜到了那是为什么。

当你发现自己不确定某句话到底是在展示还是在告诉的时候，问一
问你自己"我们看到了什么?"或者"我们是怎么知道的?"。

我们再来看一看另一场戏的描述:

战场上十分残酷。虽然寡不敌众，男人们浴血奋战，用仅有的武器和弹
药坚持着。
十二个男人奋力阻挡着六辆坦克的前进。最后，他们带着炸药包和克雷
莫尔特种炸药，向坦克扔去。

第一段叙述是文学语言，不是电影语言。无论你是运用资料片还是
自己拍，或者两者结合着用，你都必须把每个故事节拍分解成我们能够
看见和听见的独立事件。真正能在屏幕上呈现的是什么? 答案是将这段
动作拆散，直到它由每一个独立的时刻组成为止 (事实上，好的文学作
品也是如此，将大事分散成小的时刻，以便于我们理解)。

第二段叙述要好一些，但它仍然是对一些动作的描述，而不是真正
的一场戏或视觉瞬间。当你写出一场这样的戏的时候，你基本上就会发
现一个单独的动作会取代多个动作。换句话说，你的故事可能要说的是

一批人干掉了一群坦克，但是在屏幕上，专注地去表现如何解决一辆坦克会更吸引人一些。

我们这就来看看，专注攻克一辆坦克的场景在银幕上该如何展现：

尤里
抓起克雷莫尔炸药。

伊凡
你不会成功的！不要这么做！

尤里
我必须试一试！

伊凡
你疯了吗！

尤里不顾伊凡，他拉开保险丝，踩着凌乱的瓦砾冲向三十码开外的领头坦克。

嘭！一颗子弹飞出，把尤里击倒。尤里跟跄地向后退了几步，头晕目眩。

一个德国人
瞄准，嘭！

尤里
转圈，跟跄。又一颗子弹穿过他的身体，他单腿跪了下去。
他强忍着疼痛支撑着站起来。

尤里拖着步子，垂死地向那辆坦克移动。他离得更近了，准备将克雷莫尔炸药向坦克的履带扔去——
嘭！又一颗子弹飞出——

尤里不见了。

伊凡
错愕地看着。

伊凡
妈的。

> 领头的坦克
> 向前行驶，压向……
> ……尤里的克雷莫尔炸药。
> 一声巨响炸裂开来。
>
> 烟雾慢慢消散，领头坦克的右侧履带损坏，整个掉了下来。坦克漫无目标地转着圈，右边的轮子空转着。这个纳粹笨蛋是说什么也回不去柏林了。

哎呀！请原谅我的最后一句话。谁都有情不自禁的时候。

充分利用你能听到的声音，嘈杂的声音、尖叫、呐喊，让它们从剧本里飞出来。

要注意，我们并不需要呈现整个残酷的战斗场面。我们不需要去展示 12 个男人怎么摧毁 6 辆坦克，我们甚至不需要去展示第二辆坦克是怎么被除掉的，观众们已经心领神会。

电影是一个凸显个体的媒介。小说里可能会讲浩荡的军队横扫大陆，而电影可能只用几组镜头建立起这样一个场面之后，就把焦点放在了少数几个人物上。这么做并不是因为拍那些场面耗资巨大，毕竟现如今用电脑就可以搞定那几万大军，而是因为电影和书不一样，不会去展现那些抽象的概念。电影将发生的事情用画面呈现出来。相比较许多人被战斧狂砍，我们更加关注一个人如何应对雨点般砍来的斧子。小说可能有办法让我们去关心那好几百号人，但是在电影当中，那些群众演员是我们从未见到过的，所以我们根本不会关心他们怎么样。

这个道理对人物而言依然有效，我见到过很多次人物以这样的方式登场：

> 莎莉四十岁了，她是一个结实、乐呵呵的女人，她曾是学校里的长跑健将。
> 她虽然也算有幽默感，但是你也别把她逼急了，不然她也会跟你翻脸。

我们能在屏幕上看到的是一个长得很结实的四十岁的女人，长跑健将这部分只能算是放错了地方的前史故事。而后面一句纯属站着说话不腰疼，没看到她因为什么发笑，我们怎么会知道她有什么样的幽默感？

你要通过莎莉做的事情和她说的话来向我们展示，让我们了解她是怎样的一个人。如果你希望我们知道她是乐呵呵的，你可以告诉我们她天生就有一张笑脸。有些人就是长得很快乐很开心，这是我们能看到的东西。虽然可能帮助不大，但是至少这是让我们在视觉上对莎莉有所了解，而不是单纯地有所了解。当然了，更好的办法是让她在她的第一场戏中就表现出快乐的特质：

> 杰克进来。莎莉咧嘴微笑。
>
> **莎莉**
> 嘿！看看是谁这么没精打采的！
>
> 杰克坐到凳子上的功夫，莎莉为他倒了一杯咖啡。

如果你想说她曾经是个长跑健将，你可以在墙上挂一副装裱好的奖牌，或者你可以让另外一个人物提到"你是怎么了，莎莉？想当年你可是四分钟就能跑上一英里的主！"。你甚至可以让她在某个雨夜穿上自己的跑鞋出去跑一跑，却发现昔日的神勇已经不在。这些都是我们能够看到或听到的。

真正严格地要求自己，只写能看能听的东西，会对写作大有帮助。否则，那些不合时宜的叙述就会见缝插针地钻你的空子，倒不见得像前面举的那些例子那么明显，但总会露出马脚。

> 汤米叹了口气，想起了之前的那场对话。

糟糕！我们能够看见的只有汤米在叹气。

要是接下来的戏能够说明他因为什么叹气，你不如把后半句话去掉，就写到"汤米叹了口气"就够了。如果你希望我们清楚地知道他叹气是因为前面的对话，那么你就要以一种我们能看能听的手段将这一信息展现出来。最容易的方法就是通过对白：

> 汤米叹了口气。
>
> **莎拉**
> 怎么了？
>
> **汤米**
> 尼尔刚才跟我说了个事儿。

假如你发现你写了类似这样的内容："她想哭，但是那样她的睫毛膏就会花掉"。完蛋了！那是内心的想法，根本没办法拍出来。

富于策略的剧本写作意味着你要找到内心体验的外在表达符号。哪个动作、哪个表情、哪句话或者哪一连串的画面能够清楚地向观众展示出你想让他们知道的事情？你可不可以试着展示她又想擦眼泪，又想保护睫毛膏，结果搞得一团糟？或者她可以用纸巾小心翼翼地按压眼睛？或者干脆强忍住不哭？一个女人想哭却不能哭的时候会怎么样？呼吸急促？你要了解或者找到人物内心想法对应的外在表达动作以向观众展示。

例外的时候是有的。我们看看下边的例子。

> 汤姆进来的时候，吉姆和鲍勃正在聊体育。

这样写不好，因为如果镜头正对着吉姆和鲍勃，我们就应该听到他们的对话。

> **吉姆**
> ……承认吧，亨特·斯蒂尔曼可是在鲶鱼
> 猎人之后奥克兰队有史以来最棒的新投手。
>
> **鲍勃**
> 是的，但是他比不上——哦，嘿，嗨，汤姆。

假设他们是在一家吵闹的酒吧后排聊天，而这场戏用的是汤姆的视角。

内景。酒吧—夜
　汤姆推开门，四处看看。
　吉姆和鲍勃在后面闲聊。鲍勃挥手示意汤姆过去。

这里你就没有必要把对话写出来，因为我们真正在屏幕上看到的就是两个男人在酒吧里聊天，我们是听不见他们的对话的。

你也可以不去真正运用所见所闻来展示动作，只要你有可以达到同样效果的简洁办法。

　汤米叹了口气。怎么没完了？

我们都能理解某人那样叹气时的感受，好像在说：烦不烦呀！

　迪伦把画看了一遍，微笑。不赖。

我们当然不可能真的知道迪伦心里想的是"不赖！"。但是这样比说"神情放松地、带着小小的成就感的微笑"岂不是简单得多。

有时候，你甚至可以对演员的表演加以小小的指导：

　杰克不断地砸着门，哭喊着，但是我们开始感到他的心思并不在这儿。
　内森忍不住笑了。

　乔开始说话，他皱着眉。
　有什么事情困扰着他，但是他也说不清楚困扰自己的是什么。

严格地说，上面这些都不是在展示你能看见和听见的东西，但是它们能够呈现给你一个视觉画面。我们知道那样的情形是怎样的。只要你写的东西能让我们想象出画面，你就可以运用它们。

> 杰克不断地砸着门，哭喊着，我们开始感到他纯粹是在作秀。

　　在多大的程度上使用和依赖这种方法完全取决于你。这样带点模糊的用法用在屏幕上还好，但是很难用精确的文字语言表述出来。当你觉得读者会问"这个你银幕上怎么呈现呀？"的时候，你就该停手了。

　　有时候你也可以用夸张的办法作作弊，就像我在前几页的某个例子中做的那样：

> 坦克漫无目标地转着圈，右边的轮子空转着。这个纳粹笨蛋是说什么也回不去柏林了。

　　最后一句纯粹是玩虚的。它对银幕上的展示丝毫没有用处，只是示意让我们短暂地停顿一下，享受一下自己的满足感。这是说得过去的，因为电影的音响效果也在这个时候向我们传递一模一样的情绪。此时观众的自我满足感将是巨大的。但是这种方法如果在同一剧本中用多了，读者就会感到你是在讲故事而不是向他们展示一部电影。

4.3 如何不动声色地控制机位

　　既然你希望在读剧本的时候就能够获得观影的感受，那么在剧本中放入明确的机位描述就非常不可取了。看下面这个例子：

> 脚部特写
> 沿着地板走动。我们跟拍着脚部的运动，直到它消失在一扇门后。

　　当导演要求编剧把他的某些笔记放进拍摄脚本或剧本里，或者当导演和编剧是同一个人的时候，你很可能看到上面的内容。某个身兼编剧和制片人的家伙写了个电视剧本，而他的影响力足够使导演按照他的意愿去进行拍摄，那么你也可能会在他写的东西里面发现这种例子。比如说吧，如果你看看詹姆斯·卡梅隆的剧本，你也许会发现里面写着"我们从大摇臂上降至墙下"以及"……我们将镜头摇下看见冰面下闪动的光"。这种本子不需要向谁兜售，因为它们已经被买下了。卡梅隆的剧本不光面向读者，也面向他的拍摄团队。

把明确的机位描写放进剧本里会让读者脑中产生这样一种景象——一台架起的大摄影机和一群演员。他们看到的将不再是一场戏，而是一群拍摄人员在拍一场戏。读者对电影的想象会遭到破坏。你在屏幕上看到一场戏的时候，不会想着"脚部特写……跟拍镜头"。如果真有人想到这些，那你的电影可就麻烦大了。

从另一方面来说，有时候你确实想要达到某种视觉效果。假如你就想用一个人走过地板的脚部特写镜头来开始一场戏，可能你还不想让我们知道那是谁的脚，可能你在故弄玄虚，可能你就是钟爱这种表现手法，谁知道呢？可即便是光看脚也总会有更巧妙的方法来将这场戏展示出来吧？

只把你要我们看到的东西展示出来：

> **脚**
> 走过地板，消失在门后。

我喜欢把这种表现形式看作"虚拟特写"（virtual close-up）。读者"看到"的只是你想让他看到的东西。

导演基本上会忽视你写在剧本中的任何明确的机位指引，但是如果你能够成功地操控他去想象和你脑海中同样的画面，那么他大概就会按照你希望的方式把电影拍出来。

你需要对机位做一些虚拟的控制，否则你很难传达出动作的视觉效果。下面是几个动作：

> 乔摔倒在地，他一边滚动一边用他的点四五口径的枪进行射击。史蒂夫
> 腹部受伤，向后重重撞到窗户上，玻璃碎了一地。他掉出窗外，摔在一辆轿
> 车的车顶上，胳膊狼狈地伸展着。

第一个问题就是，这么一大段纯文字的叙述让人读起来很费事（是的，连续四行①文字完全可以称作"一大段纯文字的叙述"了）。记住，你的读者正在熬夜读你的本子，想知道它究竟说了些什么，好让自己不至于在第二天九点半的讨论会上出丑。而她读到这段文字的时候，其效果是这样的：

> 乔摔倒在地，边滚边用点四五口径的枪射击。史蒂夫吧啦吧啦吧啦吧啦
> 吧啦吧啦吧啦吧啦吧啦吧啦吧啦吧啦吧啦吧啦吧啦吧啦吧啦吧啦吧啦
> 吧啦吧啦吧啦吧啦吧啦吧啦吧啦吧啦吧啦吧啦吧啦吧啦吧啦吧啦吧啦吧
> 吧啦吧啦吧啦吧啦吧啦吧啦吧啦吧啦……

你必须去吸引她，让她领略到你脑子里看到的情景。把一连串的动作打散成独立的"虚拟镜头"。而且还要大胆地运用声音效果：

> 乔摔倒在地，举起点四五口径的枪开枪。他一边滚动一边——
> 砰！砰！砰！
>
> 史蒂夫腹部受伤，向后猛撞在窗户上，玻璃碎了一地——
> ……掉落……
> ……掉落……
> 嘭！史蒂夫摔在一辆轿车的车顶上，胳膊狼狈地伸展着。

如果我的描写准确，你应该"看得到"史蒂夫是以慢镜头向下坠落的。看到就对了，那正是我想要的。

---

① 原文的例子为四行英文。——译者注

要大量运用空行留白，空行是你的好朋友。要记住，你正试着用一页纸写一分钟的戏。那么四分之一页的动作应该占据你十五秒钟的屏幕时间。如果你的留白少于你的屏幕动作展开所需要的留白，那么显然你是在描述，而不是在展示。

你的虚拟拍摄可以相当精确，这取决于你如何分解自己的动作。作为一个基本规则，如果你希望两件事分别发生在两个不同的虚拟镜头中，那么这两件事应该分别出现在两段文字中；如果要通过一个虚拟镜头来展现，那么这两件事可以用两句话来分别描写，但是要出现在同一段落中：

一个广角镜头：

> 汤米疯狂地调整着蒸汽阀门。南希紧张地盯着窗外。

两个短镜头：

> 汤米疯狂地拧紧生锈的蒸汽阀门。
> 南希紧张地盯着窗外。

两个稍长的镜头：

> 汤米
> 疯狂地拧紧生锈的蒸汽阀门，
>
> 南希
> 紧张地盯着窗外。

这些文字叙述是完全一样的，但是空行和大写字母的运用①创造出了不同的虚拟构架，这和变换镜头对于摄影机的作用是一样的。以上的每一种形式都可能是对你这场戏的最佳诠释，这就要取决于你想达到一个什么样的效果了。

---

① 原文中后两种镜头的人名即 TOMMY 和 NANCY 运用了大写字母。——译者注

展示，不要告诉。我会一直念叨这句话的。

　　然而你也要注意的是，如果指导的作用不是在讲故事，你就不应该去指导机位，哪怕只是虚拟的。少了对虚拟机位的掌控，你可能难以传达出一个动作场景的感觉。但是假如是一场对白的戏，你只需要单纯地运用对白或是偶尔用些插入行的补充说明就可以解决对话中的动作问题。因此，在写对白戏的时候请远离指导机位的尝试，即使是虚拟机位也不要。

4.4 性与暴力画面的处理

　　毫无由来的（gratuitous）性与暴力不应出现在剧本中，因为它们不应出现在电影中。"gratuitous"这个唬人的大词其实表示"免费的"意思，在我们现在的上下文中，其意思就是性也好，暴力也好，都只为它们自身的存在而存在，它们并不是你所讲故事的一部分。当我们看着你的人物在做爱或者挨打的时候，你的故事其实已经死了。

　　一场关于性爱的戏，如果作为故事的一部分，那么它就不是毫无由来的：也就是说，性动作本身和怎样展现这些动作对故事来说都是重要的。这是一种温柔的体现？热情的体现？赤裸裸的欲望？只是例行公事？还是少男少女初尝禁果？

　　同样的，如果一场很暴力的戏作为故事的一部分，那么它也不是毫无由来的。在黑帮电影《卡彭》（Capone）中，卡彭愿意当着其他随从的面敲碎其中一个人的脑袋就对故事具有重要意义。如果性和暴力是你故事的组成部分，那你就要展示出来。而问题在于，你希望将细节暴露到什么程度？你是想把发生的事照原样展示出来，还是只想给我们一个暗示？

　　这个时候，少即是多。在讲清楚你的故事的基础上，让我们看到的越少越好，让我们用想象去填补细节的空白就好。读者通过剧本在看你的电影，你肯定不希望硬生生把他们从这种状态中拉出来吧？

　　暴力的形式越古怪，人们就越容易接受。你让一个僵尸在百货公司的日光灯下勒死圣诞老人没问题，但那些针对弱者（女性、儿童、宠物）所施行的更为真实的暴力往往会把观众从电影中拉出来。比如说，如果你的电影里有一个最终将受到应有惩罚的家暴丈夫，你或许不需要在银幕上显示他如何殴打自己的妻子。你可以利用他女儿的视角，她躺在隔壁房间的床上醒来，听到了声响，我们也都知道那声响是怎么回事。同样的，你一般也不会把强奸戏搬上银幕。当然如果家暴和强奸是电影的主题就另当别论了，比如《燃烧的床》（ *The Burning Bed* ）和《暴劫梨花》（ *The Accused* ）。但即便是这样的戏，你写起来也要十分谨慎，把握分寸，以避免观众看的时候过于痛苦。

永远不要展示某人伤害（这与惊吓有所不同）小孩和宠物。拿我自己来说，如果我读的剧本里写到有人会在银幕上杀死一只宠物，我就不会再往下读了。这是一种为了耸人听闻而使用的廉价且令人生厌的手段。如果必须有这么一个设置，那么你可以让某个混蛋在画外杀死一只小狗，我们可以在那之后看见它的尸体。是的，这样安排是行得通的，但是我更倾向于让它活着。

去展示极端暴力发生后产生的影响通常要比展示暴力本身的段位更高些，对情感的影响也大些。《蛮王柯南》（ *Conan the Barbarian* ）就有一个引人注目的例子。我们没有看到苏拉让幼年柯南的母亲身首异处，我们看到的是小柯南抓着母亲的手时脸上的神情，落地的剑左右摆动，母亲的手最终还是松开了，他抬起头看着她，孩童的脸上满是疑惑。

4.5　如何在你的剧本中使用歌曲和音乐

你是不会去出版你的剧本的，所以想把一首歌的歌词全都放到剧本里也不要谁的授权。即便从版权的立场来说，也没什么能阻止你告诉我们某首名曲和你的某场戏多么得般配，没什么能阻止你把它的歌词都抄进剧本。但这么做有时候并不是个好主意，因为当你对《爱的感觉》（ *That Lovin' Feeling* ）如痴如醉的时候，你的读者可能毫无感觉。你可以只提议某种音乐风格：

> 某处，一个小收音机里传来冲浪音乐。

或者

> 摇篮是空的，艳黄色的录音机里却仍旧诡异地放着童谣。

但是你不能指望读者会记得播放的音乐，因为你没有办法像在电影背景中播放音乐那样在剧本中播放一首乐曲。

但是，你可能会需要在前景中插入音乐。我自己曾把伍迪·格斯里（Woody Guthrie）的《帅哥弗洛伊德》（*Pretty Boy Floyd*）的歌词放到一场开车的戏中去。故事是关于"帅哥"查尔斯·弗洛伊德的，在这场戏中，帅哥从车载广播中听到这一首关于自己的歌曲，于是他知道自己出名了。但如果你单纯地说句：

> "广播里传来伍迪·格斯里的《帅哥弗洛伊德》。"

这就远远不够了。因为读者很可能完全不知道这首歌，所以我们要把整首歌播出来，让她知道。

千万不要告诉我们你的配乐是怎样的，它可以用来支持和放大情绪云云，千万不要告诉我们音乐在哪个点上奏起以增强情感等等。配乐当然会强化观众的情感，它就是干这个的。可是如果你的故事本身不够浪漫，跟我们说你的配乐如何好也无济于事。

4.6 蒙太奇

蒙太奇（montage）是法语，是剪辑的意思。它通常是将一系列没有对白的画面镜头剪接在一起，用以呈现某一个地方发生的几件事，或是展现时间的推移，要不就是一对恋人刚开始在一起时的美好时光。

下面就是一个蒙太奇的例子：

> **外景。花园一日（蒙太奇）**
> 　　两个女孩在跳绳。
> 　　一个戴着高筒礼帽的男人在骑独轮车。
> 　　魔鬼洋洋得意地吹着口哨，从台阶上走下来。

不幸的是，你在剧本中声称使用"蒙太奇"会让你的读者立刻知道你在运用一种电影的表现手法，这会让读者从对电影的感受中脱离出来，让他记起自己其实是在读剧本。你这样说的实际效果就相当于："这有几个画面，我们稍后会把它们剪接在一起。"

没有什么"稍后"。剧本应该让人有身临其境的观影之感。不要告诉我们哪个地方是蒙太奇，你自己来剪那些镜头就好了。这样你是自己在使用蒙太奇。

> **外景。花园一日**
> 　　两个女孩在一处喷泉旁跳绳。
> 　　一个戴高筒礼帽的男人在独轮车上晃晃悠悠地保持着平衡。
> 　　魔鬼从石阶走下，洋洋得意地吹着口哨，手里转着他的雨伞。

好吧，被你发现了，我自己加了个玩雨伞的情节。蒙太奇很容易限制你的写作，你会发现自己正尝试着把上面的每一行都凑成差不多的长短字数。

别跟着条条框框走，有些镜头长，有些镜头短，魔鬼的那个镜头没准就会发展成带有对白的一场戏呢。

> **外景。花园一日**
> 　　两个女孩在一处喷泉旁跳绳。
> 　　一个戴高筒礼帽的男人在独轮车上晃晃悠悠地保持着平衡。
> 　　魔鬼从石阶走下，洋洋得意地吹着口哨，手里转着他的雨伞。他走到一个老女人身边，用猥亵的目光瞪了她一眼，轻触了下帽子。

> **魔鬼**
>
> 女士……
>
> 女人向后一躲，撞上栏杆并翻了过去，伴随着听不太清楚的尖叫声消失了。

上边这个可没法做成蒙太奇。

4.7 剪辑你的戏

在把你的故事大纲变成具体的一场戏时，你就要回答让每场戏从哪开始到哪结束的问题。

关于这个问题的最简单的回答是：戏开始得越早越好，说重点，尽快跳出。

再说简单点儿：别给人物从门外走进来的镜头。

> **内景。麦克斯的办公室一日**
>
> 卡尔打开门，冲到麦克斯的办公桌前。
>
> **麦克斯**
>
> 卡尔？
>
> 卡尔把一份文件摔在桌子上。
>
> **卡尔**
>
> 这他妈什么意思？

尽早入戏是这样的：

> **内景。麦克斯的办公室一日**
>
> 卡尔把一份文件摔在麦克斯的桌子上。
>
> **卡尔**
>
> 这他妈什么意思？

接着，是一到两页的精彩对白，当麦克斯说"怎么可能会出错呢？"时，就直接切到出差错的事情上。别去写什么两人握手、卡尔走出门那种太水的戏。

你可以把每一场戏都写得足够长，然后看看在不遗漏重点的情况下哪些东西是可以砍掉的。

要想知道在哪剪，你可以问问自己：冲突是从哪里开始又到哪里结束的？就说上面那个例子，争论是从卡尔出示那份文件开始的，所以你可以从那里开始这场戏。一旦两个人物达成一致，就没有冲突可言了，所以也就可以跳出来了。

漫画书，尤其是那些特别有名的漫画书，在展示每场戏的核心这方面非常有一套，因为它们只有 16 到 32 页的篇幅去讲述一个完整的故事。你可以看看弗兰克·米勒的［Frank Miller］的《黑骑士归来》［*The Dark Knight Returns*］，或尼尔·盖曼［Neil Gaiman］的《睡魔》［*Sandman*］系列中的任何一部。所有这些作品都是以漫画小说的形式出版的。

有两种特例不适用于此规则。你可以拖延开始一场戏，但其目的是用开场建立观众稍后需要了解的背景信息。

比如在《危机四伏》中，在哈里森·福特的实验室里，他和米歇尔·菲佛（Michelle Pfeiffer）有一场对手戏。福特用了某种药物使老鼠瘫痪，但并没让老鼠失去知觉。晚些时候，这种药物会以一种残酷的形态再次出现。电影不希望就此给观众一个过于明确的警示，所以没有将一整场戏花费在药物上，但是同时又希望观众能明白这个药的基本原理，于是在这场戏的开头，米歇尔获得了一些关于药物在老鼠身上应用的解释（或者叫做"说明"［exposition］），然后我们才进入本场戏的主旨。

你也可以延展一场戏，以使其包括两个步骤或节拍。一场四页的对白戏可能包含了一个对抗，并以揭示作为结束（"我背叛了你，玛丽琳"），而这又引发了另一个对抗（"我不想听这些！""不，你非听不可！"），这一对抗引出另一个揭秘（"听着，我知道你出轨了，亲爱的，所以我对你下了毒。"）。如果是这样的话，不要在第一个节拍拖泥带水，把要说的说清楚然后迅速抽离出来，然后巧妙地衔接到第二个节拍上一个尽可能晚的点。

电影需要压缩。它们需要起伏跌宕，不留任何乏味的东西在里面。而小说是负担得起冗长乏味的内容的。

要注意这个原则并不是不允许你有节奏缓慢的戏，有时候我们需要一场很长的戏才能表达出所要传递的东西。如果这一节拍讲的是"劳伦斯和贝都因穿行在无穷无尽的炎热大漠，经受着几乎让人无法容忍的炙烤"，那么我们可能需要十分钟的时间来展示这是怎样一次艰难的旅程。你不能晚于"劳伦斯和贝都因出发"开始，也不能早于"他们到达了绿洲"结束。

伯格曼的电影也包含许多残酷的磨难戏，但他要表现的就是这些磨难本身，所以导演不能缩短这些戏。任何修剪都只会让这些戏变得无力，而不是更好。

当你有了冗长但多余的戏时，你就必须修剪了，否则片子出来后你听到的赞美就只剩下："影片的摄影真是漂亮极了"。

4.8 节奏的把握

虽然不像在动作／冒险片和惊悚片中所呈现出来的那样明显，但对节奏的把握对任何一部电影都有着重要意义。节奏指的是事件展开的速度，通常一部让人印象深刻的片子会在第一幕时慢慢地展开事件，在第二幕中稍作提速，而在第三幕中进行冲刺（这个"冲刺"也是相对的，剧情片的第三幕就很可能会比动作片的第一幕进行得更加缓慢）。

这并不是说一场节奏快的戏后面就不可以跟一场慢戏。即便是在乔尔·西尔弗（Joel Silver）的动作奇观大片中，每当他完成了十分钟的劲爆（whammy）场面，之后也都会有一个短暂的喘息时间来让观众们消化一下刚刚看到的东西（劲爆场面就跟"劲爆"这个词听起来一样，生动有力，比如一场爆炸、一场追逐或是一组猛烈的性爱镜头）。举例来说，每一部 007 新电影都是以一系列恢弘的动作段落开头的，但是接下来就会安排一场较为平静的戏，M 夫人在总部向邦德解释他的新任务，以及 Q 先生为他准备新的高科技秘密武器。

在电影《终结者》中，在终结者（阿诺·施瓦辛格饰演）铲平警察局后，幸免于难的莎拉·康纳（琳达·汉密尔顿饰演）和凯尔·瑞希（迈克尔·比恩饰演）躲进下水道。也就是这个时候，瑞希得以向莎拉解释为什么终结者要杀她，以及她那还未出生的孩子对终结者意味着什么。

但是电影越往后，喘息时间就越短暂，劲爆场面就要越壮观。如果你为一个好片子中的紧张戏制作一张表格的话，你会发现它们是呈波浪状的，而且一浪比一浪大，在片子末尾波浪刚好达到峰值。

因此，对节奏的把握并不仅仅是对时间的把握。你不能单单依靠在铺陈事件的时候让你的每场戏越来越短，或者是用让事件发生得越来越快的方法去加快节奏，你的每场戏本身也必须变得越来越强烈，否则你的故事就会显得急促和匆忙。如果读者抱怨你的节奏乱了，那或许意味着你在后面的戏上花了太多时间，但也同样可能意味着你的某些戏本身不够紧张，不够强烈，浪还不够高。不要单纯地去删减戏的长度，你应该引爆更多的炸弹，不管是真的炸弹还是情感意义上的炸弹。如果你的第三幕中的戏因为太短而没有让人满足，那么你需要的是把戏拉长而不是进一步删减。

计时器

如果你写的是惊悚片或动作片，那么你可以给影片设置一个计时器，就是主人公为之奔命的最后期限。《正午》是一个经典的例子，执法官威尔·凯恩（加里·库珀饰演）必须尽快调动他管辖内的西部小镇居民，共同面对乘坐正午火车来杀他的坏人，在故事中实时行走的钟表滴答声几乎贯穿了整部电影；再举一些近点的例子，电影《极度惊慌》（Outbreak）中，在某个特定时间来到之前如果主角还找不到控制病毒的手段的话，那么美国的一个小镇将被整个炸为平地；《最高危机》

（*Executive Decision*）中，主角必须在某个时间点上将一架满载无辜乘客的大型客机炸毁于万里高空中，否则飞机上的恐怖分子将投放剧毒袭击整个东海岸；《勇闯夺命岛》中的劫持分子则是危胁要用毒气袭击旧金山，要是他们到星期二还拿不到赎金的话。这样的影片多得不胜枚举。

计时器并不是必须的。没有计时器但却非常富有悬念的惊悚片也多得是，随便挑挑就有一箩筐，比如：《本能》《与敌共眠》（*Sleeping with the Enemy*）、《野东西》《叠影狂花》（*Single White Female*）、《后窗》（*Rear Window*）、《煤气灯下》（*Gaslight*）、《暗杀十三招》（*The Parallax View*）、《秃鹰七十二小时》（*Day of the Condor*）、《对话》（*The Conversation*）、《放大》（*Blow Up*）、《凶线》（*Blow Out*）、《七宗罪》（*Seven*）、《唐人街》《体热》（*Body Heat*）、《血网边缘》（*Jagged Edge*）、《目击者》（*Witness*）。甚至有些动作惊悚片，也没有计时器的设置：《亡命天涯》《阴谋理论》（*Conspiracy Theory*）、《致命武器》（*Lethal Weapon*）、《特工狂花》（*The Long Kiss Goodnight*）。这些片子都没有计时器。

悬念惊悚片和动作惊悚片所共有的，就是一根越拉越紧的绳子，要么是让主人公的境况变得越来越危险，要么是让其一步步接近真相大白，或者二者兼而有之。比如一些关于连环杀手的影片（《沉默的羔羊》、《七宗罪》）就没有显而易见的计时器，但是警探一直在想办法在凶手加害下一个受害者之前抓住他。没有计时器是因为我们并不知道杀手下一个目标是谁，也不知道他要什么时候动手。而像《西北偏北》和《亡命天涯》这样的片子，主人公都是无辜的，而他们要赶在被捕前证明自己的清白。

如果有人建议你在故事中放入一个计时器，那可能说明你没能够在故事展开的过程中将悬念层层渲染到位，在故事即将结束的时候你对节奏的把握还不够紧凑，节奏还不够快，你没有拉紧绳子。如果是这样的话，仅仅依靠计时器的力量是无法增加悬念的。它只是给你的人物提供了一个上足发条的借口，却不能帮助你将故事拉紧，你还是要提供悬念、创造危险和谜团。

话是这样说,但如果你能设计一个计时器,使之成为故事的有机部分,那么,它可以使主人公的任务更加清晰明确。清晰明确,记住,是好事。

如果故事里有计时器,最好也要时不时地为它加加速。我们可没有六个小时给你浪费,我们就剩半个小时啦!

4.9 视 角

> 视角:从某个位置对某件事情进行思考与评价,即立场或观点。

主观镜头(POV shot)指的是如实展示某个人物所见的镜头。就是说,人物看什么,摄影机就拍什么。

外景。泳池旁一日
赛布丽娜穿过拥挤的人群。

外景。泳池旁一日(托尼主观镜头)
人们走来走去,没有赛布丽娜的踪影。

外景。泳池旁一日
赛布丽娜走出人群,盛放甜点的银盘在阳光下熠熠发光。

托尼
看到她,召唤她
赛布丽娜
使劲扔出了奶油蛋糕

你可以通过一只狗、一个怪物甚至一个飞出去的奶油蛋糕的视角来拍一个镜头。

视角人物指的是我们通过其感知来观看一部电影的人物。我们闻其所闻,知其所知。

但是我们未必只能看到他所看到的

那样不但会很快就让人不爽,而且还会给人错误的印象。当我回忆一段对话的时候,我的脑海中会出现一幅我也在场的画面。所以如果一场戏运用的是我的视角,那么它不光要有我看到的人物的镜头,还要有我的镜头。不过,镜头中不会出现我不知道的事情。

并不是每部影片都有一个单一视角人物。在许多电影当中,故事总是在并无联系的地点和人物间来回地切。

在电影中始终跟随某一视角是非常强大的手段,它能够帮助我们认同故事的中心人物,将我们拉进他的世界里去。

对视角最显而易见的运用要数侦探故事了。如果我们只知道侦探知道的事情,那么我们就会跟随他尝试着去解开谜团。如果我们对一切都了如指掌,我们就不会觉得有什么神秘的。《搏击俱乐部》(*Fight Club*)、《异世浮生》(*Jacob's Ladder*)和《第六感》其实都建立在一个悬疑之上,主人公对真相的发现这一"转折"让这些电影收到了很好的效果。如果我们知道的事情比中心人物还要多,或者是我们和他身边的人知道的一样多,这些片子可能就没这么令人惊喜了。

当中心人物并不是我们通常会认同的人时,保持单一视角就变得极其有用。比方说,《发条橙》的故事是以一个年轻而暴力的精神病患者亚历克斯的视角展开的,整部电影几乎都没有跳出他的视角。当亚历克斯的手下造他的反时,亚历克斯和我们都吓了一跳。故事中亚历克斯以嘲讽的画外音讲述他的故事,再配合上一些精明的拍摄手法,我们就开始同情这个扭曲而邪恶的家伙了。

经典默片《卡里加利博士的小屋》(*The Cabinet of Dr. Caligari*)也将我们带到了一种古怪的视角当中,我们几乎需要看完整部影片才会意识到原来主人公是一个疯子,这是因为我们是跟随着他的视角来看待一切。由于他的视角十分扭曲,影片也就足够恐怖。

电影是一种直接的媒介,你无法在银幕上对精神状态进行再现。精神分裂你怎么拍?抑郁怎么拍?躁狂症你又怎么拍?在猴子乐队主演的电影《毛发》中,导演试图将迷幻剂产生的精神作用搬上银幕。乐队成员经历了一系列超现实的冒险行为,每件事都在情却不在理。电影必须创造出与无法实际拍摄的事情相平行的视觉效果，比如你希望我们认同一个妄想症患者，从他的角度去看待事情。他觉得每个人都想抓自己，这种感觉你没法拍，但你可以将影片中的事件拍得充满威胁感但同时却不提供任何理由：

> 比尔走在小巷里。他经过一个大垃圾箱。它后面的影子里是不是有什么东西在动……？
>
> ……不是，只是光线造成的错觉。
> 他出了身汗，走得更快了。

或者

> **女服务员**
> 愿你玩得开心！
>
> 她怪异地朝他眨了眨眼，就好像知道了什么他还蒙在鼓里的事情。

这种技巧的运用有点难度，因为你的读者要有足够的信心相信你是在故意地向她展示某些信息，而不是把自己搞糊涂了。你或许需要给观众点暗示：

> **琳达**
> 你为什么总觉得有人要抓你？
>
> **凯文**
> 真不是我多疑！

陪　衬

视角人物并不一定非是中心人物不可。你的故事中举足轻重的人物可能不是一个平常人，我们可能永远无法进入他的内心。这个时候，影片就采用另外一个人物的视点。这个人物是一个正常人——一个"陪衬"或者叫观众的替身。

电影《纸牌屋》（*House of Cards*）和《雨人》（*Rain Man*）都是以患有自闭症的人物作为中心。《纸牌屋》试图展示患有自闭症的小女孩萨利的内心世界。然而相比之下，《雨人》这部电影要更加成功一些，原因就在于它并没有试图去走进自闭天才雷蒙德（达斯汀·霍夫曼饰演）的内心。他处在一个我们无论如何都无法进入和理解的位置，谢天谢地！镜头能够展示的，是自闭症的外在表现——或者更准确地说，是演员对自闭症的诠释。《雨人》中的视角人物是雷蒙德的弟弟查理·巴比特（汤姆·克鲁斯饰演），而他的大脑我们是能够进入的。

在肯尼斯·布拉纳（Kenneth Branagh）歌剧风格的恐怖片《玛丽·雪莱的弗兰肯斯坦》（*Mary Shelley's Frankenstein*）中，当怪物躲到了一家农户的猪圈里，并在那学习说话和阅读的时候，情感视角暂时离开了维克托·冯·弗兰肯斯坦，长时间落在怪物身上。当怪物备受煎熬的时候，我们对他的处境感同身受。但是当怪物被那家人赶了出去，发誓要找弗兰肯斯坦报仇的时候，他就成了复仇之神，最后维克托的挚爱惨死在他手上。这时，我们无法再感同身受，也完全不可能认同他。从怪物抓住弗兰肯斯坦并质问他为什么要创造出自己开始，这出悲剧接下来都是从弗兰肯斯坦的视角出发的。

电脑、异形人、疯子、神灵、魔鬼、海豚如何表现他们的内心世界？除非你有把握想出非常具有说服力的视觉隐喻，不然你真的需要用一个我们能够理解的普通人物视角去过滤一下他们的故事。

情感视角

视角有时候可以是非常微妙的东西。一部影片可能会经常脱离中心人物物质意义上的视角，但是却停留在这个人物的情感视角中。情感视角包括：

（1）人物所看见的，即他的物质视角；

（2）人物没有看见但是最终会知道的事；

（3）对人物有直接影响的事。

让我们举一个（2）的例子。在一部以某侦探作为主人公调查系列杀人案的惊悚片中，你可能会经常需要展示杀手作案的过程。只要我们所看到的杀手行为是侦探即将知道的事情，影片就还停留在侦探的情感视角当中，尽管已经脱离了他的物质视角。如此这般，我们可以目睹一起凶杀案的发生（如《本能》的开头），接着侦探出现，对犯罪现场进行调查。我们看到了他没有看到的东西，但我们明白他究竟知道多少。

再让我们举一个（3）的例子。如果电影的主人公是个被跟踪的女人，那么我们可能会看到跟踪者在做准备工作，比如说查找她的藏身之处或走在去找她的路上。因为跟踪者的所作所为会对这个女人产生直接影响，所以我们继续认同她，尽管镜头所看到的并不是她看到的，或者是她永远不会知道的事情。此时，影片的物质视角属于跟踪者，而情感视角来自这个女人。

如果你一旦展示了（2）中的侦探永远不会发现的事情，或（3）中的跟踪者做了任何对那个女人没有影响的事情，你就打破了情感视角。例如，如果跟踪者停下来休息了一会，跟几个小孩子一起吃了个冰激凌，那么影片的情感视角就成了跟踪者的视角。

如果你希望我们认同侦探或认同那个女人，你并不需要始终坚持他们的物质视角，但是绝不要破坏他们的情感视角。我们可以知道的比她多一点，但是不能看到我们根本无法确知或者和她没什么关系的事情。否则影片就不再是她的电影了。

紧跟情感视角而不是物质视角能够让你创造出更好的悬念。比如电影《迷魂记》（Vertigo）中，我们在影片进行到一半时发现了朱蒂·巴顿的秘密，而斯考蒂·弗格森（吉米·斯图尔特饰演）却到最后才知道真相。因为我们知道了别人对他的所作所为，于是我们就更加担心他，心就悬得更高，如果我们只是从他的物质视角来看这个故事，这个效果或许就达不到。但是因为情感视角并没有被打破，所以我们对斯考蒂始终保持着强烈的情感关联。

视角写作

一场戏可以通过运用相同的对白和不同的视角写成两种方式。比如：

> 凯莉皱着眉。

这里只表明了凯莉的面部表情，情感视角要么中立要么属于其他看到这一幕的人物。

但是：

> 凯莉皱着眉，十分焦虑。

上边的句子就带我们走进了凯莉的内心，让我们刚刚好能够感受到她的情绪，但又不至于深入到没法拍出来。

我们假设你有这样一场戏，凯莉走进一个房间，在她走进去之前不小心听到一番对话。如果你以她的视角来写，那就要从她在房间外面听到对话开始。如果你以屋里某个人的视角来写，你就要先写屋里面的场景，然后再让她走进去。在这两种方式中，她都不小心听到了对话，但是在第一个版本中，我们认同她的角度，在第二个版本中就没有这种认同关系。

版本 1

内景。老头的房子—凯莉的房间一日

凯莉醒了，很警觉。

萨拉

（O.C.）

我刚刚读了你给《连线》杂志写的这篇
稿子。

> 尼克
> （O.C.）
>
> 哦，是吗？该死的，我一定是把它随便
> 丢哪儿了。
>
> 凯莉坐起来，仔细听着。
>
> **内景。老头的客厅一日**
>
> 凯莉探头进来：
>
> 萨拉从后裤兜里掏出一张纸展开。尼克在咖啡桌上玩填字游戏。

> **版本 2**
>
> **内景。老头的客厅一近傍晚**
>
> 萨拉走进来，尼克正在咖啡桌上玩填字有戏。她从后裤兜里拿出一张叠
> 起来的纸。
>
> 萨拉
>
> 我刚刚读了你给《连线》杂志写的这篇
> 稿子。
>
> 尼克
>
> 哦，是吗？该死的，我一定是把它随便
> 丢哪儿了。
>
> 尼克抬起头。凯莉在门口正看着他们。

这两个版本接下来的对话可能是完全一样的。视角一旦<u>建</u>立起来，就会贯穿整场戏，直到你去改变视角为止。

零视角或混合视角

许多好电影都是完全窥视性的——它们不会带你进入任何人物的内心世界，也不会把人物知道的所有事情都全盘托出，《野东西》就是一个绝佳的例子。首先我们跟随的是老师的视角（马特·狄龙饰演），接

着我们跟随着侦探的视角（凯文·贝肯饰演），然后我们发现自己了解到的只是他们所知道事情的一部分，到最后我们才发现故事完全是由另外一个人物所推动的，而他的阴谋诡计我们却一概不知。《野东西》是一部窥视性的惊悚片，观众去观看或许是为了寻求色情刺激（他们也得到了！），但是影片真正的精彩之处在于其对观众操控的巧妙。换句话说，观众们花钱买的是被人牵着鼻子走的兴奋感。

你可以将混合视角作为一种工具使用，以得到单一视角所达不到的某种效果。但你要小心，如果你跟观众玩游戏，你的电影就有一种风险/赌注，即它在情感上让人觉得冷漠。只有让我们认同你的人物，无论是从镜头上来讲还是从情感上来讲都从她的角度看世界，你才能在情感上打动观众。

4.10 风 格

当你向别人兜售自己的故事时，你所用的词句对影片来说没有任何影响，只有故事的流畅性能够最终在银幕上得以展现。但是如果你写得富于技巧性，那么你的对白和动作会最终出现在影片里。因此在你把兜售提案变成剧本的过程中，你就要考虑如何确立影片的风格。

当影片用一种统一的手段去呈现一场又一场戏时，它就拥有了风格。一部影片如果基本上是由一场场短戏构成，而且场与场间的切换十分突兀，那么它就可能有一种零乱的风格；而如果一部影片的布景极尽奢华，演员的情绪饱满奔放且无节制，人物有着大段的台词，那么它就带有歌剧的风格；一部片子或许会被指责为太像电视剧了，这样的片子一般每个镜头都从外景定场镜头开始，然后给一场所有人物都在一起的主镜头，这种做法用在电视上还好，毕竟屏幕就那么大，但是换在大银幕上，这就显得很廉价了。

所有这些风格都可以在剧本里非常技巧地呈现出来。

我并不是在说你的语言风格。不管你写的是穿越大沙漠的漫长跋涉，还是两个人在洗衣房里亲热，在描写动作的时候，你都会想要用干脆、简短且富于视觉感的句子。哪怕你写的一场戏是发生在维多利亚时代的会客厅里，你的人物都有文学修养，说话都出口成章，但在描写动作时，你还是要尽量避免形容词、副词和从句的运用。

波利

毋庸讳言，先生，您关于某种情感已经
得到共鸣的假设只能说明您遭受了误
导。如果您不再暴露我们家庭的所谓耸
人听闻的丑闻并离开，那之于我便是莫
大的好意。

她不看他的眼睛。
罗伯特看看她，叹了口气。

罗伯特

如果是我使您不开心的话，我很抱歉。
日安，夫人。

他转过身，迈步走开。男管家将他的帽子递给他。他用手碰了下帽子，帽子差点掉在地上，男管家赶紧接住，面无表情地又一次递给他。

罗伯特（继续）

（哽咽）

非常感谢，先生。

这部分动作的描写总的来说简单明了，尽管对白本身让人怀疑人物是不是亨利·詹姆斯[1]的小说读太多了。

决定电影风格的不是你的文采多么精美华丽，而是在故事如何呈现问题上你是否极其用心。假设你有两对人物在不同的地点进行着相关联

---

[1] 著名美国作家，代表作有《鸽之翼》《贵妇人画像》等。——编者注

的对话，你会不会先把一组完整的对话作为一场戏交代，然后再切到下一组？你会不会将两组对话对比着进行，来回切换？你是否会将两对人物都安排在同一间餐厅里，当一对陷入沉默、另一对还在谈话时变换焦点（"移焦［rack focus］"）？你会不会让他们在镜头前走来走去从而使每一组对话都是持续进行的，但我们却都只能听到谈话的一部分，尽管我们从未离开房间。最终，文字风格不会留下来，但是视觉风格会留在银幕上。

上面的方法都可能是合适的，那取决于你选择怎样的风格。如果你的写作富于技巧，就可以运用其中任意一种方式并始终让自己的读者感觉他们是在看电影。

导演和摄影师们穷尽一生想要拍出独具风格的片子。我能告诉你的就是剧本也是有风格的。你对自己剧本的风格要有意识并学会控制它，就像对情节和人物需要有意识并加以掌控一样。

你最好选择一个写起来顺手的风格，选一个最适合你所讲故事的风格。这都是由自己决定的。你可以用一种粗犷硬朗的、现实主义的手法来写一部悲剧，也可以用怪诞、拿腔拿调的风格去写一部悲剧。各有各的好处，每一种方式向观众表达的东西也不一样。对影片来说哪一种才是对的，就看你怎么选了。

Chapter 5
对 白

DIALOGUE

故事中的人物表面看来是一些活生生的人，但其实只是故事的原材料。所有对白都有两个相通的特点：

（1）要推动故事情节的发展；

（2）要有可信度，就像是人物在真实讲话一样。

对白也决定了整部戏的风格和格调，至少和动作的作用是不相上下的。

5.1 推动故事情节发展

一部剧本通过动作和对白推动故事情节发展。动作告诉我们人物在做什么。对白告诉我们人物在想什么。所以，一般而言，通过动作，我们知道了正在发生的事情，而只有语言才能告诉我们事情发生的缘由或是这些事情的发生意味着什么。

对白通过两种方式推动故事情节发展。

（1）对白本身具有戏剧性。

通过对白，不同人物的不同目标得以展示；而不同目标之间存在的冲突，是推动整个故事发展演进的力量。

（2）对白可以告诉我们需要知道的事情。

对白可以给我们提供信息以帮助我们理解故事情节，并帮助我们洞悉人物性格。

5.2　戏剧即冲突

当一个人物想要得到一样东西而另一个人挡了路的时候，戏剧就产生了。当一个人想从另一个人手中攫取一样东西而这个人又不愿意拱手相送时，对白就变得戏剧化了；理想状态下，这两个人互相垂涎对方手里的某样东西，这个目标可以是一种具体的物质……

> **杰克**
> 你没看到我住处的钥匙，是吧？

……或者是他们想做的一件事……

> **乔茜**
> 没看到。不过你要是现在去给我家走廊
> 上的灯换一个新灯泡，我保证你一秒钟
> 不到就能找到你的钥匙。

……或者是一些他们不愿意直接开口要的东西：

> **杰克**
> 我敢打赌，要是我在这边过夜的话，找
> 到我的钥匙就容易多了。你知道的，早
> 上起来，光线充足得多。

……或者是他们不想直接开口拒绝的事情：

> **乔茜**
> 我看还是把我这儿那套钥匙还给你好了。

当这些人物拿到他们想要的东西，或者放弃了追求，这幕戏就告一段落了。切到下一个场景，或是引入另一个冲突。

> **"我不是来吵架的"**
> **"不，你就是来吵架的！"**

当争辩的场景出现时，信息的获取常常变得更加容易，也更加有趣。

好的对白是这样的，人与人交谈总是因为他们希望从对方那里得到点儿什么。现实生活中，人们也是这样的，尽管有时很难看出他们说话的目的，可是每个人说话都是有目的的。

在剧本写作中，通常需要向观众传达一些信息，这在专业术语中叫做"说明"。你要小心的是，人物说话不仅仅只传达信息。要是你需要给观众某一信息，一定要确保人物说话有自己合理的理由，这叫做将对白"有机地"融入角色中。

仅仅保证对白有因有据还远远不够。比如，一个警察为另一个警察做案件笔录的戏可能有必要也很可信，但却可能没有戏剧张力。

> **史宾尼利**
> 手印一致，DNA 鉴定也一样。问题是，
> 在凶案可能发生的这一个小时里，疑犯
> 却一直在和罗克珊打高尔夫。
>
> **奥利里**
> 可不嘛。

里面的确有一点提起人兴致的地方——在第四页上，这两个人都试图找出杀了这女孩儿的凶手，可整场戏还是死气沉沉的。但是假如我们听到的是两人的争论，那肯定比听一个人说明剧情有意思得多。所以，

要想吸引观众，可以让这两个人物之间发生争执：

> **史宾尼利**
>
> 手印一致，DNA 鉴定也一样。
>
> **奥利里**
>
> 那么你给我解释一下，在凶案可能发生
> 的这一个小时里，疑犯为什么却一直在
> 和罗克珊打高尔夫？

将人物置于一场争论当中也是了解这些人物的一个好办法。如果看见一个人在炒鸡蛋，我们可能得不出什么关于他的结论，可是，如果看见他和他父亲争执，内容是鸡蛋好还是华夫饼干好，我们马上就会加深对这个人物的了解。

5.3 可信度与现实主义

对白和谈话并不相同，谈话是现实生活中人们说的话，对白是人物说的话。对白听起来可能很像谈话，但比起人们真实的谈话，对白更像是谈话在我们脑海中留下的印象。

编剧不会把真实的谈话写下来或是原封不动地记下来，因为里面到处是哼啊、哈啊之类的废话和支离破碎的句子。要是你看过法庭书记员写下来的誊写稿，读出来都不容易，因为那就是人们真实谈话时的漫不经心、懒散、模糊的状态。

> **道格**
>
> 这样，呃，我要去那个，我要去一个地
> 方……哎，就像我刚才说的，我要去，
> 好吧，我确实要去，因为，啊，妈的，
> 你知道我在说什么吧？

幸运的是，我们都很善于理解这样混乱的话语，也就是说，我们在听的时候，常常是听到对方要表达的意思而不是他们真实说的话（不幸的是我们太精于此道。这也解释了通常情况下，人们为什么只听到了他们希望听到的）。如果你要追求一种真实到家的"现实主义"风格，对白听起来可能就像这个例子一样，不过你要在其中加入更多、更确切的信息。但剧本中的对白更接近我们"听到"的道格说的话，而非他说的话本身。

现实主义对白

人们很少会将自己的心里话毫无遮拦地说出来，总是要寻找合适的措辞，加工一下再说以免招来不快。有时候，人们也不确定自己到底要什么或者自己究竟想说什么。

当人物心里想什么嘴上就说什么的时候，也就是没有任何现实对话中的遮掩和斟酌的时候，我们会把这种对白叫做"直白到家"（on the nose）。

要是让人物一下子就说出两人争论的实质所在，那就没什么意思了。最好是让一个人不痛不痒地兜圈子，另一个人试图找出事情的前因后果。也许后者最终也没弄明白前者想说什么，但某个措辞触到前者的某个神经，引发一场重大争执。不过他们的争论依然是自说自话，两人都只回答自己想回答的问题，而不是对方提出的问题。两人互相指责，对对方的话语断章取义，最后把陈年旧账翻出来。

要是你真的需要让一个角色最后说出他心里所想的话，那必须发生在这场戏的高潮中，此时此刻，兜圈子的谈话已经再也让他无法忍受了。

在下面几项之间应该总是存在着一定的张力：

（1）人物话语的表面含义；
（2）人物希望表达的含义；
（3）人物心里的真实想法。

兜圈子的对话不仅更接近现实，对一个手段老道的编剧来说也更加有用，这种对话可以传达更丰富的含义。以下就是一个"直白到家"的对白，既表达了怨气（"你快把我逼疯了"）也表达了道歉：

> **汉克**
>
> 很抱歉我刚才对你太刻薄了，詹尼。我应该控制一下自己的脾气的，可你刚才真把我惹急了。唉，这一切都因为我太爱你了。

再看看下面这个……

> **汉克**
>
> 你知道吗，你和你妈一模一样，差别仅仅是她手上没有什么所谓心理学学位，可以用来刺激你老爸的神经……嘿，这样吧，亲爱的……咱们今天去找一个好地方吃饭怎么样？

……这段话告诉读者以下信息，汉克认识詹尼的母亲；詹尼有心理学学位，而他的母亲可能和汉克一样，没受过什么教育；詹尼父母的婚姻生活并不幸福；一般都是詹尼做饭，他们两个很少去讲究的餐厅吃饭。以上种种，仍旧包含了怨气和道歉的意思。

写实对白和妙语对白

精彩的对白不仅是写实的，更是动人心魄、前无古人、富于表现力的。这样的对白直击人心，是我们之前闻所未闻的，寥寥几笔就说清楚了一切。

生活中的对话总是充满了陈词滥调。我们总是用最先想到的，而不是最睿智、最新鲜或最准确的词语来阐述自己的想法。如果有人在十句话中能有一句说得震慑人心，前无古人又富于表现力，那就已经很难得了，而我们大多数人可能从来没说过这样的话。当然，也没人花钱专门来听我们讲话。我们既要让对话不失琐碎和写实的意味，好让观众听来像是一个有血有肉的人在讲话，又要保证对话有震撼力、独特性和表现力，好让对白能够更加纯粹有力地传达人物的情感，两者之间就存在着需要平衡的矛盾。

　　好的写实对白运用真实对话中的重复，停顿和表面无目的的特点以追求一种比日常谈话更有力度的效果。人物可能突然来了一段让人震惊的精美演说，但这段演说听起来要显得十分偶然才行。精彩的写实对白可能是最难写的一种，因为你既要让它像是偶然而发的，又需要在其中蕴含丰富的思想和情感。

> **瑞克**
> 要是飞机飞离了地面，你却没有和他在一起，你一定会后悔的，可能不是今天，可能不是明天。不过我相信，你的遗憾一定会很快袭来，并淹没你将来的每一天。
>
> **伊尔莎**
> 但你和我会怎么样呢?
>
> **瑞克**
> 你和我会永远拥有巴黎。过去我们没有，我们曾经将它失去，直到你来到卡萨布兰卡。昨夜我们重新拥有了巴黎。
>
> **伊尔莎**
> 我说过我永远不会离开你。
>
> **瑞克**
> 将来也不会，但我还有工作要做。我要去的地方，你不能和我一同去。我要做的事情，你也不能参与其中。伊尔莎，

> 我不是什么高尚的人，但在这个疯狂的
> 时代，三个小人物的忧愁还抵不过一车
> 豆子来的重要，总有一天你会明白的。
> 哦，现在……看着你，足矣，姑娘。

　　写实对白也可以是抒情的，甚至像优美的诗句一样，但它一定要读起来像是人物情绪到了一定的程度自然而然抒发出来的。除了莎翁剧作的改编电影外，真正意义上的诗句似乎都不能作为人物的对白。

　　当然，对白不一定都很生活化。好莱坞总是偏好精致的对白，尤其是在爱情喜剧和动作探险片中。路易十六时代的宫廷里，靠妙语连珠就能混饭吃，但除此之外，电影人物的对白远比现实生活中的对话要精妙许多。

　　隽永的对白用不着装得很自然。观众知道那是台词。只要台词干脆、新颖、深刻，我们并不介意生活中人们是否这样说话。我们来电影院就是娱乐的。

　　只要去想每个人物说话时可能说出的最聪明、最睿智、最有意思的话就是妙语台词。最尖锐的抨击是什么样的？最猛烈的羞辱是什么样的？最有杀伤力的回答是什么样的？你知道的，就是那种派对第二天清晨你说出来让对方气个半死的绝顶聪明的答复，这就是所谓妙语对白。

　　重点是，对白的风格不仅要和作品中其余部分的对白一致，还要和你作品本身的风格统一。一部严肃的正剧需要的很可能是现实的、生活化的对白，而一部喜剧需要的则是妙语对白，一部阴冷的西部片需要的可能是少而短促的对白。如果你在一部严肃的正剧中加入妙语对白，你必须是在追求一种特殊的艺术效果。否则的话，你可能会因此遇到麻烦。

找到人物自己的声音

　　尽管对白整体的调子要一致，但不同人物不能听起来一模一样。在太多新手创作的剧本中，每个人都是一样的"声音。"他们要么都说标准英语，要么就是在一部警匪片中警察、恶棍和无辜的路人甲说起话来都是坏人恶棍的腔调。要想让人物有差异，对白差异的确比其他手段更有效。

> **贝克**
> 你要是不老实合作的话，恐怕中情局就
> 可能用一种相对负面的眼光审视你的所
> 谓"课外活动"。
>
> **赛林**
> 你他妈的是在威胁我吗？

当你赋予人物一个与众不同的声音的时候，你就是在向我们讲述她的整个世界。

> **埃伦**
> 别让我照顾他了，行吗？他和我风马牛
> 扯不平！
>
> （脸部抽搐了几下）
> 不相及，我是说不相及。

我们可以猜到，埃伦一直以来都说"风马牛扯不平"，现在正努力纠正自己去说"风马牛不相及"；现在她可能已经是中产阶级了，但埃伦从小是在工人家庭里长大的。当然，她可以直接把自己的经历说出来：

> **埃伦**
> 我是在一个破车里长大的，但是我拿了
> 奖学金，我不愿意回顾过去。

可这只是关于这个人物的一些干巴巴的信息，读者可能会加以注意，但也可能毫不留意。而她把"风马牛"说错又要纠正时，却让我们看到了她的性格。观众不会漏掉这样的信息，一行对白中提取出来的有关事实的信息，可能仅仅是这行对白够承载的信息量的十分之一而已。

创造独特声音的秘诀不过是逐句推敲对白，质疑自己写下的东西：我能不能改写这一段，以让它尽可能地不同于其他对话，并且听起来合乎逻辑，又不像是在刻意引起读者注意。

> **马克斯**
> 是的。

……这个表达任何意思都可能有。不过下面却是一句热烈的响应：

> **马克斯**
> 好耶！

下边这一位则是一个心理扭曲、愤世嫉俗的人：

> **马克斯**
> 好吧，这个看来总比一根尖刺戳到眼睛
> 里要舒服一些。

这个是安静型的：

> **马克斯**
> 呵呵。

一个爱开玩笑的人：

> **马克斯**
> 遵命，长官！

……诸如此类。当然，怎么写对话是一件十分微妙的事。不过，我们确实常常可以不断地修改对白，让它告诉我们更多有关人物的信息，给演员更多可以咀嚼和把玩的东西。

5.4　修剪你的对白

写动作场景的时候，你总是希望用尽可能少的词表达尽可能多的含义，这道理也适用于写对白。有时，你可能需要耗费半页纸让一个人物通过煽动性的讲演来达到自己所要表达的想法。不过，要是你已经写了半页的演说，之后能把它改写成四分之一页，那就再好不过了，而且也会较之前更有效果。在不丢失一场戏或一段话要点的前提下，你能砍掉多少对白呢？

举个例子来说，你是不是将同样的事情说了两次？人物的对话哪句没有驱动故事情节的发展（"推动故事"〔forward the story〕），既同主人公的奋斗目标没有关系，又没有给我们任何提示，以帮助我们更好地了解人物或是情节？

那样的话，还不如放弃语言，让沉默来讲故事。

记住，你只能在 120 页纸或两小时之内来讲故事。所以，每一句话都要使上劲儿。

5.5　检验你的对白

大声读出你写的对白。

我知道，你肯定害怕我会提到类似这样的要求。别慌，我不是要求你面对任何人大声读你的对话，你对着自己读就可以了。

在纸上很多看起来不错的句子，一旦有人大声说出来，就会发现不像现实生活中的对话。比如，这段话看起来就还不错：

> **弗兰基**
> 好了，大家注意，这里是指挥中心。我们
> 有两个目标：第一，找到这个神神秘秘
> 的韦恩博士，接下来，如果可能的话通
> 过他，追踪到奇异飞碟目击事件的源头。

不过一旦你尝试着大声说出这些台词的时候，麻烦就来了。首先，最后一行太拗口，必须删掉；第二，在口语中，不会有人说"这个神神秘秘的什么什么"，这是书面语的表达方式。真要有人这么说的话，那这个人物是在装可爱；最后，弗兰基的这段话有太多转折。现实生活中，人们想到哪说到哪，而且说得既简单又快。需要补充的话，会在后边说。

> **弗兰基**
> 好了，大家注意，这里是指挥中心。我
> 们要做件事：第一，找到这个韦恩博士。
> 接下来，要是幸运的话，他能带着我们
> 找到这些不明飞行物报告的来源。

大声朗读你的对白。你很快就能分辨出它到底是像人说话还是像书面的文件。听过那种演讲吧，就是你一下就能听出来他只是在照着稿子念的那种？并不是因为演讲的人从不抬头的缘故，而是前一天晚上他把这些文字敲进电脑时看起来还非常华丽震撼，可一旦从嘴里说出来，这些词就变得拗口，不那么整齐有序了。这是你应该努力避免的一种结果。我相信你的耳朵在分辨口头语和书面语时是足够灵敏的，只要大声读出来，你就能发现。

听到另一个人大声读你写的句子可能效果更好。假设你找到一群人一起大声读你的剧本，不包括自己，你只是听，面前放着你的剧本。如果一切顺利，你就能感受到人们听你写的对白时感受如何。要是他们把一句话的重音放错了位置，或是全都读错了，注意了，如果那就是人们

认为这些句子应该有的样子，你最好改改这部分。

第二，你会发现在不丢失任何意思的前提下剪掉不少对白有多容易。你能删了差不多一半对白。观众说：太好了！我明白了！不用再说了！记住，在大银幕上，演员的脸足有 40 英尺（约合 12.2 米）高。你写的对白越少，每一句话就会越有效果。你要相信，演员通过很少的对话就能传达他们的感情！

试着让你的朋友先把剧本通读一遍。朗读的话，大部分普通人因为没有事先读到剧本而读不好剧本的对白。本来是很简单的句子，他们也读得啰里啰唆，磕磕巴巴，或者停顿在不该停顿的地方。那是因为他们不可能读得比说话速度快，也没有时间在说之前体会这些句子，更不用说打造一种角色感了。朗读比不读要好，不过你可一定要克制自己。当朋友胡乱糟蹋你优美的对白时，你也用不着去切腹自杀。

听剧本的最好方式是让演员在已经阅读的前提下朗读你的剧本。他们会把你写进去的感情和隐含的意味都融合在对白里，他们懂得打造角色。以后，你会有机会感受其他演员如何演绎台词，也才会发现你的台词听上去到底是抒情还是浮夸，是简洁还是凌乱，是冷峻还是苍白。要是台词这时没有收到应有的效果，可能就需要返工了。要是你和一个话剧朗诵团体有关系，或是认识一些只要提供免费比萨就肯帮忙的演员们，那就安排一次不公开的朗读会吧，你得到的一定会超乎想象。

5.6 脏话与种族歧视词句

通过脏话赋予人物个性，这种做法你最好不要用。

70 年代的时候，电影里的人像现实生活中一样满嘴脏话还是件新鲜事儿，不过现在，这样做却了无新意。

在真实生活中，人们总是说脏话，那是因为这样做的人既懒惰又愤怒。脏话传达的信息太少，仅仅是"妈的，老子骂人了！"，但精彩的对白写作意味着尽可能在每一行台词中融入尽可能多的信息。

这也不是说你就不能写脏话了，你戏中的警察和骗子们总不能像幼儿园老师一样说话吧！

> **伯恩迪亚斯**
> 我觉得越来越纳闷了。屋子从里面锁住，
> 整个门从头到脚锁死了，所有的窗户也
> 都用铁杠封了。
>
> **蒂米**
> 天啊，他一定是个神经兮兮的人！

对比下边的

> **伯恩迪亚斯**
> 我觉得越来越纳闷了。屋子从里锁住，
> 整个门从头到脚锁死了，所有的窗户也
> 都用铁杠封了。
>
> **蒂米**
> 这家伙疯了！

选用一些不雅的字可能会营造一种戏剧效果或是突出人物的愤怒。要是一个平时从不说脏话的企业 CEO 突然短促地说了一些污秽的威胁别人的话，很明显，他要摊牌了！要是一个平时谨小慎微的家庭主妇最后突然说了一连串脏话，这一定是一部剧的转折。不过就我读过的许多剧本来看，人物说脏话的方式和现实人群说话时一样：当编剧想不出来什么妙趣横生或是有人物特色的台词时，就胡乱放上一句脏话。

要是你的剧本里，商人、警察、士兵、外星来客，或是从地狱里来的魔鬼①说起话来都和少年犯一个口吻，那对你的剧本绝不是什么好事。

---

① 地狱来的魔鬼，众所周知，总是说华丽的骈体诗。

你应该谨慎使用脏话。用它们是为了营造一种具体效果，比如告诉我们一些关于角色的新的东西，或是创造喜剧效果要不就或是推动故事发展。千万不要因为懒惰或是"大多数人都这样说话"就让角色说脏话。没人会花钱去看"大多数人"怎么说话。要是想看的话，瑞奇·拉克（Ricki Lake）的脱口秀上多得是，而且免费。

种族歧视词句则是一种特殊情况。当人们读到这些歧视字眼时，他们不会去结合上下文理解这些字，而是觉得是作者自己在使用歧视语言。许多人认为和"trigger"押韵的那个字①尤其不堪，所以它在哪儿出现都不能接受。美国俄克拉荷马州的一个学校最近决定禁读小说《杀死一只知更鸟》（*To Kill a Mockingbird*），就是因为里面出现了这个词，尽管这本小说有强烈的反种族歧视色彩。虽然非裔美国人可以在街头随意使用这个蔑称，但我肯定不会在自己的剧本中使用这个词。

要是你在写一部严肃的剧情戏，你可能要使用一些种族歧视的字眼从而使人物更贴近现实。但种族歧视字眼本身就容易产生严重后果，不管你要写的是哪种戏。一个搞笑的流氓说出侮辱犹太人的话，那他马上就变得不搞笑了。要是你在写一部爆米花电影，比如——一部喜剧、动作冒险片、恐怖片或是惊悚片，那为什么不想点更聪明、更别开生面的东西呢？与其让歧视外国人的人物去说侮辱俄国人的话，你不如让他去抱怨那些"喝罗宋汤的王八蛋们"。这来得更生动有趣，也不会让读者在应该谴责人物的时候把矛头指向你的剧本。

5.7 极简对白与单调对白

对白也可以是极简的。西部片的对白，比如《荒野大镖客》和《黄金三镖客》（*The Good, the Bad, and the Ugly*）里面的对白就非常精简。人物很少交谈，即便交谈也是寥寥几句。很少的几行对白几乎看不出来

---

① 即 nigger，"黑鬼"的意思，是歧视非裔美国人的称呼。——译者注

什么风格。

当然，这也是一种风格，尤其适合那些一辈子都在开阔的西部草原上独自流浪的人们，他们思索的多，但却没有倾听。这种语言风格也适合这种道德寓言故事。

但是如果你不小心的话，极简对白很容易变成平淡乏味或愚蠢的对话。毕竟，你没有给读者提供丰富的提示以吸引他们的注意。

男人
没错。

不幸的是，你不能这样写：

男人
（他有一种坚强的又略带痛苦的眼神，
从这你就能发现其他人经历过的苦难对
他而言什么都不算，因为他是经历过炼
狱的洗礼又全身而退的人。）
没错。

要是你决定剧本中的主人公或是整部剧都采用这种极简风格，那你就得付出双倍的努力让我们理解人物是怎么一回事了。要是有机会让我们深入人物的心里，绝对不要错过这个机会。千万记住，你得让人物的心理活动通过行动在银幕上表现出来。

我们对一个人物了解得越多，台词的意味就越丰富，其文字本身虽然可能十分平淡，读者和观众会把自己的情绪注入台词中。要是你描写动作的技巧高超，主人公的一举一动都能告诉我们他是一个什么样的人，不需要你写出来，读者自己就会想象那种坚强的、略带愤怒的眼神。观众会想在演员的坚毅的眼神背后一定是情绪的风起云涌。

这就解释了为什么对白不需要动作描写的辅助。

把情绪注入对白里，而不是动作描写中。

如果对白本身写得够精彩，你就不需要过多描述人物的反应，读者会切身感受到人物的情绪。下面是两个关系暧昧的办公室同事的谈话：

伊丽莎白

干吗这样看着我？

尼尔

我只是在想你干吗要加班到这么晚。不
害怕走夜路回家吗？

伊丽莎白

我什么都不怕。

她走过来，两人挨得很近。

尼尔

或许你应该害怕。

伊丽莎白

我看你现在不戴戒指了。

尼尔

可能是落在健身房了……我得走了。

她更靠近了

伊丽莎白

是你怕了！你到底在怕什么啊？

尼尔

玛丽该到了。

> **伊丽莎白**
>
> 什么，她到这来接你了？这个社区没什么危险啊，可能她出门就晚了。
>
> **尼尔**
>
> 不是。她……早该到了。我的妻子早就该到了。
>
> 伊丽莎白盯着他。她咯咯地笑起来，有点歇斯底里。
>
> **伊丽莎白**
>
> 我以为你们早就不在一个房间睡了。你怎么说的来着？"就像兄妹"？

我用不着告诉你这两个人的感受。假设这之前的戏让你对他们有了基本的了解，那么你肯定能对他们感同身受。动作描写给你提供了一点重要的提示（我们需要知道他们两个靠得很近）和听到坏消息时吃惊的反应（伊丽莎白歇斯底里地大笑掩饰她的伤心）。

感情强烈的戏一般都是对白的戏，尽管技术上讲，对白只告诉你人物的想法，它也把你拉入人物的世界。如果你在一部无声电影里看到以上的戏，你会得出这样的结论，两个人互有好感，这个男人突然说了什么让这个女人又震惊又恼怒。不过你很可能不会太在意，因为你根本不知道她在为什么事生气。

5.8 技术考虑

舞台提示

舞台提示是指给演员的简短的、用括号括起来的提示，通常放在人物名和台词之间。要是一个动作不需要占用一行动作描写空间的话，这些提示就很有用：

> **乔**
> （伸出手）
> 好久不见了，是吧？

尤其是当一段台词的情绪是我们正常读无法感受出来的时候，这些提示也非常有用。

> **乔**
> （愠怒地）
> 见到您可真高兴啊。

然而，人们常常用错了舞台提示，比如，在台词意思很明显的时候依然用提示来告诉读者该如何理解：

> **乔**
> （生气）
> 你个混蛋！我要杀了你！

呃。当然他非常生气，他可是在威胁要杀了对方啊！

当剧作者懒得写台词来正确表达情绪时，也千万不要用舞台提示：

> **乔**
> （唧唧歪歪地）
> 好久不见。

因为剧本中过度频繁地使用舞台提示"唧唧歪歪地"（wryly），以至于人们有时候干脆把舞台提示叫做"唧歪歪地"（wrylies）。我们可以改写这句台词：

乔

我还以为你这个混蛋早见阎王了呢。

或是你喜欢的正话反说的表达也可以。

有时用"唧歪歪地"传达台词的真实意思可能非常有效，只要你不要过度使用：

乔

（"去你的"）

见到你真高兴。

一些人对舞台提示心存偏见。他们说要是台词写得足够精彩，根本不需要告诉读者该怎么读。一个聪明的导演或一个优秀的演员自然会想出乔见到这个人时并不高兴。那些对"唧歪歪地"存有偏见的人常常是一些导演，他们不希望看到自己在指导演员的时候编剧横插一脚。甚至一些作家也不喜欢这些提示，但这些人常常是那种非常成功的作家，他们的剧本利润丰厚，每个人都认为他们写的台词精妙绝伦，愿意花大力气仔细阅读，而你的剧本可能不会享受到这种待遇。

有时候，你确实需要这些提示。要是你特别幸运的话，自己的剧本会经历几十个人的重重考验，包括审读员、开发助理、开发高管、高管、经纪人助理、经理人的助理和一众演员。他们每个人都在一大堆糟透了的剧本中挣扎，通常这堆剧本就堆在他们的床头桌上，这几乎是他们好好睡觉之前的一道重大阻碍。所以，他们不会刻意以善意的眼光推敲你的剧本，可能只花半个小时飞快地浏览一遍，或者只要剧本有哪怕一小点瑕疵，他们看到第 15 页就直接把它扔地上了。他们不会全神贯注研究你的台词，要是一句台词的意思不是特别明显，又没有舞台提示告诉读者语气是与对白的通常含义相反的，他们肯定会很疑惑：为什么突然乔就对一个应该是仇人的人变得友善了，就好像法国电影里两个互相嫉恨的人突然就干柴烈火般地弄起来了。

不清楚就是你的大敌。大多数读者从来不会宽大为怀，因为他们不会费时间来思考哪里出了差错。他们只会一直读下去，越来越快，直到读完马上睡觉为止。所以，一定要保留至关重要的舞台提示，并删去那些不必要的。

停 顿

停顿是一种特殊的没有感情倾向的舞台提示，用来表明短暂的沉默和休止。我们就把它想成节奏控制好了：

> **乔**
>
> 嗨，最近混得怎么样？
>
> （停顿）
>
> 哇哈，慢着，你现在不是应该在克利夫兰吗？

停顿是给对方理解的时间，或是说话的人有了个新想法。

理查德·阿滕伯勒（Richard Attenborough）是《甘地传》（*Gandhi*）的导演，我曾有幸与他共过事。他就不喜欢"停顿"，觉着似乎是编剧在把自己对节奏的理解强加给导演和演员。他说，"停顿"和其他的舞台提示一样，都是为懒惰的读者准备的。

好吧，我承认的确如此，但在你和阿滕伯勒勋爵合作之前，没有人认真研究你的剧本，而且，读剧本的读者也确实很懒惰。

更重要的是：对白是你写的，为什么你就不可以写这些沉默时刻呢？如果你可以通过给台词分段以及留空行的手段来控制动作的节奏，为什么你就不可以试图控制对白的节奏呢？

问题是"停顿"并不会取代沉默时刻，只会标记沉默。因为停顿只是一个纯技术标志，所以会形成干扰。如果真需要一个明显的停顿，我会想办法展示在这段停顿中发生的事情。

> **乔**
>
> 嗨，最近混得怎么样？

托尼诡诈地笑了。

> **乔**
> （继续）
> 哇哈，慢着，你现在不应该是在克利夫
> 兰吗？

这样就有了我想要的节奏，但感觉上并不像是我在导戏。要是在没什么特别的事情发生的部分，只想加一个弱一点的停顿，有时我会用省略号。

> **乔**
> 嗨，最近混的怎么样？
> ……哎，你现在还是爱喝纯麦芽威士
> 忌呀？

省略号不那么扎眼，不过因此读者也不会太注意到它的存在。上面的例子力度不够，你还要加上托尼的反应镜头来吸引注意。

5.9 外语和口音

下面是四种处理外语对白的方式：

（1）外国人说本国语，加字幕。

（2）外国人说英语。

（3）外国人说本国语，无字幕。

（4）外国人说本国语，有人大声在一旁翻译出来。

这四种方式效果截然不同。

外国人说本国语，加字幕

《与狼共舞》上映之后，制片人似乎都不再担心字幕会吓跑观众的问题了，这是处理外语对白最直接有效的方式。现在，我们会在电影里听到德国人讲德语，拉科塔苏族人讲本民族的语言，也听到《木乃伊》在用古埃及的语言和希伯来语对话。电影聘请了加州大学洛杉矶分校的埃及语专家提供语言方面的指导。

加字幕的缺点是：

（1）我们读字幕时根本不会抬头看银幕，所以一半的时间我们都在读一本书，而不是看电影。

（2）字幕必须得比所说的话短，因为许多人读字幕很慢，所以字幕也不能显示太多。

（3）碰到对话被打断或是三方谈话的时候，字幕就显出它的局限性了。

我之前看过很多代替字幕的方法，但没有一个可以尽如人意。在我看来，编剧的目标是让读剧本的读者感受到看电影的效果。每当一个角色开口下面就打出字幕似乎很奇怪。

> **约瑟夫**
> （对萨拉说，见字幕）
> 把这个人拉出去毙了。
> （对马克斯说，英语）
> 这个女人会带你去看看你的小屋。

每当角色开口讲话，你就要写上"（见字幕）"或是"（德语）"，不然读者就会忘了你在干什么。这不仅看起来很怪，也不方便。许多读者会直接跳过括号里的内容，这样一来你用字幕的目标就无法实现。比如上边约瑟夫说的话，感觉都是英文，你的用意就被忽略了。

我喜欢的方式把外语放在括号里。我是从加里·特鲁多（Garry Trudeau）的喜剧漫画书 *Doonesbury* 里盗取这个方式的。

> **约瑟夫**
> （把这个人拉出去毙了。）
> （对马克斯说）
> 这个女人会带你去看看你的小屋。

这样，每次你把台词用括号括上时，就说明这是外语了，但读起来也不会很奇怪。

要是你用字幕，那也不需要在剧本里真的写外语，那样读起来会很累：

> **安露莎**
> Lo imali engaphezulu bala siza us cishile.
> **字幕**
> 这份意外之财可要帮我们大忙了。

不会有人想要破解"Lo imali engaphezulu bala siza us cishile"这句话，这会减慢阅读速度，审读员也会感到疲惫，甚至需要放下剧本，揉揉眼睛。她会去拿一杯咖啡，与打印室年轻可爱的实习生聊聊天。等审读员回到办公室，一个电话打进来。接完电话她又得去开会了。她离开的这段时间里，有人在剧本上面堆了五封邮件。等她终于有时间回来再看你的剧本时，已经过了五个小时，也该下班了。她会把你的剧本扔在车里甚至后备箱里。你的本子在后备箱里可能一待就是三个月。等审读有一天需要为滑雪装备腾地方时，终于又看到了你的这个剧本。"这是什么东西？"她自言自语道，然后就把它甩进一个蓝色的回收箱里，并在心里对自己的环保行为感到满足。

外国人说英语

在一些老电影里，纳粹之间也用英语交谈，只不过有时掺点德国口音。当然，这样看起来很傻，因为他们彼此之间应该是听不到对方的德国口音的。但这样做的一个最大的好处就是我们完全理解这些外国人在讲什么，并能抓住他们台词之间的所有细小差别。

现在观众的要求越来越高了。然而，电影人总是想办法给人物制造原因让他们尽可能说英语。比如，在《猎杀红色十月》（*The Hunt for Red October*）一片中，俄国的官员在影片开始的时候说俄语，附字幕，但很快就转换成英语了。理由是他们为了更好地掌握敌方情况都学习了英语，之后他们计划叛国投奔美方，当然也就不希望他们的本国同事听懂他们的谈话内容了。

要真让你的外国人物说英语，那么，当主人公出现时，你可以让这些外国人说自己的语言，同时提供字幕。这样听起来有点奇怪，不过这时你就不需要解释为什么当身边的外国人和主人公说着同样的语言主人公却听不懂；或者是，主人公也不会"无意中"听到身边的中国人在议论自己，然后突然奇迹般地听懂了中国话。

外国人说本国语，无字幕

当主人公入狱的时候，他听不懂门卫在交谈着什么。要是你希望观众了解主人公不知道的事情时，你可以让门卫说日语，并提供字幕。比如，门卫怀疑他是间谍，正在监视他的一举一动，或者是觉得他屁股长得很性感。不过要是你希望观众能有身临其境的感觉，就是和主人公产生共鸣，那就让门卫说本国语就好了，不要翻译。这就是《与狼共舞》采取的策略：一开始约翰·邓巴中尉听不懂印第安苏部族的语言，我们也听不懂。当他开始学习这种语言时，影片下方才出现了字幕。

这种方法的缺陷同时也是它的优点：我们不知道那些人的谈话内容。

写在纸上可以这样：写下外语的内容。

简

（斯伊莉斯说）

Amène cet espion au bois et coupe-le la tête.

（对马克斯说）

这个女人会带你去看看你的小屋。

互联网上有很多自动翻译网站，你可以随便选一个把你的对白翻译成外语。这其实是有风险的，因为翻译出来的对白会错得厉害，所以，像法语、西班牙语或是德语这些很多人都懂的语言，你就不要这样做了。写外语的一个好处就是，偶尔出现一到两个读者认识的外语词汇，就像电影里一样，观众会发现一些他们能理解的外语词汇。

海尔姆特

Dummkopf！

如果你不会外语对白，也不想假装你写的是外语对白，那就把情景描写出来。

指挥官简短地冲着士兵吼叫，士兵咕哝着说了些道歉的话，然后就跑开了。

一切取决于你写外语对白的目的是什么。一般来说，似乎这样不写出来效果更好。连续看上几页的外语对白让人心生厌烦，而这短短的一句话就让读者对于发生的情况了然于胸了。

注意，如果你不想给观众翻译的话，那也不要给读者翻译。

你也许会说这段对白没有字幕：

约瑟夫

（德语，无字幕）

把这个人拉出去毙了。

（对马克斯说，英语）

这个女人会带你去看看你的小屋。

……不过读者会直接跳过括号里的提示（德语，无字幕），并且在继续读这一幕时感觉就好像大家都明白外国人说的话一样。

外国人说本国语，有人大声在一旁翻译出来

在《失宠于上帝的孩子》（*Children of a Lesser God*）中，玛丽·玛特琳（Marlee Matlin）饰演的角色几乎全部使用美语手语；威廉·赫特（William Hurt）饰演的人物则先重复每一句他说过的话，之后再作出回应。

我觉得这种方法怎么看来都非常不灵便，不过在一些情况下可能很有用。在你自己的电影中，甚至在一大段戏中，你都不一定要局限于一种方法。在《星球大战》酒吧的一场戏中，乔巴卡说着乌奇语，也没有任何翻译。汉·索罗只是回答，而且也没有翻译。但是从乔巴卡的咕哝中，我们体会到了他当时的情绪。格里多（那个抢劫索罗的绿头家伙）说着一种外星球的语言，下面是字幕。酒吧里的另一个客人对着卢克吼叫，而他的丑陋朋友则在旁翻译说："他不喜欢你的长相。"

5.10 口音、方言和俚语

如果你有一个人物说话带口音，你希望在尽可能不改变词语拼写的前提下表达听到这种口音的感觉。

> **汉克**
> 你楞来这沃很高兴。

这读起来容易烦人。读对白可不应该是这样一份费脑子的劳动。这段最好写成：

> **汉克**
> 你能来这地界儿我很高兴。

有一个更有效也不容易惹读者不耐烦的表达口音的办法，就是通过词语的选择传达口音的意思：

> **汉克**
> 你能来我们这块儿我很高兴。

请注意我尽可能不改变词语的拼写，同时试图传达口音所传递的信息。要是你完全运用标准英语，可能会失掉一些韵味：

> **汉克**
> 您能大驾光临，我感到非常荣幸。

这是另一个过犹不及的例子：

> **乔伊**
> 恁想咋整咧？

这是用的不够的情况：

> **乔伊**
> 你打算如何去做呢？

这可能就刚刚好：

> **乔伊**
> 你要怎么办？

尤其当你希望通过词语选择来强化效果时：

> **乔伊**
> 你要怎么弄啊，老大？

重点是表达方言的感觉，但不要让对白读着费劲，或是看起来太过刻意追求某种效果。要是你的剧本中有个人这样说话：

> **汉克**
> 好吧……这确实比脑袋上挨一脚要好得
> 多。

……我们似乎听到了说话者懒洋洋的语气。但是，你并没有试图刻意在纸面上营造这种效果。

在表现外国口音的问题上，道理也一样：

> **海尔姆特**
> 我不会告诉你紫个敝密。

看起来很傻。不过别忘了，德语的语法与英语的很不一样。如果海尔姆特有这么明显的口音，可能他也没有掌握好英语语法。

> **海尔姆特**
> 我不会告之你这个秘密。

一个俄罗斯人可能会说"你哪里去？"或"你去到哪里？"而不会说"你去哪？"

在意义明确的前提下，你也可以加几句外语来增加情趣，就像《小美人鱼》（*The Little Mermaid*）中：

> **厨师:**
> Zut alors，我错过了一个！

另外，一个外国人可能会用错英语习语，或者把他本国的习语按字面意思生硬地翻译过来，造成奇怪的效果。下边的来自《卡萨布兰卡》：

> **罗西塔先生**
> 玛丽西塔和我现在只说英语了。
>
> **罗西塔夫人**
> 所以等我们到了美国，就会感觉很自在了。
>
> **卡尔（德籍侍者）**
> 主意不错，嗯嗯。
>
> **罗西塔先生**
> 亲爱的，什么时间？
>
> **罗西塔夫人**
> 十点时间。
>
> **罗西塔先生**
> 怎么会这么多时间？
>
> **卡尔**
> 啊，你们在美国一定会过得十分悠哉啊。

七句台词没有哪个词拼错了，但你却能很明显地感受到是德国人在讲英文。

有时候，在影片或者一幕戏开始的时候，演员操着浓浓的口音逗笑观众，后面就不要那么突出刻画了。当我们知道人物说话带口音的时候，你就不需要一直提醒读者，这样你就可以更多的用正常的英语写作了。

5.11 旁 白

在银幕上看不到有人说话的对白有三种情况：镜头外（off-camera，有时会简写为 O.C.）或画外音（off-screen，有时会简写为 O.S.）、重叠（overlap）和旁白（voice-over）。

> **西比尔**
>
> （O.C.）
>
> 见到你很高兴。
>
> 马克转过身来。
>
> 是西比尔，穿着一袭紧身红色长裙，赤脚。

"镜头外"和"画外音"这两个术语可以互换使用。我们看不见说话的人，但这样做却可以满足一种戏剧功能，只有这时候我们才能使用这种方法。比如，他们即将出现，或者一脚刚踏出门去，又或者他们躲在桌子底下。

重叠对白就是在画面还没有切到某一个画面时我们就预先听到了对白，或者是当画面已经切换，但我们却能听到还在继续的对白。在故事片的剧本中，这通常也是用"镜头外"表示的，尽管在电视剧写作上，有时我们看到的是"重叠了"（overlapped）。

> **林肯**
>
> 在八十七年前，我们的先父创建一个新
> 的国家……
>
> **外景。葛底斯堡战场一日**
>
> 放眼望去，连天碧草掩映着满地经过风雨洗礼的森森白骨。
>
> **林肯**
>
> （O.C.）
>
> （继续）
>
> ……孕育于对自由的坚信，并致力于……

旁白的意思是听见一个完全不在画面上的人的声音。我们可能会听到一些角色对之前听到的话的回忆，或者是有人直接对我们，即对观众说的话。这两种都用放在人物名字后面的"旁白（V.O.）"表示，不过通常只有后一个人们才称之为旁白。

电影学院的教学常常对旁白存有偏见。对于一些应该通过画面或是对白传递的信息，选取旁白来表达应该是一种很廉价的手段。可能这些偏见源于一直以来，旁白总被滥用甚至用得适得其反。比如《移魂都市》（*Dark City*）片头的旁白就揭露了后来影片要用一半时间交代的秘密。当然，任何技术都可能被滥用。

旁白是在一个角色没有说话的时候了解他内心想法的唯一途径。比如说，在《意外的旅客》（*The Accidental Tourist*）这部小说里，主人公有一段奇特的内心独白。可是在影片里，几乎没有出现什么旁白，所以我们自始至终看到的就只有威廉·赫特在演一个刻板而拘谨的盎格鲁撒克逊人新教徒（WASP）。什么能让他变得更引人注目呢？一段有力的旁白可能会拯救整个影片。

旁白能够很迅速且令人信服地阐明事实，而用画面本身来交待清楚这些事实却要花费大量时间。观看预先试播的观众都觉得导演版的《银翼杀手》含混不清、令人费解，后来加上的几段旁白让这部片子从一个商业灾难变成了一部不成功的商业片。这部片子后来成了一部科幻经典。

说电影公司版的《银翼杀手》比导演版的好看是要遭白眼的。现在，雷德利·斯科特（Ridley Scott）剪的版本随处可见，甚至还有 DVD 碟片也在发售。但是，大多数喜欢导演版的人都已经看过了电影公司剪出的版本，所以他们应该知道里克·德卡德是做什么的，什么是复制人，以及罗伊临终前对他讲的话。看第二遍的时候，你当然不再需要旁白了！

旁白是你可以使用的众多技巧之一，这种方法可以帮你实现很多其他方法难以达到的效果。它能够交代清楚视角，让我们窥见腐化的社会中唯一一个品德高尚的人的内心世界。也可以（就像《疯狂的麦克斯》［*The Road Warriors*］中野孩子的旁白一样）告诉我们我们眼前将要出现的是一个传奇。

不要过分依赖旁白，但当你需要的时候也不用犹豫。

5.12　画面与声音，动作与对白

　　行内人常说，电影是带声音的画面，电视是带画面的声音。从历史的角度观察，这确有一定道理。电影出现的前三十年都是无声的。直到1927年，电影才有了声音。在20世纪40年代晚期，第一部电视剧开播，比起无线电广播剧来也不过只多了些模糊的黑白画面而已，电视网络就是无线电网络给自己增加了电视台。

　　从这样的历史中我们能得出什么结论呢？

　　据我观察，没什么结论。在电影中，声音不是画面的寒酸表弟，不管一些法国评论家怎么说。要是制片人制作超支，在声音上偷工减料，那么无论视觉效果多么华丽，结果也可能会毁了这部电影。同理，对白也不是动作的混蛋养子。剧情戏依靠对白就像动作戏依靠演员奔跑、跳跃和高空坠落的动作一样。通过对话讲述故事本身并不比通过画面讲故事逊色。

　　在剧作家比尔·弗鲁格（Bill Froug）的《剧本这一行的招数》（Screenwriting Tricks of the Trade）一书中，他建议，在写一场戏的时候，作为练习，不妨先想象一下如果你是在做一部无声电影的话会怎样写。有时候，一个简单的视觉瞬间可以比几页对白更有表现力。有一个故事是这样的，弗兰克·卡普拉（Frank Capra）花钱请了一个著名的剧作家写一个电影剧本。几个月之后，他过来检查，这个著名的剧作家用了两卷胶片的长度写了华美的对白，花费二十页纸表现一段曾经幸福美满的婚姻如今在走向破裂。

　　弗兰克·卡普拉的反应是这样的，"我们这么办吧。就写这对夫妻在电梯里，丈夫戴着帽子。电梯停了，一个妙龄女郎走了进来，丈夫向这位陌生女孩脱帽致意。"

　　任何时候你都可以把二十页对白的核心内容压缩进一场戏里（当然最好是电梯里的一个镜头！），这样做没错！任何时候你想出一个全新的方法来写一场戏，那都值得一试。这样你至少有两种方式可以选择了。

从比尔·弗鲁格的逻辑我们也可以推出，任何时候你写了一场全是动作的戏，那么是否也可以试试用对白来替换。比如，在《银翼杀手》中，德卡德的老上司威胁他说，"你该知道规矩，兄弟。你要不是警察的话，那就屁都不是。"这简单的一行台词比整个一场德卡德被坏蛋跟踪的戏要来的更具恐吓效果。

对话是软东西，因为其意义还要经过我们对语言的理解过滤。画面是硬的，我们不用借助语言就可以吸收它。对白可以给我们提供更多有关事实的信息，而要是你真的想告诉我们什么的话，那就展示出来吧。观众对一句关于碎冰锥的台词可能全无印象，但他们不会忘记床底下一把碎冰锥的特写镜头。

有时候一些戏的画面直接放到银幕上会过于刺眼，你可以用相对软一点的对白将其过滤。在《大白鲨》中，故事里的捕鲨人奎因特（罗伯特·肖饰），讲述了二战时一艘美国的巡洋舰沉没的故事。演员讲述了当水兵被鲨鱼用牙齿撕成碎片再抛进水中时，他们发出了可怕的尖叫声。我相信即使导演有钱拍出这一幕，也一定没人想看。

如果重点在于人物的感受而非事件本身血淋淋的事实，你也应该选用对白。要是你的故事中有个情节是一个女人遭遇了强奸，最好也不要把强奸的景象搬到银幕上。那不仅破坏影片的其他部分，而且强奸发生的过程可能并不重要，真正重要的是这个女人对强奸的心理感受。

在《黄金三镖客》中，一个叫做无名的男人营救了一个家庭。父亲问无名原因时，他粗声粗气地回答，"因为从前也有像你这样的一个家庭等待救援，却没有人出手相救。"我们不需要看到无名的家庭遭遇了什么，只需要知道他心里的感受就够了。

画面能很好地告诉我们发生的事情是什么，对白则能告诉我们事情发生的缘由。故事如果不讲发生了什么，它就无法存在，但如果故事没有缘由，那它就没有意义，也不能让我们倾注感情。这就解释了为什么《爵士歌手》开启了有声电影时代的两年后，好莱坞就再也没人拍无声电影了。

Chapter 6
电影类型

GENRE

在电影研究领域和电影圈里，类型这个电影术语是人们常挂在嘴边的词儿。人们所说的电影类型主要有以下这些：

（1）剧情
（2）喜剧
（3）动作或动作冒险
（4）悬疑或惊悚
（5）科幻和魔幻
（6）恐怖
（7）家庭或儿童

类型就是你在影碟店里看到的影片分类，对吧？

但不幸的是，电影的分类完全由店铺说了算，因此这并不是个很好的分类方法。

我们举个例子。如果有一部电影，是一个警察追捕杀手的故事（这个钩子非常特别，我知道，但是我免费毫无保留地送给大家），你会发现在讲述警察的电影中，包含了剧情，悬疑和动作等多种元素。从《致命武器》系列后期的纯粹搞笑动作或者吴宇森的奢华枪战芭蕾，到节奏缓慢但剧情紧张的《七宗罪》，这些电影都包含了多种元素。

任何剧情片都包含了一些动作，而每一部动作片都包含了剧情元素。所有电影都有悬疑的成分。如果不存在科幻片这一类别的话，大多数科幻片都会被视为动作／冒险片，或者是恐怖片，或者叫做恐怖动作／冒险片。《异形》（*Aliens*）就可以称作是一部动作／冒险科幻恐怖片。有些碟店里面还设有西部片专栏，或者香港片、艺术片、动画片，甚至日本动画片专栏，而且一般都会有一栏位置专门用来放经典老片。

那么，究竟类型一词该如何定义呢？

电影类型，就是你的电影必须传达给观众并满足他们期待的感觉。不管你的电影本身有多么好，如果你不能按类型要求把观众期待的东西给他们，观众就会大失所望，而你的电影也就会失败。

就算是最惨的悲剧，里头也有那么几幕让人捧腹。就算史上最搞笑的喜剧，里头也可能有人会死。但是，在喜剧中，悲剧的出现是为了让喜剧更有分量。很简单，如果我们压根儿不在乎，我们也就笑不出来。在其他任何种类的电影中，幽默的细节都可以使电影中的剧情更人性化。相似的情况还有，比如在任何种类的影片中，可能都有令人感到恐怖的情节，但是人们只有在看一部真正的恐怖片时，才是纯粹为了恐怖的体验而掏钱买电影票的，而且要是没被吓着，那他们出了影院就会不停地抱怨。

你要明白自己写的剧本是哪一类型，这一点很重要，否则剧本就不会有好下场。你面向几百万大众，希望他们能够拿出自己的血汗钱来看你智慧的结晶，所以你最好还是让他们看到人家希望看到的东西，不管是欢声笑语，恐怖战栗，还是刻骨铭心或者温馨浪漫的时刻。

每一类电影都有自己的观众。就拿我自己来说，我是一个科幻影迷。可以说每一部科幻电影都会去看，不管是一部剧情片、惊悚片、动作片或是喜剧片，除非 IMDB 和 Cinemascore 这两个网站给了这个片子特别糟糕的评分。我愿意看人们在科幻的世界里面是怎么生活的，不管是在一个构建出来的未来世界里面，还是只在当今的世界里面加入了一些科幻元素。如果这部科幻电影没能让我感到满足，我会感到失望。虽说电影也必须得有别的，比如笑料、劲爆的动作、泪水等。但是，如果科幻这一点做得不好的话，我就会觉得这部电影是失败的。

　　我在科幻电影架子上找到了《再造战士》（*Universal Soldier*）这部片子，尚格·云顿（Jean-Claude Van Damme）在这部电影里面戴着未来感十足的神奇眼镜，于是我租了这个片子。结果，这部电影是一部当代动作冒险片，超级战士在电影里和普通战士没什么区别。对于一个战争片影迷来说，这可能是一部不错的影片，但是我不是战争片影迷，所以我失望了。《静态》（*Static*）这部电影也被归于科幻片，讲的是一个人声称可以通过某种无线电装置和死去的人交谈的故事。最后，我发现其实这个人只是幻想着他能和死人交谈，这部电影讲述的其实是主角无法忘怀一个朋友的去世。对不起，这不能算是一部科幻片，只能算是剧情片。

　　如果在电影《不可饶恕》中，没人使用六响枪大打出手的话，那么西部片影迷们看了之后肯定会觉得不过瘾，不管这部电影的剧情设置得多么精彩。幸运的是，克林特·伊斯特伍德不傻，他用西部为背景，很好地设计了一部剧情片。

　　如果你的作品是一部动作冒险片，那么它就必须要有令人惊叹的动作／冒险戏。观众们也许会笑，会哭，会感动，但是如果没有精彩绝伦的动作戏的话，你就没有按协议交货。007系列就可以说是一部为动作戏而生的电影系列了。我们可以忽略其漫画英雄式的人物和不合理的剧情，那是因为我们可以看到邦德驾着车从破桥上跃起，在空中来个360度的旋转，最后让车平稳落在运河的另一边。带劲儿！

　　一部动作片里面可以有饱满的人物，也应该有饱满的人物。片子可以凸显深刻的主题、精彩的对白和令人动容的场景。但这些都是摆设，如果动作不给力，那么整部影片就失败了，至少作为一部动作片它是失败的。

　　如果片子是剧情片，那么就必须提供一个明确的戏剧弧线，而且在这个弧线的结尾处影片所表现的个人的、情感的问题得到了解决。你必须让剧中的一个或者不止一个人物去经历一段改变生命历程或者获得人生洞悟的体验。我们必须进入剧中人物的内心和灵魂，并能感同身受地理解他们的处境。片子可以给人喜剧、悬疑，甚至是科幻的元素。但是如果没有剧情片必备的戏剧性的话，影片还是要失败的。

如果片子是惊悚片，那么制造悬念就是必需的。片子可以尽情表现动作或者暴力，但是动作场面的功能在于强化或释放影片的张力。

要是换做喜剧片，你就必须让观众开怀大笑。如果你能做到这一点，那么就算你有的是卡通人物，就算你的故事情节荒诞不经，也都无所谓了。

如果是一部浪漫爱情片，我们需要看到有情人面临分手的危险。爱情片必须激发出浪漫的感觉来打动我们。

要是恐怖片的话，就得把观众吓得屁滚尿流。

让我们来比较一下几部关于潜水艇的作品。《猎杀 U-571》（*U-571*）是一部动作片，也可以说是一部战争片。影片的中心矛盾就是，美国人能不能把潜艇 U-571 上纳粹德军译码设备搞到手并安全带回家。影片人物都是定型角色，而且从头到尾哪一个人物都不会有任何变化，这是一帮为完成任务而存在的人。不管是他们还是观众都不会经历道德上的选择和焦虑：因为只要目的是战胜希特勒，那么他们所做的一切都是好事。片子的亮点就是海底潜水艇战斗的场景，我们心里都盼望他们成功。

《从海底出击》（*Das Boot*）则属于剧情片了。这部片子讲述的是在大西洋战争期间，一艘德国潜艇里发生的故事。不看到影片结尾，我们不知道 U-Boat 潜艇最终的命运如何。虽然我们也不一定希望这艘潜艇能够安全返家，但是我们关心潜艇里人物的经历，我们知道了这些在潜艇上的人明知自己会打败但还要坚守岗位时的体验是怎样的。影片着重于给观众一种情感上的感受，并且让观众对人性获得某种认识。

《红潮风暴》（*Crimson Tide*）是一部惊悚片。影片里安排了两个个性鲜明、立场对立的人物。围绕着职责和道德问题，他们之间发生了一系列的戏剧化的冲突。但是影片的看点，却不是这两个人物最终是否会改变对方，或者是战胜自己的心魔，这不是他们关心的。影片的重点也不在动作戏上，本片的动作都非常简练，有爆破力，但是只起到了增加紧张气氛的作用。影片的核心问题在于，阿拉巴马号潜艇会不会向俄国发射核武器。我们去看这部电影，看的就是这里边的悬念和结果，而走出电影院我们的感觉是终于可以放心了：谢天谢地，我们是安全的！

《潜艇总动员》（*Down Periscope*）是一部喜剧片，或者说它至少努力尝试拍成一部喜剧。要点在于，它真把我们逗乐了。我们没看到过发生在潜艇上的浪漫故事。海军中男女一起服役的故事不新奇，可潜水艇上的爱情戏，天啊！主流观众也要望穿秋水呀。

咱们现在从水下回到陆地上。《拯救大兵瑞恩》（*Saving Private Ryan*）开头就有长达 22 分钟的动作镜头，但是影片这么做是为了交代剧中人物所处的战争背景——一个人间地狱。观众们并不是带着寻求刺激的态度去享受片子的动作场面。这里的动作戏不是为了让观众大呼小叫，本片的主要问题符合剧情片的戏剧性要求：用八个人的生命去救一个人，是否值得？在战争中，人类是否能保住身上好的一面？

如果你在写一部剧情片，观众渴望了解你塑造的人物的内心世界。你的人物必须感受到富于戏剧张力的压力，他们必须经历自身变化并学会直面自己的心魔。剧情片里面动作戏的目的，是让人物有机会去考验自己或者是相互考验。

电影《十二金刚》（*The Dirty Dozen*）的 20 分钟大结局中，动作戏和《拯救大兵瑞恩》的开场戏一样多，但那是纯粹为了动作而设置的动作场景。影片别的情节都是为了让观众移情于剧中的人物，这样的话，当看到人物壮烈牺牲时，观众都会心有戚戚。影片的核心问题和动作相关：他们能不能铲除纳粹的军官俱乐部？

如果你是在写一部动作片，那你的动作戏就得很牛。剧情只是为了给动作提供情感力量，而悬念是为了给影片调整节奏。

科幻片和魔幻片是比较不易概括的类型，这类影片的走向往往简单而明确，当然，细腻有深度的影片还是存在的。

　　一部科幻片显然必须有一个举足轻重的科幻元素。要是科幻世界和我们的世界在一个关键的点上完全相同，那会怎么样？如果你设计得好，那么所谓关键的点应该是我们自身某一特点的放大，而这种放大能带给我们一个认识自身的全新视角；做不到这个，你也要满足科幻片的最基本要求，那就是构建一个可信的、统一的、和现实世界不同但引人入胜的世界。如果那个世界和我们所处的世界没有区别，那么这就不算是科幻片了。

　　同样的，在魔幻片中，魔法是存在的。我们所熟知的物理规律都被颠覆了；我们以为不存在的生物是存在的。理想状态下，这个魔幻的世界里的不同之处，不过是我们现实世界中所熟悉事物的一种暗喻。如果没有魔法，那么我们在看的也就不是魔幻片了。

　　科幻片和魔幻片之间最明显的差异就在于，在科幻片中，对于所有不同于现实世界的东西，都会有一种科学的解释，不管那个解释是不是我们所能理解的；但是在魔幻片中则没有解释：那只是魔法，仅此而已。因此《星球大战》是科幻片，如果不解释绝地武士的能量来源，我们就会认为他们是会魔法的。但是我们得到了解释，不管在《星球大战》中的解释是否十分神秘，也不管在《星战前传之魅影危机》（The Phantom Menace）中的解释是否听起来极其荒谬。《第六感》则是现代城市魔幻片，因为鬼魂在现实世界中并不存在，而影片也没有给出鬼魂出现的理由。

　　因此科幻片和魔幻片只是建造了一个个世界，在这些世界里其他类型的故事得以上演。换言之，任何一部科幻片或者魔幻片都应该又是一部剧情片，或动作片，或悬疑、爱情、恐怖及喜剧片。因此任何科幻片、魔幻片都有双重义务：既要传达给观众剧情片中的情感宣泄、动作片中的刺激、惊悚片中的悬念、爱情片中的浪漫启示、恐怖片的惊吓、喜剧片中的笑料，还要创造出一个和现实世界截然不同的世界来，不管这创造有没有一个科学的解释。

　　如果我们说这是一部科幻片，这不等于说没有科幻这个标签你就无法辨认故事属于哪种类型了。

但是就算一部科幻片的科幻元素被搁置一旁，这也不代表你就无法明确地分辨出这部电影是属于哪一类别了。我曾经和一位编剧共事，他热衷于描写人物的内心世界。有一次编剧描述了一位野心勃勃的医生，她完美地改进了治疗盲障的方法，但是却创造出了一个全身长满暴突眼球的怪物。问题在于：编剧感兴趣的东西是这个医生内心的情感变化以及其行为的道德意义，但另一方面，他所写的怪物让故事变成恐怖片了。这并不是一部成功的恐怖片，因为里面惊吓观众的场景不够多。因此，一旦你把科幻的元素去掉，你得到的既不是剧情片也不是恐怖片；这部电影变得四不像，因此也就没法成功。

奥利弗·斯通（Oliver Stone）的作品《尼克松》（Nixon），让我们从另一个角度看到了类型混乱的危险性。电影主角是一个坏人。电影尝试引导观众们对其产生同情和理解，但是观众们最终还是很欣慰地看到他倒霉。我们同情主角，但是我们很自然地又不希望他成功。这部电影拍摄的手法类似于一部怪物片，用了倾斜镜头和阴影。有时照亮尼克松（安东尼·霍普金斯饰演）的光源甚至来自于地下。你可以把《尼克松》当做《金刚》一样的怪物电影来看，但是其中吓人的戏对于喜爱怪物片的观众来说则口味太淡了。而首映那晚来看该片的都是些成熟的成年观众，他们期待看到的是一部政治剧情片，因此，这部电影并没有取得商业上的成功。

我没办法给大家一个全面的电影类型或次类型清单。西部片是不是也像科幻片那样，设定一个大背景，然后发展出一部剧情片、动作冒险片或者是喜剧片？战争片是不是也是自成一类？血腥杀人片呢？动画片呢？迪士尼动画片呢？迪士尼动画音乐剧呢？是不是只要在影碟店里有专柜的那些影片，都可以自成一类呢？

我自己是这样定义类型的：只要有观众是为了某一种既定的期望值来电影院看某一种电影，那么这种电影就可以自成一类。咱们举香港动作片的例子，这些片子往往情感泛滥，动作夸张，情节还超级复杂，基本上任何意外都不奇怪（他们原来是亲兄弟！他是女儿身！他原来根本就不是个瘸子！）。有时候，某种情绪袭来，而这种情绪只有早期吴宇森的电影里才有。这对于定义一个电影类型来说，就足够了。因此如果你是准备要写一部香港动作片的话，剧本最好要合乎这一类型的特色。换句话说，要是你想确定剧本属于哪一类电影，你就可以问自己："来看这部电影的观众是谁？"

值得注意的是，历史电影和时代（period）电影都不属于任何类型。历史只是创造了一个不同类型故事发生的背景而已。你可以找到历史动作冒险片《三个火枪手》、历史剧情片《游戏规则》（*Rules of the Game*）、历史惊悚片《危险关系》（*Dangerous Liaisons*），或是历史喜剧片《巨蟒与圣杯》（*Monty Python and the Holy Grail*）。有着俗艳的、特定时代服装的电影也许有特定的观众群，但是观众们对故事没有类型意义上的期待，人物只要衣着艳丽就行了。电影冠以"历史"两字不足以说明它将给观众何种感受。这也是只有不成功的电影才会被称为时代戏的原因；成功的历史题材电影都被看做是其所属种类中的好作品。《理智与情感》是一部爱情片；《勇敢的心》是一部动作／冒险片；《罗布·罗伊》（*Rob Roy*）、《浮华暂借问》（*Restoration*）和《剑侠风流》（*First Knight*）则因为作品本身糟糕而被看做是时代戏。

6.1 第一卷协议

在你的电影放了十分钟之后，这部电影的类型就已经确定了。

在每部电影剧本中，观众们看完最前面的十来页，就可以知晓将要看到的大致内容了。这前面的十来页，给全片设定了一个基调，提醒观众们这故事是将以皆大欢喜为结局的那种，还是悲剧收场那种，还是两者都有可能的那种。开片的十分钟跟观众之间形成了某种"协议"。不管你的电影别的部分有多么好，一旦你后来破坏了这种协议，这部电影就会失败。

在老式放映机中，每一卷电影胶片都是十分钟的播放时长，所以这种协议可以称为第一卷协议。

　　这条协议设定了全片的基调，并且让观众和读者们对影片产生了类型预期。一部好的电影，只要看上十分钟，你就会知道这是一部好莱坞爱情片还是一部文艺片。影片中其他的部分，都将按照这条协议来向观众交代故事。如果给一部好莱坞爱情片的片尾加上一个异类的文艺片结局，观众们将不仅不会感动，而且会带着失落的情绪离开；如果给一部文艺片尾巴上安一个普通的好莱坞式结局，观众则会觉得被欺骗了；如果你提供了一份爱情片的协议，那么男主角最好把女主角追到手；但是，如果你提供了一份剧情片协议，那么男主角可以失去或者放弃这个女孩，女主角也可以被谋杀，男主角也可以被谋杀，两个人也可以在经过很多好日子之后选择到佛罗里达过退休生活。总之，只要影片中出现剧情片不可或缺的戏剧高潮就行。

　　一部喜剧片最好要有幽默诙谐的开场；一部悲剧片则需要一个庄重的开场；一部动作片需要在前十分钟里就有一系列动作场面；一部典型的爱情喜剧，则通常用相对轻松幽默的情节来开场，并且在结尾时浪漫气息十足，但是如果倒过来，让观众看个浪漫的开头，幽默的结尾，那么这部片子就很难让观众满意。

　　你会注意到，在很多带着悲剧结局的电影里，电影制作人都选择以悲剧结局为开场，然后倒叙至故事的开头。假如你的电影是一部悲剧，你会希望观众们对它的结局做好心理准备。在戏剧《罗密欧与朱丽叶》当中，开场白就告知了我们，两位有情人是"缘分不济"的，并且将在故事最后死去，这样一来，观众们就不会一直期望着更美好的结局。在《逍遥骑士》(*Easy Rider*)的第一卷中，有一段支离破碎的闪前(flash-forward)镜头，随后观众们就会意识到，那是主角最后被杀害的场景。

　　比闪前镜头更微妙的表现方式是为悲剧的结局埋下伏笔。如果你的电影是关于一个亡命之徒最后被绞死的故事，那么你就可以在故事开场的时候，来一个绞死其他罪犯的场景。《伊丽莎白》以伊丽莎白皇后牺牲自己拯救英格兰为结局：她始终保持着处女之身，为了能保证自己国家的稳定，放弃了自己个人的幸福。而电影的片头也预兆了这个结局：三个新教徒因为自己的宗教信仰而被烧死。

当然你也不是一定要为悲剧结局埋下伏笔。但是如果悲剧故事有一个非常轻松愉悦的开场，那你最好同时也设置一个象征着末日的暗示，否则观众们看到电影基调变了的时候，就会觉得自己被玩弄了。在《浮生若梦》这部电影里，片头就给了主角吉迪恩从拉紧的绳索上掉下来的镜头；《歌厅》（Cabaret）以轻松滑稽的演出开始，而接着我们看到令人不安的镜头：观看演出观众的扭曲反应。这种方式也可以告知观众，这将不是一部让你赏心悦目的电影。

我的意思也不是说，观众们看了影片开头就应该知道结局。那就会让电影缺乏变数，那样就没法给观众惊喜了。我是说，结局和开场应该统一，你应该在开头给片尾埋下伏笔。结局应该满足影片在开头就为观众建立起来的期待。

6.2 个别类型的注意事项

恐怖片

我认为有两种恐怖片：惊吓片（terror）和真正的恐怖片。在一部惊吓片里，坏人总是违背人世间的法则。而在一部恐怖片里，坏人或怪物违背的是自然法则。在惊吓片里，你会受到惊吓，而在恐怖片里，你会感到恐怖。

看惊吓片时你会害怕死亡，而在恐怖片里，死亡反而显得幸运了。因此在看血腥杀人片子的时候，你会害怕无辜的人物被杀人魔抓住。杀人魔其实只是一个疯子，就像现实生活里的变态者，我们害怕这个人，但是我们并不会感受到实在的恐怖。

在僵尸片里，如果你被僵尸害死了，你也将变成僵尸。在吸血鬼片和狼人片里面也是一样。《弗兰肯斯坦》算是一部恐怖片，因为弗兰肯斯坦男爵用死尸的肉创造出怪人时，既违背了上帝的法则也违背了人世的法则：死人不可以复生。在木乃伊系列如《鬼追魂》（*Poltergeist*）、《鬼哭神嚎》（*The Amityville Horror*）和《13号星期五》（*Friday the 13*）中，死人都是被打搅之后到人世间来复仇的。

　　恐怖片有惊吓片所不能做到的一面，恐怖片可以通过影像和电影手法，探讨形而上的问题。只要是讨论的方式对观众不过分艰深或沉重，电影是可以探讨重大问题的。例如，吸血鬼放弃自己阳光下的短暂生命去交换黑暗中的不死之身，他用自己的灵魂去交换力量和长生不老。虽然杀死他很难，但是他已经抛弃了人类意义上的生命。一个人，如果拥有全世界的同时失去了自己的灵魂，他究竟是输还是赢？为权力和财富丧失灵魂意味着什么？吸血鬼片就是通过这样一个有趣又通俗易懂的方式寻找这个问题的答案。

　　狼人一般都有一颗善良的心，但是他的冲动却让自己失去控制，以至于每每伤害自己身边最爱的人。普通人不也是这样吗？在《变种女狼》（*Ginger Snaps*）里，主角珍姐在自己月经初潮的时候被狼人咬伤，于是她便有了从未有过的超强性欲，她的身体也开始无法控制地剧烈变化。如果这部电影只是谈论一下女孩的月经初潮，谁会去看？但是故事作为狼人影片找到了自己的观众。

　　《木乃伊》系列把长命不死的传奇变成了爱情不死的寓言。木乃伊是一个古埃及祭司，由于犯了通奸和谋杀罪，而被诅咒成行尸走肉。回到人世后，他不计一切代价让自己的爱人复活。这个故事很吸引人因为爱情让他不顾一切，这一点其实和很多人没什么两样。

　　弗兰肯斯坦造出的怪人是科学战胜道德的故事。弗兰肯斯坦博士将生命赋予了死肉，带来了灾难性的后果。在玛丽·雪莱的小说《弗兰肯斯坦》里，她谈到了自己对迅猛发展的科学技术的担忧。所有对未来科技心怀恐惧的人，比如相信电脑侵犯了隐私的人们，都会对此产生共鸣。

　　在恐怖片里发生的那些事件，一般都和我们的现实生活相去甚远。毕竟，除非你在娱乐行业工作，否则你是碰不到吸血鬼的。但是真正有震撼力的恐怖片所隐喻的思想却根植于我们人类的共同经历之中。你这部恐怖片想给观众传达怎么样的深层信息？这部恐怖片想说的最根本的问题是什么？而最根本的问题才是你的故事让观众产生共鸣的东西。我们看到的虽然在物质意义上说是不存在的，但它有情感和道德层面上的真实性。一部没有形而上主题的恐怖片，我是不会喜欢的，因为那样故事和我的现实就一点关系都没有了。

另外我得顺便说一句：千万不要在电影开头设置一组非常可怕的镜头然后让观众发现这只是个梦，这招一丁点儿的新意都没有。

科幻片和魔幻片

和恐怖片一样，科幻魔幻片也可以用一种不令观众生厌的方式，谈论一些大问题。最好的科幻魔幻片都是从现实生活中拿出一点真实的东西，然后放大到极限。

对"他者"的偏见、怀疑和不信任，这是常见的主题之一。在经典的《星际迷航》的一集中，石怪杀死了进取号飞船上不幸的红衣人。后来我们才知道他这样做仅仅是为了保护自己的孩子。《星际迷航6：未来之战》讲的就是在宿敌之间建立和平之不易。

关于智能机器人的电影提出了这样一个问题：人类究竟是什么？在《银翼杀手》中，里克·德卡德奉命追杀六个从奴役中逃脱的人造人。表面上，这是一部将场景设定在未来世界的一部黑色侦探电影，但是在故事的最基本层面，它讨论的问题是：人类是什么。

你不应该单单为科幻魔幻片的影迷们去制作一部电影。科幻片造价很高，不能只面向单一观众。你何苦要把自己的电影封闭起来？只要你愿意为自己的异世界故事植入一个具有普遍意义的、有关这个世界的问题，那么所有人都可以欣赏这部电影了。

为了让你的电影和主流观众产生共鸣，不要把故事设定在一个离现实世界太过遥远的场景中去。最成功的科幻片，总是把一个科幻元素拉入到我们当代的世界中。我觉得故事发生在这个世界的科幻剧本都应该可以用一句话来概括，恐龙可以用石化的 DNA 克隆了；外星人孩子由于意外，被遗忘在地球上。想想下边这些电影：《独立日》、《宇宙奇兵》、《铁血战士》、《终结者》、《终结者Ⅱ》、《外星恋》、《E.T外星人》、《第三类接触》、《地球停转之日》和《星际迷航4：抢救未来》（"所以你来自外星？"女人问，柯克船长回答道，"不是的，我来自爱荷华州，我只是在外太空工作。"）。当代的背景，当代的人物，让观众产生共鸣。一个普普通通的现代人遇到了来自其他世界的问题，这个人的经历，我们每个人都会感同身受。

在一部科幻片中不要出现两个科幻元素。比如说，如果你的电影里已经有了外星人，就不要再来一个时空旅行。那样就会把人搞糊涂了。

你的科幻元素建立了起来之后，如果把电影场景设定的离现实越远，那么这部电影的效率也就会越低。如果一个接一个的场景把观众拉得离现实越来越远，那么观众同故事的距离就会越来越大。相反，科幻元素以外的东西，你要让它越真实越好。如果克隆恐龙存在的话，那人们会用恐龙来做什么？肯定是用恐龙赚钱啊！开一个主题公园，卖恐龙汉堡。

其实观众们对于科幻片中的现实性和可信度的要求，并非更低，而是更高。如果在一部爱情喜剧中，人物做了匪夷所思的事情，我并不担心，因为人物的性格就那样。但是在科幻悬疑片中，人物的行为没有动机的话，我就会开始怀疑并出戏了。除了科幻元素之外的其他所有细节，你要做的越真实就越好。

值得顺便一提的是，其实科幻片的规则和惊悚片很像。在惊悚片里，一般是离奇的事情发生在普通人身上。一部惊悚片里应该只有一个离奇事件，别的离奇事件都是这件事所引发的。

至于最成功的科幻片，一般都创立了一个和我们现在世界既很相似又不十分遥远的未来。它同我们的世界不同之处是它有一个重大的科幻元素。《银翼杀手》的背景是弥漫着黑色电影气质的洛杉矶，它和现实中的东京或曼谷差别并不大。但是，（这就是我们的科幻元素）这个故事里有几个超人，也就是人造人在逃亡，而德卡德的任务是把他们抓回来。《九霄云外》是《正午》故事的翻拍，不同的是（科幻元素）故事发生在木卫三的一个采矿殖民地上。

你可以从我举的例子中看出，这些电影最终都回到了我们熟悉的电影种类的情节和人物上。对于美国的西部时代，我们个人不一定熟悉，但是我们可以在《九霄云外》中肖恩·康纳利所演的人物身上看到多部西部片的影子。观众是根据这些片子为这部影片定位的。

再举一例，《星际迷航》就可以看做是"太空里的大篷车队"。你也可以把这部电影系列看做是荷马《奥德赛》的未来版本：在无边无际的陌生水域旅行的船，遇见形形色色的人和怪物。船长这个角色特征，完全可以和二战电影中南太平洋上的美国海军船长一模一样。老骨头这个人物就和德福雷斯特·凯利（Deforest Kelly）在许多西部片中扮演的乡村医生很像。这部片子里面你需要理解的科幻元素，都在《星际迷航》的著名开场白中表述清楚了："这些就是太空飞船进取号的旅行……这是一个为期五年的任务：探索陌生新世界，寻找新生命和新文明，勇敢地走向人类从未到达过的地方。"

然而，讲述未来的科幻片却经常假装我们当代的科技到了未来几百年后，却又被遗忘了。比如在《星河战队》里头的太空战士，用一把步枪来和巨大的虫子决斗；我们的坦克和巡航导弹哪里去了？在《星际迷航》里的飞船工作人员总是在进取号发生颠簸的时候被甩到甲板上，安全带呢？

不管你做什么，千万不要像新手那样，在一部电影里创造一个全新的世界，里边的名字全是陌生的，像 VAGON，UTAPAU 星球，WHILLS 日报，还有 BENDU OF ASHLA 等等①，这一类的电影剧本永远也没人去拍。只有科幻片的死忠粉丝才会愿意整个人扑进一个完全不同的世界、不同的社会结构、不同的物理规律、不同的历史，还有那些从未听过的带着深奥意味的各种名字。

① 这些名字的拼写都不常见。——译者注

▶ 银河共和国毁灭了，残忍的贸易巨头们被贪婪和对权力的渴望所驱使，用压迫和"人民统治"代替了启蒙，创建了第一个银河帝国。

▶ 在"06"神圣起义的悲剧来到之前，受人尊敬的阿什拉的绝地本杜（JEDI BENDU OF ASHLA）一直是宇宙中最强大的勇士。这十万年中，多少代绝地本杜骑士从神秘的"他者力量"中学习生存之道，并扮演了维护共和国和平及正义卫士的角色。而现在这些传奇般的勇士们一个接一个死去，他们被对立派别中凶狠的雇佣兵追杀，这些人就是SITH的黑骑士……

嘿，唉，说您呢，够了！大脑只能记住这么多了！

好吧，这部电影剧本差点和大银幕失之交臂。我刚才写的这两段话摘自一个叫乔治·卢卡斯的新晋写手所写的《星球大战》的一个早期版本①。在你沾沾自喜之前，我必须指出，在很多很多年之内，都没有人想要做这部电影，因为没有人明白剧本里都写的是什么。幸运的是，一个慧眼独具的高管小阿伦·拉德（Alan Ladd Jr.，就是人们说的"Laddie"），也就是当时的21世纪福斯公司老板，他相信卢卡斯可以做成任何自己想做的事情，因为在那之前卢卡斯已经用一部自编自导的《美国风情画》（American Graffiti）给了大家一个惊喜。因此他付了剧本的写作佣金并把电影拍了。即便是那时候，电影厂的其他人也都不相信片子能赚，这种情况甚至持续到第一次预映的候。（这就是为什么他们把片子的商业开发权给了卢卡斯。该死！）。

同样，沃卓斯基姐弟也是直到用电影《惊世狂花》闯出名堂之后，才得以指导自己的剧本《黑客帝国》。

如果你没有自编自导一部大受好评的作品，而且也没有遇到像拉德一样激赏你的老板，那么你将会发现，就算你写了一部《星球大战》那样的太空歌剧也没啥用。就像有人跟我说过，"没有什么规则可言，但是只要你一冒险，你就犯规了。"

---

① 至少可以这样说：有人把剧本放在网上并宣称这是《星球大战》的一个早期版本。

如果你确实必须写一部场景设定于遥远未来或者设定在魔幻世界里的电影，至少你要保证在这个虚构的界的内部是统一的，所有人物在他们自己那个世界里都是让人信服的。做到这点以后，你可以尝试让自己的故事和大家都熟悉的神话故事发生联系。至少有些人认为，《星球大战》的成功，是因为它出人意料地重述了一个普世英雄的故事。约瑟夫·坎贝尔（Joseph Campbell）的著作《千面英雄》（*The Hero with a Thousand Faces*）让普世英雄这样的传奇人物为大家所熟知。天行者的成长道路是该类故事的必由之路，从古苏美尔的吉尔伽美什（Gilgamesh）开始，普世英雄走的都是这条路。

我的意思是，除非你已经自编自导过一部大获成功的电影，并且认识一个电影公司的头头，或者你的电影是改编自一部已经家喻户晓的电视剧，否则，你需要把你电影里的科幻元素做得简单明了，而且能用一句话就说明白，比如："恶心的外星人入侵了地球"、"有些人光凭意念就能让你的脑袋炸了"、"一个古埃及学专家发现了去另一个行星的入口"。

魔幻片的要求和科幻片的要求很相似。一般来说，魔幻片如果设置的场景和我们现实世界很类似，只是加上一点魔幻元素，就会更容易成功。比如说《第六感》就是发生在我们的世界中，只不过有个男孩他可以看见鬼魂；《人鬼情未了》发生在纽约市中心，只是主角是个鬼；《生活多美好》故事发生在一个美国小镇，但是故事里有天使存在；《绿里奇迹》发生在 50 年前的一所监狱里，只是里面有一位牢犯有神奇的治愈能力；《土拨鼠之日》（*Groundhog Day*）的故事设定在宾州的克瑟托尼，但是主演比尔·默里却每天都在经历一模一样的生活。

魔幻片可以发生在过去，这一点和科幻片不一样。也只有在过去，这个世界显得冷峻和真实。在此基础上，加上魔幻元素，效果才容易显现。《魔幻屠龙》（*Dragonheart*）讲述的就是中世纪的挪威小村子被龙所惊扰的故事。

魔幻片如果创造出一个完完全全和现实世界不同的世界，貌似会比科幻片更成功。时不时地，会有人掌握了该类型的精髓，抄袭几个童话，把几个故事融合在一起，再把它们打造成既能触动我们又很真实的故事。《史莱克》和《狼群》就是这样的例子。但是不管怎样，他们如果不是基于畅销小说（比如《柯南历险记》、《公主新娘》、《夜访吸血鬼》），或者是根据家喻户晓的传说编写的话（比如：《黑暗时代》[Excalibur]是根据亚瑟王的故事改编），它们都不会成功。改编自小说的作品的成功，或许说明一点，那就是小说家在创造一个没有漏洞的魔幻世界这一方面已经下了大工夫，比电影人做得更深入和扎实。他们创造的幻想世界中的现实让影片有根基，没有这一根基，就会出现《风云际会》《诡秘怪谈》（Legend）、《魔幻屠龙》《魔水晶》（The Dark Crystal）、《魔幻迷宫》（Labyrinth）、《龙与地下城》（Dungeons Dragons），以及其他一些试图讲述新童话的影片。这些电影都死得很惨，因为它们没有根植于任何东西。它们并没有讲述一个让观众们能产生共鸣的传说故事，也没有根植于人类的普遍真理，他们只是幻想而已。

要创造一个新的童话故事是非常，非常难的。

时代片

是的，我是说过：时代片并不能算作是一个电影类别。但是对于那些发生在过去某个历史时期的电影来说，还是有一些有效的规则的。

细节必须准确。观众们尽管可能不知道某个细节是不是对了，但是当你做错了的时候，观众就是知道。比如说，在《勇敢的心》中，主角威廉·华莱士生活在中世纪，却跨越自己的时代，使用了煤油，这个细节让本来非常精彩的电影作品显得有些掉价。（这很遗憾，因为历史上真实的威廉·华莱士非常聪明，当英格兰军队正在过桥的时候，华莱士突然发动攻击，赢得斯特灵桥之战，这些场面已经很震撼了。）如果你是在写一部关于埃及艳后的电影，就不要让片子里出现骆驼，因为骆驼是公元1000年之后才被引入中东的。所以在《圣经》和《古兰经》里面，骆驼都没有出现过。只有非常忠于时代细节，电影观众才能完全被带入到那个时代场景中去。

　　但是故事却并不是关于细节的，观众不需要必须了解那个时代才能理解这个故事。我们只要在电影开场时，放上必要的片头文字或滚动字幕，这些就是观众需要了解的极限了。（滚动字幕指的是出现在银幕上的滚动文字，就像《星球大战》系列每部开场时那样。）

　　最难的是把对话做得很准确。在 16 世纪，人们并不说老式英语，而是非常接近今日英语的 16 世纪现代英语。为了得到相同的现代感，不要害怕用到缩合语和断句，这些用法当时和今天都差不多。你可以，也应该用到一些俚语，但是一定要用当时可以存在的有现代感的俚语。比如"没用的私生狗"（poxy whoreson dog）这句话的时代感就很准确，但是观众们并不知道这究竟是吵架用的，还是开玩笑。说"伙计"（dude）就过了，但是"婊子养的"（son of bitch）这句话就是跨时代的通用语。

　　想要做一部伟大的时代片，关键就在于要让观众感到电影中的人物是真实的，尽管他们活在一个不同的时代，人是没有时代感的。但他们的目标，他们所遇上的一路艰辛，却是有时代感的。在《三个火枪手》中，达达尼昂是一个浪漫的冒险家（没有时代感），他想要拯救女王的贞洁（有时代感了，因为这故事放在当代的话他就是想和她私奔），他也因自己的骑士身份而处处受限；在《勇敢的心》中，威廉·华莱士是一个浪漫的冒险家（时代感），他想要从一个邪恶的英格兰国王手中解放苏格兰（时代感来了）。时代只是一个讲述故事的背景，重点还是人。时代赋予了故事更多彩的布料，但是编织本身所需要的还是激情、恶习、谎言、希望、愤怒、贪婪、爱、骄傲和慈悲这些让梦成为梦的东西。

Chapter 7

寻求帮助！

GET HELP!

电影是一种需要众人合力的传媒形式。一部电影想要投拍成功，离不开数以十计甚至上百人的帮助。既然如此，你又何必要自己独立完成一部剧本呢？

用下列方法去寻求帮助最好不过：

（1）读一读别的剧本
（2）选有用的书读
（3）从写作小组获取帮助
（4）从朋友、影迷和业内人士那里获得反馈

还有：

（5）剧作软件
（6）写作工坊
（7）舞台朗读
（8）剧作顾问

7.1 读一读别的剧本

要写剧本，最有帮助的方法之一就是读剧本。这里有三种你可能接触到的剧本，每一种都有它的优势所在：

（1）成功电影的剧本

（2）尚未制作成电影的剧本

（3）成功剧作家的未制作成电影的剧本

看成功电影的剧本，重点就在于你知道它们最后都是成功的电影作品。因此，这些作家肯定是肚子里很有料的，对吧？

找到已经上演了的剧本的最好方法就是去网上找。有一个网站叫Drew's Script-O-Rama，这个网站上有一大堆已经拍摄完成的电影剧本的链接。如果你比较同一部电影的初稿和定稿，你就会发现编剧和制片方是用了什么方法来改进这些剧本的。如果你读一读拍摄本，再和成片比较一下，你就会对电影剪辑也有所了解。比如说，电影《星球大战》讲了半天两个机器人（R2-D2 和 C-3PO）的故事以后，主角天行者才出现。其实在剧本中，天行者卢克早就被介绍出场了，但是在制作的某个环节上，乔治·卢卡斯认为卢克的故事在遇到两个机器人之前并没有真正开始，因此剪去了剧本中的那一部分。

如果你认识一些业内人士，那么他们或许能够帮你搞到一些大片剧本的影印件。如果你住在洛杉矶，搞不好你在别人自家的旧货甩卖时就能看见有剧本在出售。严格意义上说，影印一份剧本后出售，这并不合法，这叫做私贩剧本。幸运的是，如果一个人以合法的方式拥有了剧本，然后再卖出就没问题了，这些剧本叫做收藏本，你可以在专门卖娱乐行业书籍的地方找到，比如 Samuel French、Larry Edmunds，还有 Collectors 书店（这些书店都位于洛杉矶，也提供网购）。

一定要保证你读的是原稿，而不是什么誊写本。誊写本一般没有标准的剧本格式，更糟糕的是，你可能看到的并不是编剧写的东西。演员们会跟随自己的节奏念对白，甚至会即兴改编对白。基本上已经出版了的剧本都是誊写本。许多出版了的格式像剧本的本子不过是在贴近电影本身，所以也不妨叫做誊写本。

当你读剧本的时候，要试着忘记你看过的电影。要注意编剧是怎么讲述这个故事的。他是怎么设想动作场景的？他是怎么描述人物的？诸如此类。不要总是想着看过的那部电影，你要像开发部总监第一次拿到剧本那样，仔仔细细地读。问自己：谁是视点人物？谁是中心人物（英雄、主人公）？他的目标是什么？风险 / 赌注是什么？危险是什么？他的面前有没有障碍或对手？

如果你认识业内人士可能就有一些他们认为很好，却又没能拍成电影的影印剧本。尤其要读一些从你看过的书改编而成的剧本，或者是一些你仰慕的编剧尚未投入制作的作品。看这些作品的好处是你不用因为自己看过某部影片而被干扰，你也可以想象出编剧要让读者看到的影像，你也可以试着猜猜这部剧本最后能不能成为一部好电影。千万不要因为这个编剧的某一部作品得了奥斯卡就对他的剧本肃然起敬，就算是最好的，当他们跟素材不来电的时候，写出的作品也很烂。《虎豹小霸王》的作者威廉·戈德曼（Willim Goldman）在几部不怎么受人待见的剧本上都留有他的大名。乔·埃泽特哈斯（Joe Esterhas）虽然写出了经典的情色悬疑片《本能》，可他也写过《艳舞女郎》（Showgirls）那样的破戏。你要就剧本本身来做出评价，它是成功了还是失败了？你可以怎么样改进它？

不幸的是，你最可能拿到手的还是那些乱七八糟的剧本，而不是知名编剧的本子。出于某种原因，从事电影开发的人们一般倾向于给别人看烂剧本，而不是好剧本。只有他们能拥有那些好东西，别人没法有，这也许让他们觉得非常有权力。做开发的电影人感觉有权力的时候并不多。

当你拿到一部没名气编剧的本子时，不妨把自己想象成制片人或者经纪人去考虑下边的问题：这个本子有没有投拍的潜质？有没有观众会去看这部电影？这是一部什么类型的电影？它有没有钩子？你在不在乎里面的角色？风险/赌注如何？哪里出了问题？怎么样解决这个问题？如果钩子够惊艳，但接下来的情节却很乏味，那么你要怎么利用这个钩子，把故事重讲一遍？

威廉·戈德曼在他的书《电影圈历险记》（*Adventures in the Screen Trade*）一书里面说过，电影这一行里，"没有人知道任何事情"（nobody knows anything）。这话并不对，但是所有人都经常犯错。这很像打棒球：再好的击球者，超过三分之二的时间都上不了垒，因此对手上的材料你需要有个自己的判断。总之，你读书花的时间越多，你学到的也就越多。

7.2 你应该读的书

这条太明显，我不说你也该明白。

对于一些你从来没想到的问题，书本都会帮你给出答案。

你不需要读很多不同类型的剧本写作指南。如果你在一年之内读了两本以上的剧作指南，那么你就是在有意拖延真正的剧本写作。放下书，开始写剧本吧。我认为最有用的书本，是关于电影其他方面的：比如导演、剪辑、表演还有制作方面的。

很多书可能在当地的图书馆就有，你也可以买下这些书。我们这些作家最喜欢你们买书了。

导　演

你是在一张纸上导演着一部电影，他们则是在银幕上导演电影。导演们最喜欢在自传中讲述一些与人斗法的故事，但是时不时的，他们在导演上的小把戏会暴露出来。很多这类书籍也会让你跃跃欲试，想要参与到电影事业中去，甚至让你很想要立马放下书本，开始写剧本，这可是一件好事。

▶ 英格玛·伯格曼：《魔灯》（Ingmar Bergman, *The Magic Lantern*）。

▶ 西德尼·吕美特：《拍电影》（Sidney Lumet, *Making Movies*，即将

由后浪出版）。导演在书中解释自己创作时的用意，很少有导演会这么做的。

▶ 大卫·马梅：《导演功课》（David Mamet，*On Directing Film*）。马梅在电影方面有着自己独特的视点。不，我认为他是满嘴胡说，但任何新视角都是好的。

▶ 肯·拉塞尔：《变身博士》（Ken Russel，*Altered States*）。讲的都是人与人斗争的故事，但是非常好玩。

▶ 谢尔盖·爱森斯坦：《导演笔记》（Sergei Eisenstein，*Notes of a Film Director*）。最好的电影理论家之一。你用不着同意他说的，但是看完之后会有所思考。

▶ 弗朗索瓦·特吕弗：《眼之快感：弗朗索瓦·特吕弗访谈录》（Francois Truffaut，*Truffaut by Truffaut*）。

▶ 彼得·波格丹诺维奇：《我是奥森·威尔斯》（Peter Bogdanovich，*This is Orson Wells*）。波格丹诺维奇这人有点过于自恋了，但是也有点启发性。

▶ 米洛斯·福尔曼：《转身》（Milos Forman，*Turnaround*）。

▶ 约翰·布尔曼：《翡翠森林日记》（John Boorman，*The Emerald Forest Diary*）。这是他在拍摄《翡翠森林》（*Emerald Forest*）时候所写的日记。

▶ 戴尔·波洛克：《太空行走》（Dale Pollock，*Skywalking*）。这本书写的是乔治·卢卡斯，这是唯一一部我觉得非常有用的（非自传性）的人物传记。

剪　辑

剪辑是一门艺术，一门修剪不必要的动作、场景和对话的艺术。剪辑有时也要重新编排场景的顺序，让这部电影更震慑人心。怎么说呢？有点像重写剧本！

▶ 拉尔夫·罗森布罗姆和罗伯特·柯林：《拍摄停止时，剪辑就开始了：一个电影剪辑师的故事》（Ralph Rosenblum and Robert Karen，*When the Shooting Stops，the Cutting Begins: A Film Editor's Story*）。

制　片

你是要把自己的剧本卖给制片人的。既然如此，何不去看看他们平日的生活是怎样的？买本关于他们的书，再来一小瓶抗胃酸的药。

▶ 罗杰·科尔曼:《剥削好莱坞》(Roger Corman, *How I Made 100 Movies in Hollywood and Never Lost a Dime*)。在很多电影人出名之前，该书作者就已经把他们招致麾下（杰克·尼克尔森，朗·霍华德等）。以至于他的公司被称作"科尔曼电影学校"。

▶ 塞缪尔·阿尔科夫:《直觉带我穿越好莱坞》(Samuel Arkoff, *Flying Through Hollywood by the Seat of My Pants*)。汽车电影院可以说就是本书作者发明的。

▶ 阿特·林森:《一磅肉》(Art Linson, *A Pound of Flesh*)。一本既诙谐又睿智的书。

▶ 罗伯特·埃文斯:《光影流情：罗伯特·埃文斯回忆录》(Robert Evans, *The Kid Stays in the Picture*)。一个好斗的老电影人讲述好莱坞人事斗争的故事。

好莱坞，一个吞食自己后代的动物

▶ 休·泰勒:《好莱坞立脚指南》(Hugh Taylor, *The Hollywood Job-Hunter's Survival Guide*)。这是一本非常精彩的实用手册，教人如何保住自己在公司里老板助手的工作。本书作者是一位刚刚从最底层熬出来的电影人。这本书提供了非常多的细节，例如一张老板的电话单会是什么样子，这样的细节非常棒。我真希望自己当年做助手的时候就读到了这本书。为何你需要读这本书呢？因为这给你一个非常内部的视角，让你知道自己用邮件发出剧本的时候，收到你剧本的那些人都是什么样的。

▶ 杰森·E·斯奎尔:《电影商业》(Jason E. Squire, *The Movie Business Book*)。41位电影制作者讲述他们的工作。

▶ K.卡兰:《导演你自己的导演事业》,（K. Callan, *Directing Your Directing Career*）。这是我本人很喜欢的一本书。

▶ 大卫·皮里:《电影解剖》（David Pirie, *Anatomy of the Movies*）。电影行业的总览。

▶ 霍腾斯·鲍德梅克:《好莱坞》,（Hortense Powdermaker, *Hollywood*）。这是一本由科班教授写就的、非常经典的人类学著作。讲的是好莱坞这个奇怪的部落中道德小矮人们的仪式和习俗。这本40年代就诞生的开疆破土的著作,今天读起来也丝毫没有过时之感。

好吧,我承认,除以上这些书外,还有一本关于剧本写作的书。但是只有一本哦。

▶ 威廉·戈德曼:《这谎话,我该讲那个好呢？》（*Which Lie Did I Tell*？）。尽管本书把自己伪装成一部关于编剧从业经验的书,但是它包含了很多有用的关于写作过程的深刻见解。尤其是,他为这本书特意写了半个剧本,然后让六个一线剧作家（卡利·科瑞 [Callie Khouri], 约翰·帕特里克·尚利 [John Patrick Shanley] 等）来设计下半部分的故事。对那种认为每种写作困境只有一个最佳解决方案的观念,这是一剂解药。光是这一部分内容就可以让这本书物有所值了。

两本你也许从未想过会有用的有意思的书

第一本是斯科特·麦克劳德的《理解漫画》（Scott McCloud, *Understanding Comics: The Invisible Art*）。尽管这本书和电影一点关系都没有,但读来非常有趣。麦克劳德试着去,对,试着去理解漫画书的工作原理:看漫画书的时候我们的反应是什么？漫画书对我们的大脑产生什么样的作用？他的一些洞见可以让你举一反三。当我们看一个剧本或者当你看一部电影的时候,我们的反应究竟是怎样的。

另一本是约瑟夫·坎贝尔的《千面英雄》（Joseph Compbell, *The*

Hero with a Thousand Faces）。电影讲述的其实都是古老的故事，但它们都穿着崭新的外衣。约瑟夫·坎贝尔就是一个研究古老故事的人类学家。他提出，全世界所有的英雄传说都遵循一个基本模式。基于他提出的英雄旅程的理论，甚至形成了一个剧本课程的迷你产业，乔治·卢卡斯也从他身上获得了灵感。坎贝尔也许能让你开始对故事进行思考：我们为什么讲故事？故事为什么能代代相传？

7.3 从写作小组获取帮助

在一个写作小组里面，作家们会阅读其他成员的作品，并聚在一起，就其进行讨论。写作小组能给予作家很多从别处无法得到的东西：紧迫感、鼓励、批评、有人听你骂娘。

紧迫感

如果有五个人眼巴巴等着看你的作品，你就会更快写完。

鼓　励

比起妈妈给你的鼓励来，这些作家同行们给你的鼓励会更有意义。

批　评

作家同行们知道你的能力，如果你写的东西非常对不住自己的水准，他们不会放过你。另外，外行的批评可能不得要领，但是作家们往往可以准确指出需要改进的地方。

有人听你骂娘

一名制片人欺负了你，你自己可能难过得要命。但是如果编剧们都有被制片人虐待的经历时，这些经历就变成非常有趣的故事了。

你的写作小组里都应该有些什么人?

不自己写作的,都不应该在这个小组里面。女朋友呀,同事呀,还有那些总说某天也要开始写剧本的朋友们,都不要进来。虽说和他们一起去看电影会很好,但是他们没有在写作。他们的意见或许很在理,但是他们是作为读者在给意见,不是从事写作的创作者。

再说了,如果在小组里面有人并不是作家,那么他从来也不用挨批。问题是,如果你上礼拜批评了一个人,那么这个礼拜他批评你,你也更容易接受。如果你知道下个礼拜他会批评你,那么你这次批评他的时候也会准确到位得多。

你们不一定要全都是编剧,但是每个人的写作技巧都应该大致在相同的水平上。在我的写作小组,规定每个人都要是职业作家,这样我们就有了一位电视剧编剧、一位动漫作家、三位小说家,还有电影编剧。这并不要求你们必须是朋友关系,如果相处得好的话,你们迟早会成为朋友的。

怎样找到志同道合的作家

大多数写作小组开始可能都是由一群已是好友的作家们组成的,然后朋友的朋友们再加入。要是你完全不认识和自己水平相当的作家那怎么办?

如果你在上一门写作课,或是参加培训班之类的,那么你会认识一些自认为作品不错的同学,问问他们在课程结束之后有没有兴趣一起写作。不管你是不是上写作课的学生,你都可以去找教授们问问,看是否有一些志同道合的学生可以联系。

也可以在一些当地文人经常去的咖啡厅贴上一些告示。你肯定知道这么一个地方:总是有几个人单独坐着或写作,一杯卡布其诺能喝上几个小时。在告示里面,你要说明自己想创立的写作小组是什么样的。你也可以在当地艺术电影院,在影迷淘碟的地方,在大学英语系,在书店等地方贴告示。

下边这个方法算是碰运气：你可以在网上电影类小组、聊天版块、网站等地方发告示帖子问问有没有和你同城的作家愿意参加写作小组。

在创立小组之前，你可以单独去见一见那些可能成为小组成员的人，这样比较妥当。这样做是为了保证这个小组一直是"你组织的"小组，也可以把那些可能让其他组员不舒服的人挡在门外。

如何组织和管理写作小组的工作

面对面地交流，这样每个人都可以亲耳听到大家的批评。

每个人都畅所欲言，可以省去你独自在家整个月的烦恼。当然你在家也可以通过聊天室和笔友们讨论，只是那种互动和面对面互动不是一回事。再说了，网聊完了想一起出去喝杯啤酒都不行。

如果你们可以每月或者每两周就见面一次，那么成员们都可以按照这个见面时间来规划写作，这也可以敦促成员按时完成作品。不管是谁，只要是下一次得拿出作品让大家评价，他就要提前那么几周完成作品，把写好的作品提前两周通过邮件发给各个成员，让大家有时间去阅读和思考。

每次见面都只讨论一个作品。这样一来，每个人都会有一整晚的时间让大家来给意见，也没有人会觉得不公平。有些人写得慢，所以可能有些人的作品都已经被讨论两次了，还有人却还什么都没拿出来。在每个人都轮了一遍之前，最好谁也不要超过两次。就算你只有半份初稿，那也没关系，尽管拿出来给大家讨论好了。

如果你只是想去说一说某个故事的创意，那么你可以在探讨别人作品的时候顺便讨论自己的创意。你可以在小组讨论完别人作品之后，开始说说。不要安排一整晚专门来说彼此的创意和灵感，因为这样会让大家觉得彼此是在竞争。你们不是竞争的关系，如果说竞争的话，那对象是你们小组以外的剧作家们。

不要在见面之前，就和组员们讨论起作品。如果这么做的话，那么大家就会在见面之前改变自己的观点，最后到见面的时候，给出的就不是个人意见，而是一个集体意见了。一个好的讨论会应该像是头脑风暴：大家给出的意见比两个人平时谈话的内容要多得多。

当大家都到场的时候，就马上开始会议，不要把能量消耗在闲聊上面。作品讨论完了，你们再去酒吧闲聊。

在开始批评之前，要确保每个人都说出一个今晚作品的可取之处。这样被批评的作者才不至于想死。然后再转一圈，让每个人都在这一轮里发表对作品的总体评论。我自己的小组有一个叫"开口啤酒"的东西：一罐带着羽毛装饰的吉尼斯牌啤酒。谁手上拿到这罐子，谁就可以开始发表大段评论。手上没有拿罐子的人可以插话，但不可以长篇大论。当每个人都至少说过一遍之后，我们才开始自由讨论。这时候人们想怎么说都可以。然后，如果需要的话，我们可以一起逐页过一遍作品。

当你的作品被大家讨论的时候，不要和别人就其批评意见发生争论。不要解释你原本想达到的效果什么的，除非你真的是想弄清楚别人什么意思，或者小组其他人都迫切需要你给出某个答案。如果你的作品没有让大家满意，你怎么解释都是徒劳的，你只需要改进。你没有义务去接受所有的意见，但是你有义务安静地听完，并且把别人的意见记录下来。

一句有用的话

当你认为人们给自己的批评意见全都不对的时候，你要说这么一句话，"这个问题我会好好想想"。这不是撒谎，而且你真的要这么做。一周之后你再回头看看，也许当时批评意见现在听起来蛮有道理的。这就是为什么你不能浪费精力去跟每个人争，而是把批评意见记录下来的道理。批评意见可能是错的；或者，更可能的是，假如你写的完全是另外一个电影剧本，这些会是很好的批评意见。但是当批评暴风骤雨般来临时，虚心听取，不要去跟别人争。另外，当制片人批评你的作品，让你想撞墙的时候，说这句话也是对的。

7.4 获得反馈意见

你的目标就是让自己的剧本越透明越好。你怎样才知道在这方面自己是否成功呢？找人看你的作品。除了你的写作小组之外，还有三种人可以帮助你。

（1）朋友

（2）影迷

（3）专业人士

所有反馈意见都是有价值的。你的剧本写出来就是要有人读，并且最后拍成电影的。有人看不懂，那么说明它不够简明易懂。如果有人不喜欢或不关注你的主要人物，那就说明你的人物感染力不够。

但是这并不意味着所有意见都是正确的，你要做的事就是认真听。如果他们觉得哪儿有问题，那么你要搞明白怎么样去修改才能解决这个问题。然后你必须自己决定，是否需要解决这个问题。

比如说有人可能会说你的故事开局进展太慢，在一部动作片里这可能是一个问题。但是为了能让自己的故事真正出彩，你首先是要做不少铺垫的：你要给我们介绍很多人物，或者交代很多重要的信息。你必须想清楚，自己是等在故事后边来铺垫这些呢，还是坚信为了更好地交代故事背景就需要较慢的开场，这是你愿意付出的代价。

批评关注的地方有可能不对。他们可能说一些戏感觉上有些"慢"。那是因为这本来就是慢节奏的一场戏，或者这场戏在故事的进程中出现得太早或太晚，或者因为读者不明白这场戏和人物的目标有何联系，或者因为这场戏没给观众带来任何惊喜等等。

有一些褒奖有同样的问题，有些褒奖可能还遮蔽了一些有用的批评。比如说，你可能会听到，"我喜欢这个恶棍的角色！"这意味着恶棍你写得很好，还是这个恶棍就是你剧中唯一一个出彩的角色，而别的角色都不抓人？

去找真相

我的表演老师乔安妮·巴伦，可能是最好的还在世的表演老师之一。她经常说这么一句话"去找真相"。她的意思是，当你看表演或者是艺术作品的时候，不要上来就去找它的不足之处，而是去找它的优点。因此，当你被批评的时候，不要找这批评里头的错误是什么，找找它的可取之处。去找真相的含义还有，强迫着你自己去接受哪怕是最可笑的反馈意见，在某个层面上讲，也是正确和有用的。

一个剧本的走向由你自己决定，也只由你决定，除非是别人付钱让你按人家的意思写。有时候，你会听到一些非常聪明的建议，而这些建议会改变故事的根本走向。它可能会变成一个商业故事，也可能让你的故事更加连贯，也可能让你的故事有一个更好的钩子。但这可能就不是你原先想讲的故事了。它可能会有个不一样的结局，甚至一个不同的主题。你是要坚持自己原先对故事的设想还是写一部和你原本设想完全不同的电影剧本？这个决定只有你自己才能做。

朋　友

你的朋友们或许会说，"可我根本就不知道该怎么去读一个剧本啊。"这恰恰是让你朋友读自己作品的最佳理由。只要他们喜欢看电影，他们就应该从剧本中想象电影的样子。朋友们就是你的主流观众的代表，如果你把他们弄糊涂了，那么你的故事就是不够清晰的。如果他们看不懂，观众们也一样看不懂。

让朋友看剧本的缺点在于，阅读对话时在脑海里浮现声音的能力，是很难短时间内具备的。因此你可能要付出双倍的努力，来辨别到底哪些批评是在理的，而哪些是因为他们没有阅读经验而做出的。

影　迷

影迷们会比你的朋友们更有帮助。只要是关心电影的、看过很多电影的、对电影有一定思考的人都可以给你有用的反馈。比如，那个总出现在淘碟店并把店里所有片子都看过一遍的家伙；那个在老电影剧院和别人就伯格曼的电影进行争论的女人；那个在 IMDB 上面写精彩影评的人；还有那些给很多电影新闻网站写文章的人。这些人很可能会给你的作品带来很多有用的意见，而且由于他们不认识你，他们就不太可能会在一些不出彩的地方给你表扬。

他们当中很多人都可能愿意免费看你的剧本，并且给你意见。为什么呢？人们喜欢提意见，他们愿意表达，尤其是当你很认真听取的时候。尽管在这一方面并不是权威，但是他们自认为有一些成熟的看法，因此当你把他们当做权威来询问的时候，他们就会很高兴，虽然他们并没有专业资质。除此之外，他们也愿意加入到电影制作的过程中去，而这是他们参与制作的相对简单的一种方法。另外，他们中有人也可能"正在考虑"写部剧本，阅读你的作品可能对自己也是一种鼓励。

你可以先在一些电影新闻网站上面找找看，看谁的评论聪明、合理又准确。你可以给他们写一封礼貌而又得体的私信或者留言，说你喜欢他们的观点，你想知道他们是否愿意看看你的剧本并且说说自己的看法。并非每个人都有时间或愿意做这事，但总有一些人愿意帮你。谁知道呢？也许你还能交上新朋友。

当然也要小心。很多影迷对电影有着强烈的好恶和偏见。他们也许对电影中画外音的价值、倒叙手法、"道格玛 95"宣言等等都有着非常偏激的看法。他们可能会因为你的作品不合他们的口味而把你的剧本说得一团糟。只有你才能决定谁的意见是对的。只有你能决定自己该如何回应这些评论。

专业人士

如果你够幸运，认识一些娱乐行业人士，他们可以给你提供最好的建议。他们读过上千个剧本，所以很清楚一个剧本想要拍成电影需要什么样的条件。这些娱乐圈人士可以告诉你，你的剧本可以怎样改进，怎样才更具有商业性等等。

我们中的大多数人一般都是把一部电影放在它所在的类型里去评价（这是一部好的僵尸大战电影吗？还是一部差的僵尸片？），但是切记每个人都有偏见。比起普通人来，你应该更重视专业人士的意见，但是最终怎么做还是要自己来决定。

同样，要记住你是在让人家免费给你提供专业服务，这是一个人情。他们如果喜欢你的这一部剧本，就可能会愿意读你的下一部，但是很可能他们不会把这第一部再看一遍。如果你找到一个愿意读自己作品的人，在寄给她看之前，千万要保证作品已经达到一定的水平，拿得出手。不要浪费这次机会。如果她现在就愿意读你的作品，那等六个月后这部作品更好时再给她看，她自然不会拒绝。

7.5　其他资源

剧本写作软件

有两类剧本写作软件：

（1）剧本格式辅助软件

（2）剧本情节辅助软件

剧本格式辅助软件，例如 Final Draft，Scriptware，Movie Magic Screenwriter 等。这些软件能帮你在写剧本时使用正确的格式。此外，这类软件还可以：

▶ 让你在多种格式中切换自如，比如说时空提示行、动作、对话、插入语和过渡格式等。

▶ 当对话未完却翻页时，自动加入"（下页继续［MORE］）"和"（接上页继续［CONT'D］）"这类规范用词。

▶ 可以自动完成人名和地点的拼写，例如在输入人物名"THOMAS"的时候，只要输入 T，全名就会出现。

▶ 让时空提示行始终保持一致，例如

内景。米勒的房子—汤姆的房间一日

不会变成

内景。汤姆的房间一日

或过一会又变成

内景。汤姆·米勒的房间一日

这样也就不会把制片部门的人搞蒙。

一个典型的剧本格式辅助软件一般都有一个阅读器，这个可以在网上免费获得。因此，如果你想给别人发一个用 Final Draft 软件编写的剧本，那么接收者就可以在网上免费下载一个阅读器，用来阅读你的剧本了。你不能直接在阅读器上写剧本，要写的话，就得花钱买完整软件了。

很多剧本格式辅助软件都有一些非常好用的额外功能。比如说，Final Draft 可以把你的一场场戏自动生成虚拟索引卡片，然后你可以随意调整一场戏的位置。

剧本格式辅助软件在影片制作时，是绝对必要的。你很容易就可以为一场戏编号、锁定页码、标注不同版本的改动，并为已经锁定的剧本创建 A 页 B 页。如果这些听起来都和你无关，不用担心，因为这些你都不需要了解，除非你的工作本身就是统筹剧本或制作。如果你写的是一个热卖的剧本，剧本格式辅助软件就不是必需的了，它只是很方便而已。

如果你感兴趣的话，我可以告诉你，在制作前期，剧本的页码和场景编号都是锁定不变的。这意味着，如果最大的一场示爱戏，22 号戏是在第 57 页出现，那么它永远都是在 57 页。如果这段重写了，而且内容已经超出 57 页，这场戏就会出现在 57A 和 57B 页，等等。如果这个场景被删除了，57 页也还会在那，只不过那一页什么都没有，会变成一个"删除"页面，看上去就像这样：

22. 删除

这样一来，如果故事开头有三场戏被剪掉了的话，制片部门一般也不必给大家发全新的整版剧本，他们只需要把修改后的场景内容用彩色纸复印一下，人们就可以自己标注页码了。

单独的某一行，如果修改过了的话，在页边空白处就会有 * 标记。如果讨人喜欢这个词改成了可爱，这句话就会变成这样

杰克

啊，我不知道。我觉得他挺讨人喜欢的。*

这样一来，就很容易看出哪些语句被修改过了。如果一场戏里面有很多修改，那么你可能会看见一路的星号。

就我自己而言，我用一个偶尔抽风的剧本格式辅助软件，叫做 Final Draft。这并不是我自己买的，是制片方给我买的。在那之前我一直在用一个非常古老版本的微软 Word 软件。如果你不想花几百美元去买 Final Draft 的话，你可以在自己的文字处理软件里面创建一个比较方便的文字簿，那样就可以处理大部分常用的格式问题了。这些软件不会自动给你加上（下页继续）或是（接上页），但是一般也不会有哪一页断在了人物名称和他的对话之间，或断在时空提示行和动作描述之间的情况。（你可以从我的网站 http://www.craftyscreenwriting.com 上下载一个 Word 软件里面常用的文字簿。）

顺便说一下，发送剧本最好的方法，就是用 Adobe Acrobat 软件把你的文档转换成 PDF 格式。基本上所有人都有 Acrobat 阅读器，就算没有，也可以免费下载。PDF 文件可以保存原始格式，这样你看到的那一页就和别人看到的那一页格式是一样的。不过注意了，Acrobat 也要几百美元的哦。你可以在 http://www.adobe.com 上面找到，或者你也可以在网上找到别人不用的，这样便宜。

我只用过一款剧本情节辅助软件。Dramatica 软件的特点就是将熟练编剧创作剧本的过程程式化。这个软件把故事结构归纳成有一棵有很多分岔的树干，从中可以分出三万两千种可能的"故事形态"（storyforms）。你对下边问题的回答就决定了你应该采用哪一种形态："主角成功还是失败了""这是一件好事还是坏事？"，这个软件的功能是帮助你让自己的故事形态明朗化。大概一般人需要花一周时间才能彻底搞明白这个软件的用法。我不知道 Dramatica 是否物有所值，但是这个公司的网站上有很多积极乐观的评论。如果你在写故事的时候弄不清为什么故事方向错了或者解决不好故事结构的问题，那么 Dramatica 或者类似的软件也许对你有用。

写作工作坊、讲座以及课程

写作是一件孤独的事情。如果你是个新手的话，可能还不认识很多别的作者，也可能不认识很多对写作充满敬意的人。剧本工作坊可以让你结识很多有志于写作的人，并从老师和其他作者中得到鼓励和同志之谊。

很多人喜欢写作工作坊带给人的紧迫感和纪律性。工作坊为你的写作制定了具体的要求。在工作坊之外，你是有时间了才会写作，但是在工作坊里老师给了你一个截稿期限，他会看你的作品并且做出评价，因此你会挤出时间来完成。要去那些人少的工作坊，这样你才能得到足够多的关注和指点。如果老师只是在讲授，你大可以只去买他的书来看。如果他读你的剧本并且评价，而且课上有很多互动，那你就能学到在书本上学不到的东西。

工作坊有可能会很贵，因此你要保证自己选择的工作坊物有所值。老师是谁？是有署名作品的业内专业人士吗？他写的剧本拍出来了吗？她是不是一位经验丰富的剧本开发主管？他是不是有电影公司主管的经验？她有没有担任过电影作品的署名制片人？任何制片人和编剧只要名字出现在电影上，你就可以在 IMDB 网站上查到。但是你要知道，在剧作家一部拍成的作品后边都有四到十部作品是没被拍出来的。同样，制片人每一部拍出来的电影后边都有十几个剧本是没做成电影的。正常情况下，剧本医生因为其工作往往是集中改写某些段落而不会署名，而开发主管和经纪人署名的情况就更为少见了。

如果老师既没有任何署名作品，又没有在业内做了多年的主管，只是靠工作坊来养家糊口，那么其权威性来自何处呢？从另一方面来说，如果一个没有署名作品的老师有一本让你觉得很有道理的著作，那么你也可以从他的讲座或者工作坊里面学到东西。

一个非常重要的问题：你的同学都是些什么人？你付的学费，其中有一部分就是为了让你有机会结识一些可以一起创建写作小组的人。如果别的作者水平还不如你，那么他们在小组里也不会对你有什么帮助，而且工作坊本身也可能以他们的水平来定调。但如果他们的水平比你高得多，那么你也很难和人家建立起一种写作关系。

不要让自己变成工作坊的奴隶！如果一个工作坊让你的写作启动起来了，那么很好。但是如果工作坊占用了大量你应该用来写作的时间的话，那为什么不把钱省下来，并让自己先写起来呢？

如果你要找的只是对自己作品的评论的话，那么顺便提一句，你可以找一个剧本顾问。剧本顾问给你作品的关注要比你从工作坊里获得的关注多得多，因为在工作坊里你只是众多学员中的一个。工作坊里你可以结识一些志同道合的作者，并且得到鼓励；一个顾问能给你更具体、更深入的评论。

上写作课，其优缺点和工作坊差不多，如果你是在自己正就读的学校或大学上写作课的话。选修这样的写作课程既不多花钱又能得到学分，那何乐不为呢？

在娱乐界有两个人气很高的讲座：约翰·特鲁比（John Truby）和罗伯特·麦基（Robert McKee）的独立讲座。讲座中用到了约瑟夫·坎贝尔提出来的部分理论，用一种结构剖析的方式来理解故事。我个人觉得这个理论很有趣，有时候也可以让你作品中的问题凸显出来，但是用理论来建构一个故事是很危险的。如果你不是一边写作一边寻找新鲜灵感的话，就很容易让你的故事掉入俗套。感兴趣的话，可以买麦基的书或者是特鲁比的磁带来试试，然后再决定是否参加讲座。

舞台朗读

在舞台朗读中，演员坐在椅子上读出你的剧本，有可能是对着你念，也有可能还有其他观众。每个演员读一个或者多个角色的对白，也有人读出动作。

如果你的演员们有机会可以边朗读你的剧本，边揣摩人物，那么你就可以听到自己的台词是否有生气。你也会知道哪场戏可以，哪场戏不行。你会听出来对白是不是过于直白、生硬，或者不易上口，或者干脆就是啰唆。演员们对角色的理解也会和你不一样，这意味着要么你需要重写这一部分，要么就要根据自己从演员朗读得来的感觉进行改写。

舞台朗读这一方法，只对一些对白比较重要的剧本有用，尤其是剧情片。这就是为什么话剧在上演之前，一般都要先用舞台朗读的方法试一试的原因：和写在纸上枯燥的文字相比，话剧读出声来才更容易让人去欣赏。对白可以在舞台朗读中获得生命。动作却不能：你最多能用充满激情的语调来念动作描述而已。

好的演员们一般都不喜欢免费做这个。但是如果你告诉他们导演或选角导演会在场的话，他们有时候会参加舞台朗读，因为这是他们展示自己的机会。在寻求帮助时，舞台朗读不是最好的方法，因为这实在需要大量的前期组织工作。大多数人只有在剧本润色完成后才搞这样的活动，其目的往往是向影片潜在的投资人进行展示。

如果你得出一个印象，觉得我对写作课程并不是大力推荐的话，你的印象没错。我发现最有效的学习写作的方式就是写作本身。如果一门课程可以帮到你，这很好，但是上写作课不是必须的。不过，导演、剪辑、表演、融资还有包装这类的知识，是很难自学的，所以上这些方面的课是有道理的。任何和电影行业相关、和电影制作艺术相关的知识，对你成为一名熟练的剧作家都是大有裨益的。

再补充一点。我觉得表演课对于我的写作来说，意义重大。表演的训练有助于让你了解下边这些问题：当一个演员拿到你的剧本时，他会怎样去理解？写电影剧本和写散文有什么不一样？演员演绎你的剧本时，他的创作过程是怎样的？

剧本写作顾问

让顾问看你的剧本，然后告诉你哪里写得不好，怎样改进。一个顾问的开价从一百美元到一千美元不等，也有可能更多。

一些顾问是非常出色的剧本分析专家。他们会仔细看你的剧本并对其进行认真研究和思考。他们会给你非常细致的评论，精确地指出哪些地方是需要改进的，而且还给你非常新鲜、聪明而且原创的方法来改进它。一个好的剧本顾问还会针对剧本的具体缺陷向你讲解剧本写作的基本规则。

另外一些成功的顾问会把你的剧本拿给一堆学习电影的学生，学生们对照着标准表格上的问题给剧本打叉或打钩。最后秘书会根据表格上的答案把现成的标准反馈意见整理汇总在一起。

我说的第一种顾问是值得花大钱的。你用几个月时间写出来一个剧本（至少我希望是这样的），如果你敲错了门，那么几个月的努力就会付诸东流。但认真的、精确解剖式的点评会挽救你的剧本，让它走上正道。你说你的时间值多少钱？

第二种顾问也许也是有用的，因为就算是大学生，也能给你一些有用的反馈意见，尤其是那些每周都读上几十个剧本的学生，但是他们给出的意见可能会很浅显。那也就值一个评估报告（coverage）的价钱，就是五十美元吧，而不是许多顾问要的一百美元的价格了（一个评估报告，就是制片厂让审读员做的工作：写一个简短的故事梗概，再加上几页的评价）。

如果你决定花钱雇一个剧本顾问，就要把这当做一次完整的学习体验。在你的写作过程中都犯了哪些错误？你在钩子上花的时间是不是太少了？你是不是在动笔之前对故事的打磨不够？下一次你要怎么做才能更好？花钱缴了顾问费就应该尽可能让它的价值最大化。如果你有后续问题，试着先自己解答。总之，有问题的话，尽管向剧本顾问提出来，用不着难为情。

7.6 尽管写吧

本章所提到的方法，都能帮助你写好剧本。但是没有一个方法可以帮你把剧本写出来。只有你自己才能把剧本写出来。

不管你是怎么写的，能写出剧本的方法只有一个：坐下来，开始写。有时候，和朋友混啊、先睡一觉啊、或打扫房间啊这样的事儿会偶尔让你获得灵感，解决某个具体剧作问题。但说一千道一万，只有写才能解决写作问题。作家嘛，不写怎么是作家呢？

强迫你自己完成那些已经开始了的计划吧，或者至少你要把每个阶段的工作做完。如果你已经有了钩子，那么就把故事大纲写出来吧。如果你已经开始写剧本了，那就把它写完。写出来了，你就会学到很多，感觉很好。我自己经常写到一半的时候觉得很沮丧，但是写完之后，会发现当时认为糟糕的东西其实很不错。如果我当时停下来不写了，那么我手上就会有个半吊子剧本，而不是一个完整的好剧本了。

不要担心写出来的东西太差。你的初稿可能很烂。有时候你只是需要把东西写下来。虽然写一些你明知道很烂的东西是挺没劲的，但是如果你被一场特别没感觉的戏挡住，没法继续的时候，你需要先把这个"糟糕的版本"写出来，这样才能继续往前走。写完了，你随时都可以折回来，对"糟糕的版本"进行修改。

Chapter 8

深度修改

REWRITE

你必须杀死你自己的宝贝儿。

——尤多拉·韦尔蒂

　　如果你的作品还没有达到让自己觉得无懈可击的地步，就千万不要让任何经纪人、制片人、导演或是演员看。就算他们央求你那样做，也绝不要妥协。制片人强烈要求拜读你未经打磨的剧本，因为"有个导演告诉他疯了一样在找这样一个本子"。但是到时候他就全忘记了你曾经跟他说过，自己的本子还没有修改妥当。结果呢，导演对你的本子一点都不宽容，制片人觉得你不知道怎么修改自己的剧本。娱乐行业的人喜欢刻意制造一种紧迫感。他们要读你的作品，而且是马上就读，可是拒绝粗陋的作品时他们比谁都快。好东西总会为自己找到出路的。若没有一个吸引人的钩子，剧本最常见的死法就是编剧没有花时间反复修改、反复思考和打磨作品。记住，要一击即中。

　　时间会提供给你不同的角度去看待自己的作品。在你专注写作的时候，想要后退一步审视自己写的东西是很困难的，所以，你需要时不时地把手上写的本子放下来。

> 在作品没有尽善尽美的情况下，不要拿给
> 经纪人、制片人、导演或是演员看。

坚持不断地修改，谁的初稿都不是完美的，你需要回顾每一场戏的设置以确定它尽善尽美了才罢手。重新审视作品的节奏、故事的逻辑以及人物的塑造。你需要把自己当做制片人读一遍剧本，把自己当做经纪人读一遍，再把自己当做明星读一遍。

准备好拿出当时写剧本那么长的时间去修改剧本，而修改时间也许会更长。同时，你要不断地一再质疑剧本的方方面面。这太不容易做到了，因为当你拥有了自己喜欢的东西，你就不会想冒着失去它的风险再去改变它。

> 把每一稿都当做第一稿来对待。

每一稿都是初稿。你也许已经将剧本写得非常精致，每一段对话都很精彩，每一个动作都清晰透明、跃然纸上，每一场戏都衔接得顺畅自然。这时候一个糟糕的家伙提出一个颠覆整个剧本的新想法，比如主角应该是一个女人，而不是男人；故事应该有一个悲剧的结尾，而不是欢乐的结局；故事中的爱人应该是一个骗子。而用这些糟糕的点子拍出的片子会比你写好的那个剧本好许多。

你必须舍得扔掉所有那些你已经精心打磨出来的东西。否则，你只是在不停地将一部蒸汽机擦得更亮而已，而忽视你本可以拥有一个或许丑陋、肮脏和难闻的喷气发动机。

你要坚持不停地修改自己的剧本，直到你才思枯竭为止，直到没有任何一个读者有其他意见，又或者你觉得无法从他们的评论中得到改进为止。只有到了这个时候，你才能将你的剧本寄给经纪人或是制片人。

在完全修改润色好之前，要仔细检查以确保你的剧本格式正确，装订规范。

8.1 剧本格式

如果你是用剧本格式辅助软件写作的话，那么你可以忽略这部分的内容，你什么都不需要做格式就是正确的。不是的话，就得确保你使用的是正确的剧本格式。不然，你就会显得很外行。人们会把你的本子丢给无足轻重的助手，那剧本的命运就可想而知了。格式基本要求如下（附录二有具体范例）[①]：

▶ 必须是打印格式，字体只用 Courier 12，不要使用黑体字或两边对齐方式。

▶ 标题页的中间位置要写明剧本名和作者姓名，右下角要注明作者的联系方式（包括电子邮箱地址）。

▶ 不要在剧本上写具体时间，或是第几稿。因为若是有人在四个月或是四年之后发现这个剧本，你肯定不会希望他们因为这个稿子太老而把它丢掉。

▶ 不要附有任何空白页。

▶ 不要加入"献给某某"之类的语句，尤其不要用外语写这类句子。

▶ 避免将剧中人物表附在剧本中，换句话说，不要专门介绍每个剧中人物。这是剧院的惯例和电视剧在制作中使用的东西，但不能在拿去兜售用的剧本中出现。

▶ 首页开始的文字为淡入：

▶ 不要在首页中再写一遍剧本的名字以及编剧的姓名。

▶ 边距从左开始分别为 1.25 英寸（约合 3 厘米）和 7.25 英寸（约合 18.5 厘米）。

▶ 除第一页外，每一页的右上角要标清页码，在距右边框 1 英寸（约合 2.5 厘米），上边框半英寸（约合 1.2 厘米）的位置。

▶ 转场应全部大写，边距分别为 4.25 英寸（约合 11 厘米）和 7.25 英

[①] 以下为英文剧作的写作格式，仅供参考。——译者注

寸（约合18.5厘米）。比如"切到（CUT TO）:"

▶ 时空提示行应全部大写，格式如下

内景。乔的店铺—里屋—日

或

外景。草地—夜（暴风雨）

▶ 不要给每一场戏编号。

▶ 剧中人物名字应全部大写。页边距为3.25英寸（约合8厘米）和6.25英寸（约合16厘米）。

▶ 附加说明页边距分别为2.75英寸（约合7厘米）和5.75英寸（约合15厘米）。

▶ 对话的页边距应分别为2.25英寸（约合6厘米）和6.25英寸（约合16厘米）。

▶ 每一处转场、每一个时空提示行、每个动作描述行或者每段对话行中间都要空一行。千万不要在人物名字或者附加说明的后面空行。不管什么情况，最多只空一行。

当同一人物在动作描写之后再次说话的时候，在人物名字旁边注上"继续"。

> **乔**
> 这地方不错。
>
> 他四处看看。
>
> **乔（继续）**
> 不过，再刷一层漆更好。

否则粗心的读者有可能会在第二个"乔"那儿出错，认为那是另一个人物的回应。同样的情况也适用于换页时。

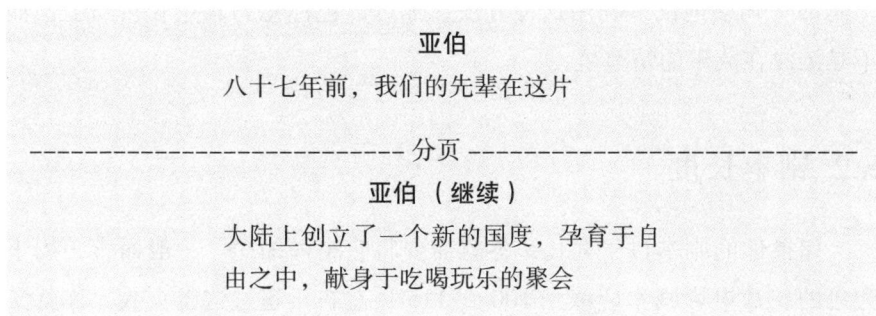

> **亚伯**
> 八十七年前，我们的先辈在这片
>
> ---------------------------- 分页 ----------------------------
> **亚伯 （继续）**
> 大陆上创立了一个新的国度，孕育于自
> 由之中，献身于吃喝玩乐的聚会

对于拿来兜售用的剧本来说，（继续）是唯一一个格式方面的提示词语。剧本格式辅助软件会添加你并不真正需要的提示词语，你可以重设偏好选项，以便把它们排除出去。你不需要在页面底端标上（下页继续），以表示这场戏在下一页依然继续，或者在页面的首尾部分注上（继续）以表示一场戏的持续。这些格式用的词语和场景编号只出现在已经进入前期制作或正在制作的剧本中，目的是使每场戏之间的衔接更为流畅。但是在以兜售为目的的剧本中，这些东西只会对阅读产生阻碍作用。

不要写"开场字幕"以及"主要演职员表"这样的东西。就算你坚信开场字幕设计得很好，适合做演职员表的背景，也不要这样写。那都是导演的事。

要是你的完成本不符合长度要求，太长或者太短，那么无论你怎么改变页边的宽度都是会被看出来的。

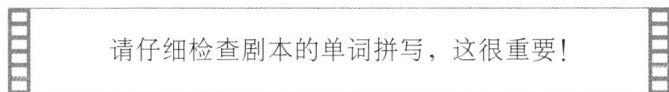

> 请仔细检查剧本的单词拼写，这很重要！

检查剧本中的单词拼写。不要仅单靠拼写检查程序来纠错，还要用眼睛看。如果我发现"你的"（your）写成了"你是"（you're），而"它是"（it's）错写成了它的（its），那么，我会把这些剧本当作废纸一样处理了。对那些以读剧本为职业的人来说，错误的拼写是一种身体上的折磨。一个拼写错误百出的剧本，读完了让你觉得故事好极了，这种事我从来没碰到过。检查拼写是否正确的最好的办法就是倒着读（backward），一句话一句话地读。利用这种方法，你可以把注意力集中在拼写上，而不是沉浸在故事的情节里。

8.2 剧本长度

如果你的剧本过于冗长，你就需要将它精简缩短。一般而言，用于兜售的长片电影剧本应该是 100 到 115 页左右，超过这个页数，你就又为读者提供了一个拒绝这个剧本的理由。如果你所写的剧本是史诗题材（比如《战争与和平》），那么控制在 120 页左右，即便如此，一旦你超过 125 页的话那就是自己找麻烦了。在你审阅过上千个用标准 20 磅纸（相当于 75 克纸）印出来剧本后，只要你拿起一个剧本，马上就能感觉到这个本子是否符合长度要求。一个 130 页的电影剧本看起来和摸起来都会让你觉得肥重。

对剧本长度的要求之所以如此缺乏灵活性是因为：按照标准的剧本格式，每一页剧本相当于一分钟的电影时间。那些我接触过并成功拍成电影的剧本，基本上是一页纸一分钟。也就是说，一个 130 页的剧本意味着要拍成一部 2 小时 10 分钟的电影。更糟糕的是，改写编剧（rewriters）和导演往往总是在不剔除任何情节的基础上加戏，结果让本来已经是很丰满的剧本，到最后变成了肥仔。

放映商们不喜欢任何一部超过两个小时的影片。试想一下，如果在周末的晚上他们就有两场放映时间，比如说，分别安排在 7:30 和 9:45 开始。他们至少还需要十分钟的时间清扫影院场地，十分钟的时间留给广告及预告片的放映。如果一部电影超过两个小时的话，就会将下一场拖延到 10 点以后才放映，这对于那些第二天一早就要赶去上班的人来说，是很难以接受的。将 7:30 要放映的影片提前到 7:00 放映，这样行不行？这样的话，上班的人就没有足够的时间回家更换舒适的衣服，吃点晚餐，再出门去看电影了。所以放映商会施加压力给发行方（大制片厂），要求他们不要接受时间过长的影片，发行方又转而把这种压力施加给制片人。所以，尽你的所能把剧本控制在 115 页左右吧。

一部为直接做成碟片的低成本电影而写作的剧本，长度就不能超过 99 页。一般影碟发行商会要求每部电影不少于 92 分钟。然而电影剧本的页数越多，就要花费越多的时间拍摄，而时间就是金钱，因此很少会有低成本的商业片长于 95 分钟的。

喜剧剧本的长度会更短，很少有超过 100 分钟的。伍迪·艾伦曾经说过喜剧片的理想片长应是 87 分钟。牢记：喜剧片的片长越短，幽默的势头就越容易保持。要是你正在筹划的喜剧剧本超过了 110 页的话，就把最不有趣的 10 页拿掉吧。

8.3 如何装订你的剧本

不正规的剧本装订从一开始就会给人留下不好的印象。如果你的剧本外观与那些制片厂或经纪人送来的剧本有所不同，人们就会认为你是个外行，而把你的本子直接丢给下面那些无足轻重的人了。

剧本应选用 3 孔 20 磅（相当于 75 克纸）规格的纯白色纸张，两枚 1.25 英寸（约合 3.2 厘米）铜钉装订（Acco 5 号铜钉为宜），并在铜钉底部安装垫圈，用制卡纸制作封面和封底。可以在欧迪办公这样大的办公用品商店购买铜钉。垫圈会有些难找，如果找不到也没有关系，但是软垫圈可以有效防止封底脱落。

为什么是两个铜钉而不是三个？因为装订一个剧本只需要上边和下边两个就够了。制片厂和经纪公司每星期都要复印上千本剧本，给中间这个用不着的孔装订既费钱又费时间。

请勿使用 3 英寸（约合 7.6 厘米）铜钉（过长）或者过细的 7 号铜钉（装订不牢）。一些人使用铝螺丝钉（又名芝加哥螺丝钉），但这种钉并不规范，而且对于 120 页的剧本来说，它有些过长。千万不要使用那种用滑动器装订剧本的折叠金属条，看起来多少有些可笑。我个人读剧本时，喜欢把下边的钉拿出来，这样我翻篇儿就容易些。但是有了折叠金属条，这就没法做了。也不要用螺旋丝（spiral–bind）装订你的剧本。如果我们对你的剧本感兴趣，就会复印很多份分发给别人阅览。你要是亲手试过把螺旋丝装回本子里的话，你就明白了。

把剧本封底铜钉的尖部弄平，以免刮坏衣服。如果剧本装有垫圈，只需用锤子砸几下即可轻松把钉尖弄平。如果没有垫圈，只需弯曲每个铜钉然后再用锤子把它们敲平即可。

封面和封底需用 80 磅（相当于 40 克纸）的硬卡纸制作。任何一家复印社都有硬卡纸出售，而且还可以帮你打孔。请勿使用透明塑料封面。为了能更吸引人，可以选用 9.5 × 11 英寸（约合 22.9 × 28 厘米）的皱纸。这种纸可折叠过来包住铜钉的尖头。我常去的一家洛杉矶复印店会帮我选的硬卡纸折叠好。你也可以试试看问你常去的复印社是否提供同样的服务。

如果你生活在美洲以外的大陆上，看能否找到 8.5 × 11 英寸（约合 21.6 × 28 厘米）的纸。用 A4 的纸印剧本看上去有些怪。但如果你就是找不到标准的美国纸，那也用不着想太多。

不要把片名影印到封面上。

一些环保人士（例如威廉·莫里斯经纪公司［William Morris Agency］）为了节省木材和运费，也为了携带方便，选择双面复印剧本，但如今他们已经不再这样做了。双面印剧本不便于阅读，助理们也为了复印它们伤透了脑筋，所以我并不推荐这种做法。

现在你只剩下最后一件工作要做了，事实上我希望你一直在为此努力，那就是不断完善你的片名，现在终于到了敲定它的时候了。

8.4 片　名

在第一章讨论钩子的时候，我们说，你有了钩子的同时也有了一个临时的片名。我的建议是，应该至少拿出写剧本所用的十分之一时间来研究片名。在递交剧本之前，片名的完美与否还无足轻重，但是现在，片名就至关重要了。

一个糟糕的片名会让整个电影项目在任何一个步骤上流产。尽管《肖申克的救赎》（*The Shawshank Redemption*）好评如潮，但在上映了三个月的时候我还是拒绝去看，因为我没法想象一个片名中含有救赎两字的监狱题材电影除了说教外还有什么其他的内容。如果导演兼编剧弗兰克·达拉邦特（Frank Darabont）写信询问我是否愿意读一读《肖申克的救赎》，一部构思精巧的监狱题材电影，我想我会把信丢掉。那于我可算是犯了个大错误，但对他也没有任何好处。

你坐在别人办公室等人家把电话打完的时候，要是看到一个好的片名，就会忍不住把剧本拿起来翻阅。有一次，我看到一个叫做《嗨，她没说实话》（*Hello，She Lied*）的剧本，因为觉得名字巧妙，我便拿起来读，待制片人打完电话时，我已经读了五页。如果那些内容抓住了我，我有可能会联系编剧的经纪人。

片名在多种层面上起作用。它可以从字面上传达电影内容，暗示电影的氛围，对电影进行评论，将一个简单的故事提升至神话或寓言的高度。它可以勾住我们，让我们忍不住去读剧本或看电影。只要有个独具匠心的好片名，这一切都可以实现。以下便是片名的一些基本类型：

说明性片名

大多数说明性片名会告诉你这部片子到底是关于什么的。

以著名人物命名的：

《邦妮和克莱德》（*Bonnie and Clyde*）

《甘地传》（*Gandhi*）

《阿拉伯的劳伦斯》（*Lawrence of Arabia*）

《亨利五世》（*Henry V*）

《罗宾汉历险记》（*The Adventures of Robin Hood*）

片名就是故事：

《莎翁情史》(*Shakespeare in Love*)

《圣诞怪杰》(*How the Grinch Stole Christmas*)

《史密斯先生到华盛顿》(*Mr Smith goes to Washington*)

《大逃亡》(*The Great Escape*)

《地球停转之日》(*The Day the Earth Stood Still*)。

根据主人公的类型起名:

《疯狂店员》(*Clerks*)

《角斗士》(*Gladiator*)

《局内人》(*The Insider*)

《毕业生》(*The Graduate*)

片名来自于环境或情景:

《关山飞渡》(*Stagecoach*,英文名直译为驿站马车)

《码头风云》(*On the Waterfront*)

《星球大战》(*Star Wars*)

《从海底出击》(*Das Boot*)

片名本身就是一个麦格芬(MacGuffin)[①]:

《浴血金沙》(*The Treasure of the Sierra Madre*)

毋庸置疑,《甘地传》讲述的是甘地的故事,《毕业生》应该讲的
就是一个刚毕业的学生的故事。说明性片名让可能有兴趣的读者一下子
就知道了影片内容。看到剧本片名《角斗士》,读者便知道这是一个关
于古代竞技场斗士的故事,那些想看竞技场题材电影的人就会阅读剧本
或至少粗略地浏览一下。那些在寻找下一个《角斗士》这样古罗马大片人,

---

① 麦格芬是希区柯克为描述"众人追求之物"而创造的一个电影故事术语。——译者注

如果拿到一本叫《斯巴达克斯》的剧本，就会马上把它读完，因为他知道这个剧本肯定是关于奴隶起义领袖斯巴达克斯反抗罗马的故事。如果我在寻找一部神秘的惊悚片，我就马上去读一部叫做《驱魔人》的剧本。说明性片名打的就是让人一目了然的牌。

说明性片名在表现钩子时最有用：《莎翁情史》、《亲爱的，我把孩子变小了》（*Honey，I Shrunk the Kids*）、《疯狂的乔治王》（*The Madness of King George*）[①]、《50英尺高的女人》（*The Attack of the 50 Ft. Woman*）。商贩中流传这样一句古老的谚语："卖的不是牛排，是煎牛排的嗞嗞声。"直接告诉读者电影内容不如只提供线索来得有效。线索可以让读者好奇，让他们绞尽脑汁琢磨线索背后的东西。这个问题正好让我们借机看一看说明性片名的反面。

神秘性片名

这种片名不会展现影片内容，其意义可能在电影结尾处才让人恍然大悟，但有时也不一定。总之，你只有读完剧本或看完电影才能知道名字的意义是什么或名字到底有没有意义。以下每部片子的片名都包含一个问题：

▶《黑客帝国》（*The Matrix*，英文名直译为矩阵）：矩阵是什么？

▶《银翼杀手》（*Blade Runner*，英文名直译为刀刃奔者）：刀刃奔者是什么？

▶《发条橙》（*A Clockwork Orange*）：橙子怎么会有发条呢？

▶《绿里奇迹》（*The Green Mile*）：那一里地在哪儿？它怎么是绿色的？

▶《神奇太空衣》（*The Wrong Trousers*，英文名直译为错的裤子）：裤子怎么会错？

▶《黄金三镖客》（*The Good，the Bad，and the Ugly*，英文名直译为好人、坏人、丑人）：他们都是谁？

[①] 原英国片名为《*The Madness of King George III*》，但当时有一种担心，III的说法会让美国观众产生错觉，以为自己错过了前两部，从而萌生索性就不看该片的想法。

▶《弹簧刀》(*Sling Blade*)：那是什么？

▶《她和他和他之间》(*The Opposite of Sex*，英文名直译为性的反面)：性的反面是什么？

▶《第三类接触》(*Close Encounters of the Third Kind*)：什么是第三类接触？

▶《七宗罪》(*Seven*，英文名直译为七)：七什么呀？

▶《M就是凶手》(*M*)：M什么呀？

▶《落水狗》(*Reservoir Dogs*，英文名直译为水库狗)：这是啥玩意？

这些片名卖的其实都是所谓"嗞嗞声"。它们之所以有效是因为，虽然片名不包含直接信息，但是字里行间传递情感意义。《银翼杀手》暗示有人在奔跑，再加上刀刃的意象，读者会联想到动作、暴力威胁，进而推理这是部动作惊悚片。（该片改编自菲利普·K·迪克［Philip K. Dick］的故事。如果保留其原名《仿生人会梦见电子羊么？》［*Do Androids Dream of Electric Sheep*］的话，听上去会有点恶搞。）《神奇太空衣》中的裤子（trousers）这个词对美国观众来说本来就怪怪的，而错误的裤子这个组合则更加怪异。当然，这就是一部怪诞的喜剧。《黑客帝国》中所谓矩阵（Matrix）是一个高科技词汇，词尾的"x"让人有点心惊胆战，非常适合做科幻惊悚电影的片名。至于《她和他和他之间》名字中的性（sex）这个词……呃，肯定会有很多人去看，对不对？

要是你的故事题材不招人喜欢，但你觉得观众只要看完全片就会改变看法，在这种情况下，神秘性片名就会对你大有帮助。《发条橙》讲的是一个有着畸形心理的流氓以伤害他人为乐趣的故事；《弹簧刀》的主人公是一个患有智障的杀人犯；《绿里奇迹》是关于死囚区里狱卒与囚犯之间的故事；《M就是凶手》则是关于一个杀人成性、猥亵儿童的变态的故事。这些电影如果当初选择了用说明性片名来命名，那可能一出来就死了。不是只有题材才不讨人喜欢。《神奇太空衣》中，一个发明家被一个阴毒的企鹅逼得团团转，我不知道多少观众会花钱去看这样一部片子。但是，如果片名本身就向观众挑明了这是一个搞笑的喜剧，情况就会不一样。只要选对了，哪怕只一个词，就可以唤起人们的共鸣，传达出影片基调，而又不会透露过多内容。《异形》《大白鲨》《精神病患者》《铁血战士》《不可饶恕》就是这样的片名。

中性片名

▶《唐人街》(*Chinatown*)

▶《桂河大桥》(*The Bridge on the River Kwai*)

▶《冰血暴》(*Fargo*，英文原指一个地名)

▶《莫扎特传》(*Amadeus*，英文直译为阿玛迪斯)

▶《安妮·霍尔》(*Annie Hall*)

▶《用心棒》(*Yojimbo*，该词的中文翻译是日语"保镖"音译而来)

▶《黑帮龙虎斗》(*Miller's Crossing*，英文直译为米勒十字路口)

▶《阿甘正传》(*Forrest Gump*)

中性片名与神秘性片名一样，不会透露影片内容。但是与后者不同的是，中性片名对票房毫无帮助。所谓中性片名就是以我们一无所知的名称、人物、地点为影片命名。名字的含义可能会随着故事的演进而显露。大多数人看了电影才会知道，阿玛迪斯（Amadeus）是莫扎特的中间名，在拉丁语中是"热爱上帝"的意思。在影片中，反派萨列艾里憎恨上帝，因为上帝赐予幼稚至极、娇生惯养的死对头莫扎特聪明才智，这些是萨列艾里认为上帝本来应该赐给他的；电影《唐人街》之所以叫《唐人街》是因为上一次杰克为正义而出手就发生在唐人街，那一次他失败了。影片结束时，他又一次遭遇失败。

如果担心透露过多的影片内容，中性片名是一个不错的选择。片名让人产生期待，所以如果你不想上来就把自己的影片定义得死死的，中性片名可以让读者与观众拥有一个开放的期待。伍迪·艾伦最开始的时候给电影《安妮·霍尔》起名为"Anhedonia"。这个晦涩的词的意思是"无力感受快乐",也正是电影男主角的悲剧缺陷。这个片名可能不仅会吓走电影发烧友,而且也会让人过多地关注男主人公的这个问题。如果把名改成影片中提到的《格鲁乔俱乐部》(*Groucho's Club*)也可能会产生同样的效果。而《安妮·霍尔》就不会吓走任何人,也不至于将电影定义得过窄。

关键在于,片名与钩子是吸引人们阅读你剧本的两个基本因素。如果没有人读你的剧本,证明片名是失败的。虽然也许你会说自己避免了对片子的过度定义,但这种自我安慰实在是没有意义的。我觉得上面提到的那些有着中性名字的影片应该都不是待售剧本,应该都是电影人自己开发的项目。对于那些写待售剧本的编剧来说,我不建议使用中性片名。

暗示性片名

▶《愤怒的公牛》(*Raging Bull*)

▶《雨中曲》(*Singin' in the Rain*)

▶《罗拉快跑》(*Run Lola Run*)

▶《冷血》(*In Cold Blood*)

▶《生活多美好》(*It's a Wonderful Life*)

▶《历劫佳人》(*Touch of Evil*)

▶《热天午后》(*Dog Day Afternoon*)

▶《美人鱼》(*Splash!*)

▶《冬之狮》(*The Lion in Winter*)

▶《现代启示录》(*Apocalypse Now*)

这些片名同样不透露电影内容。不过,的确有个名叫罗拉的人而且她明显在奔跑,但这点信息对于情节微不足道,对不对?但是暗示性片名略胜于神秘性片名,因为它们有一种传递电影的情感的功能;《愤怒的公牛》一定是关于一个既愤怒又生猛的人,对拳击题材的电影来说当然是完美的名字;《雨中曲》与《生活多美好》一定是基调欢快的电影;

《美人鱼》一定特别好玩①；《勇敢的心》肯定讲的是勇气与胆识，虽然这部电影结局并不一定美好，但你会看到人物为事业而冒险牺牲的故事；《热天午后》让人感到炎热和疲惫。这些片名卖的不仅是煎牛排的嗞嗞声，还卖牛排的香味。假如片名改编自流行词语，就会更有吸引力："冷血（In Cold Blood）""热天午后（Dog Day Afternoon）"，或是跟电影主题相关的俗语，比如"浮生若梦（All that Jazz）""香蕉（Bananas）"等等。

文学性片名

在片名中引用名句，就是巧用了一个精心构思、经受时间考验的短语，并利用了人们对该语句的所有联想（就我们此处的讨论而言，片名是否出自一本书名，是好是坏都无关紧要）。

▶《西部往事》（*Once Upon a Time in the West*）取材于童话小说的传统开篇语，从某种意义上暗示了电影是关于西部的一个童话。

▶《总统班底》（*All the President's Men*）也无法帮尼克松复原。本片片名来自童谣《矮胖子》（*Humpty Dumpty*）②，也使人联想到《国王班底》（*All the King's Men*）——一部讲述路易斯安那州长、美国准独裁者休伊·朗的早期电影。

▶《愤怒的葡萄》（*The Grapes of Wrath*）取材于《共和国战歌》（*Battle Hymn of the Republic*）一诗："他在践踏葡萄酒，这里装满了葡萄的愤怒。"这就将一个关于农旱区时代的贫困家庭的故事提升到神话的高度。

▶《飞越疯人院》（*One Flew over the Cuckoo's Nest*，英文直译为飞跃布谷鸟巢）取材于童谣《叮叮当当脚趾头》（*Tingle Tangle Toes*）："一只向东飞，一只向西飞，一只飞跃布谷鸟巢。"布谷鸟这个词有"疯狂"的含义，所以片名通过玩文字游戏，为剧中不同人物的奇特命

---

① 《美人鱼》的英文名"Splash！"直译过来是"水花四溅啦！"。——编者注
② 童谣说坐在墙上的 Humpty Dumpty 摔了下来，纵然有国王的全部班底，也都无法让他复原。

运做了伏笔（至少我是这么看的）。

▶《第六日》（*The Sixth Day*）指的是上帝在第六日创造人类。这部电影讲述一个人发现自己被克隆人取代的故事，片名为这个显得千篇一律的科幻惊悚片增加了道德分量。

▶《末日浩劫》（*End of Days*）如出一辙地运用了圣经中表示世界末日的词语，给这个神秘惊悚片增添了意义。

很多好的片名以同样的方式从流行文化中取材，选取那些具有多重含义的词汇，比如：

▶《危险第三情》（*Unlawful Entry*，英文直译为非法进入）

▶《交战规则》（*Rules of Engagement*）

▶《全民公敌》（*Enemy of the State*，英文直译为政府的敌人）

▶《本能》（*Basic Instinct*）

▶《太空英雄》（*The Right Stuff*，英文直译为真材实料）

▶《男孩别哭》（*Boys Don't Cry*）

▶《第一滴血》（*First Blood*）

▶《流氓警察》（*Internal Affairs*，英文直译为内部事务）

▶《高度忠诚》（*High Fidelity*，英文直译为高保真）

这些片名的优点在于，因为人们熟悉这些表达方式而容易抓人眼球，而且，它们也透露出电影的部分信息。《军官与绅士》（*An Officer and a Gentleman*）的片名来自于一个用来描述军事犯罪的说法："一个有失军官和绅士身份的行为"。扎克·梅奥（理查·基尔饰演）起初既不是军官也不是绅士，他努力使自己成为军官，但只有他对葆拉（德博拉·温格［Debra Winger］饰演）的爱才能让他成为绅士（本片放映的七年前有一部叫做《军法大审》［*Conduct Unbecoming*］的影片，讲的就是英国军官违法乱纪的故事）；《高度忠诚》指的不仅是唱片店老板（"fidelity"一词就是 hi-fi［高保真］中的那个"fi"），也表明主人公同其他人物的关系（"fidelity"一词也指的是"对爱人的忠诚［faithfulness］"）；《美国丽人》（*American Beauty*）不仅是影片中人物所养的一种玫瑰花的名字，也指代一个让影片主人公欲火燃烧的妙龄少女，它同样也是对美国生活方式的嘲讽。

说一千遍一万遍也不足以说明电影的片名有多么重要。它是第一个映入人们眼帘的东西，不论人家是在信中读到，还是从架子上随手拿到的（有人会在剧本书脊上用记号笔写上片名，但是剧作者自己不可以这么做）。片名是人们在头脑中处置你的电影的记号。如果你的剧本有幸进入开发阶段，你的片名是公司电影项目列表中唯一一个写在白板上的东西，片名会连同明星的形象一同出现在报纸的电影广告中，人们第一眼就会注意到它。

人们每读一次你的剧本，读到你片名的机会差不多有五十次，要保证出彩才行。

Chapter 9

把它拍出来！

GET IT MADE!

剧本写出来了。写剧本的快乐你体验了，写剧本的痛苦你也体验了。现在还有一个痛苦和艰难的沟坎横在你的前边：你要将剧本交到某个人的手中，某个愿意花钱买它并将其拍成电影的人。

9.1 途　径

你的任务，是让自己的剧本能够得到尽可能多的、有能力帮助你的读者，并且他们读得越细致越好。

为什么读者越多越好：读到剧本的人越多，显然你遇到喜欢它的人的几率就越大。最理想的情况是，你的剧本同时被两方看中，这样就能够形成互相竞价的局面。如果我是唯一愿意出钱买的人，你也就只能卖给我了；但是如果我需要和另外一方竞争才能得到你的剧本，那么你就有机会拿一个更好的酬劳。

有能力帮助你的人为什么重要：在你的剧本被送到最终能够说了算的那个人手里之前，它会经过很多中间人之手。这些中间人要么会直接拒绝你的本子，要么会将它递到上一层决策人的手里。如果人家说了"行"，那么意思是愿意跟你买本子或者买下剧本期权，只有最终那个大大的"行"才意味着会有人去融资将它拍成电影。而你的剧本经过的中间人越少，得到"行"的可能性就越大。

为什么读得越细致越好：当剧本走到了制片人和公司高管这些可以真正付你酬劳的人那一关时，你的剧本就会遇到其他竞争对手，而这些竞争对手已经具备了导演、明星、联合出品人、50%的资金等稳赚因素。对大多数公司来说，装在牛皮纸信封里的剧本源源不断地涌来，又一个接一个地被丢到蓝色的垃圾桶中变成废纸。你一定不希望有人会带着你的剧本到厕所去，随便翻上两页就把它扔进纸篓吧。你希望每个人都能够坐下来，仔细地阅读它，认真地对待它。

经纪人

如果不认识很具影响力的导演或明星，那么经纪人是你的剧本能够托付的最佳人选。一个文学经纪人作为你的剧本代理，将从你的剧本所得中抽取10%的佣金，因此他们会非常积极地为你争取最大利益，如果你没有拿到酬劳，他们也就只能空手而归（在图书界，图书代理的经纪人通常被称为文学经纪人，不论这些书是否是文学作品。但是在娱乐圈，剧本作者的代理人才被称为文学经纪人，而图书的代理人则称为图书经纪人）。

一个文学经纪人每天所从事的工作就是：

（1）给开发部的人和制片人打电话，给自己的客户找工作。

（2）给开发部的人和制片人打电话，试图让他们阅读和购买自己客户的待售剧本（所谓待售剧本是编剧自发创作的、没有拿制片人佣金写就的剧本，你现在写的就是这种）。

（3）跟业内人士一起吃饭聚会、参加派对，力争在此过程中实现（1）和（2）中的任务。

（4）当完成（1）和（2）的时候，代表客户讨价还价。

（5）参加由客户剧本拍摄而成的电影放映。

（6）回家读剧本从而决定这些剧本以及其作者是否值得去代理，从而让她更好地去完成（1）到（5）的工作。

她所要寻找的是一个匠心独运的、带有绝妙钩子的剧本。如果她认为你的本子满足这个要求，就会把你签下来。

这个过程应该是这个样子的：一个好的文学经纪人认识一大群对你的剧本而言有价值的业内人士。她经常给这些人送一些好本子，因此建立了良好的声誉。所以如果她说你的剧本好，那么很快他们就会阅读它。

一旦她签下了你，她会用一到两个星期的时间跟每一个自己认识的大制作公司开发部人士谈论你的剧本。接着在指定的日子，她会带着你的剧本"外出"。也就是说她带着整整一纸箱足足 30 份剧本，每份装在一个 9.5 × 12.5 英寸（约合 24.1 × 31.8 厘米）的信封中，信封上盖着经纪人的标志，并附上介绍你本人和剧本的信函。一家叫做"中间人"的快递公司会将纸箱带走并在三小时内将这些剧本分发到各个接收人手中。

接下来的时间就是等待电话响起了。准确地说，其实她不停地在拨电话，因为她还有其他客户需要代理。

她希望的是能够有两个制作公司喜欢你的剧本并且都想要买下它。只有投标战才会产生剧本卖出天价的奇迹，那种你能在行业杂志《综艺》和《好莱坞报道》读到的故事。如果一切进行顺利，那么一周内经纪人会找到一至两个买家，然后就是谈判和交易。

如果没有人买你的剧本，你的经纪人会尝试达成一笔期权的交易（期权的交易我会在下边进行解释），这时他会把你的剧本一本一本地往外寄。这取决于经纪人对你有多大的信心，他可能会跟你保持六个月到两年的客户关系，希望在这段时间内可以卖掉剧本或者剧本的期权，抑或是给你找到一份写作工作，这样你就可以写出一部他更容易推销的、新的、更好的待售剧本。在这期间，他会一直把你的剧本装在脑子里，这样一旦某个制片人或决策人提到想要类似作品的时候（"我们现在想要拍一部有关青少年的、带点棱角的电影"或者"我需要一部一定预算内能搞定的、马上就能在波多黎各拍摄的惊悚片")你的经纪人就可以说"我正好有一个合适的",然后送去你的剧本。

如果你住在洛杉矶，或者可以来洛杉矶几个星期，他会尝试为你和制片人以及开发部门那些喜欢但没买剧本的人安排会面。在这些会面当中，你谈论自己正在筹备的项目，倾听对方讲述自己正在做的事情。他们可能会考虑给你一份写作的活儿干，他们会给你一些素材，比如一本需要改编的小说，或者一部他们手里需要改写的剧本，然后他们会请你去阅读思考并给出自己的意见和看法，理论上来说如果你的意见是最好的，他们会聘用你来做改编（如果你没卖出过待售剧本，他们是否真的会聘用你来改编，我表示怀疑，虽然你给出的建议是最好的。所以你需要自己衡量花一个星期的时间等制片人打磨你的建议是不是值得）。

这些都是你一个人无法完成的。你不能一下子邮递出 30 份剧本，你不知道要寄给谁，而且即便是你有个很牛的钩子你也可能无法找来 30 个开发部门的人员来读你的剧本。你不知道这个剧本值多少钱，你要求的价格可能会过高或者过低。你不会知道什么时候应该接受买家提供的价格或什么时候需要等待更高的价格。你没办法促成一场竞标，你不知道什么情况下应该接受期权交易或什么时候应该坚持卖出剧本本身。

一个不成功的经纪人也比没有来得好。以下是这个道理的理由：

（1）经纪人会收取你薪酬的 10% 作为他们的收入。也就是说在你没得到酬劳的时候，所有的服务都是免费的。你也许需要付打印剧本的钱，但是你不需要亲自去填地址或把它们搬到邮局去。

（2）如果不是经纪人或律师送来的剧本，很多的制片人连读都不读。有人说这样做是防止打官司。我不确定为什么有了经纪人官司就能避免，但这确实是业内的规矩。如果你没有一个代理人，他们可能会叫你签一些授权表格，但也有可能他们干脆就拒绝看你的剧本。

（3）有一个经纪人意味着至少有一个人纯粹由于贪心的缘故喜欢你

的剧本。他并不是为了自己的健康而选择你的剧本，而是因为他认为你的剧本会有市场。即使只是个一般般的经纪人也说明：你的作品得到了他人的认可。

（4）如果你卖剧本，你就真的不应该亲自去讨价还价。大多数的作者不是谈判的高手，但是制片人是高手。而即便你是个谈判高手，谈判的人需要说一些让制片人感到不舒服而又不激怒他的话，你无法做到这一点。你需要自己的经纪人去扮黑脸，这样你可以扮白脸。

（5）如果你考虑写一个新的剧本，他可以告诉你是否有其他类似的项目已经在进展中，或者你的想法不像你想象中的那么有市场，节省了你的时间和烦恼。

总之，你需要个经纪人。

你如何找到一个经纪人？

最好的方式当然是找个认识他的人或者他听说过的人来推荐你，第二十二条军规？当然。

通常的方式是给经纪人发一封征询信。这和第一章中提到的征询信是一模一样的，但是信中要说你需要一个代理人。你很可能需要寄无数的征询信到不同的中介给不同的经纪人，期待至少会有一位经纪人赏识你的作品。

想要找到经纪人名字和地址，你通常需要在作家协会列表上找到各个签约中介。你可以给他们寄去自付邮费、并填好地址的信封以及1美元到洛杉矶西三大街7000号的美国作家协会，邮编CA90048-4329，或者你可以登录他们的网站：http：//www.wga.org 然后免费得到这些信息。

美国作家协会名单会指出哪位经纪人会接受主动提供的剧本。"主动提供"不是说你直接把剧本寄过去，你永远都不要这么做。它的意思是说这个经纪人不认识你，也没有人向他推荐你。不过这些经纪人通常不是最权威和炙手可热的经纪人，所以你还不如把征询信发给所有的人。

不要去找那些协会列表中没有的经纪人。我认为那些没跟作家协会签约的经纪不但没法给你提供帮助，甚至会对你造成不利的影响。

也不要考虑不在洛杉矶县（包括圣莫尼卡、贝弗利山和好莱坞西部）或是不在纽约市的经纪人。如果你是加拿大人，可以把多伦多考虑在内。也有为数不多的中介主要是在蒙特利尔和温哥华从事当地业务。我的名片夹中有 335 个文学和艺人经纪。除去一些在伦敦和巴黎之外，他们基本都在以下这些电话号码开头的地区：

（310）圣莫尼卡、贝弗利山、洛杉矶西区

（323）洛杉矶，至拉辛尼伦吉大道（La Cienega Boulevard）东部区域

（818）洛杉矶，圣费尔南多谷（San Fernando Valley）

（212）纽约市

（416）多伦多

（514）蒙特利尔

其中三分之二是在（310）电话号码开头的地区内。

其他地方的经纪人没办法帮你，因为他们不和那些重要的人一起吃午饭。如果我从亚利桑那州的经纪人或律师处收到一封信，那这封信对我来说，就像亚利桑那州的一个长途运输卡车司机写给我的信一样，不会引起我的关注。

不要考虑那些开讲座、在夜校授课、提供剧本分析或者任何以其他职业谋生的人，一个真正的经纪人应该是完全依靠他从客户处收取 10%的代理费用为生的。一个开讲座的人很可能主要收入来源于讲座本身，这样的人可能会把你的剧本给一两个人看，但是在他心中重要的事，我认为应该是让你去听他的讲座并收你 500 美元听课的费用，每人 500 元的讲座可以让他赚很多很多的钱（不过这个不意味着你不应该去参加那些你认为能够学到有用东西的讲座，我只是说你应该去找那些只有你赚到钱他们才能赚到钱的经纪人来给你做代理）。

不要把信寄到一个笼统的代理地址，你必须要把你的信件寄到一个

具体的人手里，不然它会被分配到一个无名的小辈手中（值得反复重提的是：在整个过程的每个环节中，你要避开那些小字辈，因为他们只能说"不"）。要尽力在每个中介中找出谁是最渴望机遇的年轻经纪人。他会是那个给你剧本最多关注的人，因为他还在壮大自己的客户群。

想要找出最渴望机遇的经纪人名字，你可以考虑先打电话给经纪公司。说话要大方，得体并简短，询问哪个经纪人可能对你的剧本最感兴趣并愿意给你作代理。如果前台接待不知道的话，你可以从专业报纸上（《好莱坞报道》和《综艺》）的每周"特别销售（spec sales）"栏目里找出经纪人的名字，或者你可以从《好莱坞创作通讯录》（*Hollywood Creative Directory*）中的《经纪人和经理人通讯录》（*Agents & Managers Directory*）中寻找。通讯录你可以在 http://www.hcdonline.com 网上买到，也可以打（310）315—4815 这个电话购买。你当地的电影书店里也有可能买到。

《经纪人和经理人通讯录》不会明说哪个经纪人又年轻又渴望成功，但是在每个经纪公司列表中排在最后的名字都是这个公司里影响力最小以及资历最浅的经纪人。事实上在娱乐圈里你每次见到一份名单的时候，如果不是按人名首字母排序的话，那么就是严格地按照知名度来排序的。大家对于知名度比自己低的人名字排在自己前面觉得很不爽，所以人们在做这样名单的时候都是小心翼翼的。

顶尖的经纪人配有顶尖的助理。所以另外一个找出你要把征询信寄给谁的方法就是去问一个顶尖的经纪人助理，他会接你的电话。向助理询问你应该再向另外的哪个经纪人寄征询信。

你不需要非得把所有的征询信都同时寄出。如果你不这样做，也许会偶尔接到一些友善经纪人在拒绝你的剧本后给出的反馈意见，这样你就可以进行修改。不过另一方面，如果你真的一次性把征询信都寄了出去，就有更大的可能出现两个经纪公司同时对你表示兴趣的情况，这样的话你就可以选择一个自己更喜欢的。

如果你非常的幸运，会有两个经纪人同时想要做你的代理，二选一有一个非常简单的公式：

热情 × 热情 × 影响力 = 经纪人对你的价值

一个十分热情的中级经纪人要比一个轻微热情的高级经纪人要好；不过无论有多热情，一个不被人重视的经纪人都很难发挥作用。一位身处明尼阿波利斯市里、把自己公寓当办公室的经纪人能够对你提供的帮助是有限的。但是一个（有助理，但是没有前台接待的）小型经纪公司里十分热情的经纪人可能要比一个顶尖经纪公司里热情不高的经纪人要强。

你如何知道一个人的影响力呢？看门面就能看出名堂来。如果你找到经纪人的过程越繁琐，他的经纪公司就越正规。如果你是通过前台接待，然后助理，再然后才见到经纪人的话，这说明你至少是在和一个拥有一帮经纪人并且可以聘用其他员工的、实力稳健的经纪公司打交道。经纪人只有在客户赚到钱的情况下自己才能赚到钱，所以一层层的员工表明了经纪人的客户们都有活儿干。而相反的情况下，如果你的经纪人在亲自接听电话，或者接听语音留言，那么他做得就没有那么好。

如果你的经纪人要求你支付复印剧本的费用，他很可能干得没那么成功。即便你是一个 B 级经纪公司的客户，你也只需要递一份干净的剧本或是传一份电子版的剧本就可以了。经纪公司打杂的小辈们会去负责打印，装订你的剧本，然后把它们送出去。一个不太成功的经纪人可能会叫你偿还他打印的费用，一个非常不成功的经纪人可能会要你付邮费，而如果一个经纪人向你索取其他费用的话——阅读费、顾问费、或任何其他的费用——那你要马上给作家协会打电话揭发他们。经纪人可以收取打印和邮寄的费用，但是无权收取任何其他费用。

任何一个非经纪人想要代理你的剧本的话，无论他是否收费，都可能无法帮到你。有一些网上提供的价格不菲的服务声称他们可以读你的剧本，读后如果喜欢的话会把它交到关键的人物手中。这种"服务"是以你付给他们的费用来赚钱的，而不是从为你赚的钱中收取佣金，所以你还是省省这笔钱的好。

如果一个经纪人愿意给你做代理，你可以也应当问他还为其他的什么人做代理，或者他过去一年里曾经售出过哪些剧本。把他的客户名字记下来然后到网上查一下他们是否有作品在案或是否成功。如果他没有成功的客户，他能够帮助你的几率会有多高呢？除此之外最好也去网上查一下她本人。两个月前的《综艺》上有没有报道说，他为某人的第一个剧本卖出了未拍 50 万、开拍 150 万美元的价钱。抑或是网上唯一提到他的地方，是在三年前加州大学洛杉矶分校学生报纸的一篇文章上。

我应该告诉你，现实中没有人可以以寄征询信的方式找到一个好的经纪人。好的经纪人是靠圈里的人际关系来的（是的，弗吉尼亚小姐：重要的不是你知道什么，而是你认识谁。没错，关于好莱坞的传说都是真的。而能让你在这里生存下来的是这些传说也不一定完全是真的）。不过，每个人都需要从一个地方开始。我自己的第一个经纪公司就是从作家协会那份接受主动投递剧本的经纪名单中找到的。那里的人并没有帮我卖掉剧本或者帮我找到份工作，但是他们让我参加了一些会议并使我有了一定的曝光率。这使我更轻松地找到了下一个经纪人，上了一个台阶，而下一个经纪人又使我更容易地找到了再下一个经纪人，从而又上了一个台阶，如此类推。

你要如何在演艺圈里从零开始建立人脉呢？杠杆原理。你用微弱人脉关系撬动相对强大的人脉关系，再用相对强大的人脉来为你打开一扇门。我们假设你已经递出去了一份剧本，虽然有人很喜欢它，但是并没有买。问问他是否可以给你介绍一个合适的经纪人，他很可能告诉你一位用坚持不懈的努力工作来弥补自己较低知名度的经纪人电话，一位一直寄给他处女作的人。而这样的经纪人正是你在这个阶段最需要的。现在你就可以给这个经纪人写一份征询信，并在开头写下"华虎制作的乔治·泰尔伯格建议我联系您"。一旦你的征询信得到了积极的回应，你就可以把剧本寄过去了。

　　顺便说一下，找一个经纪人并不需要你居住在洛杉矶。需要明确的是，当你的经纪人发送出你的剧本之后并给你安排一些会议的时候，你可以亲自到洛杉矶待上几个星期。除非你想要知道自己要面对的究竟是怎样的环境，那么在电影圈内找一份类似经纪人助手这样的工作是个不错的主意，否则的话不需要生活在洛杉矶。关于这个话题，你可以浏览我的网站，阅读关于常见相关问题的讨论：http://www.craftyscreenwriting.com/FAQ.html.

9.2 版　权

　　小才借用，天才干脆就偷。

——亚历克斯·爱泼斯坦

　　很多作家会担心有人偷自己的作品。经纪人是不会偷你的作品的，因为他们做的不是偷的生意。制片人一般也不会偷你的作品，因为他们实在太忙了。如果制片人喜欢你的作品，他们会花些小钱买下期权然后再让别人花钱来买，所以他们没必要惹官司上身。但是在你把剧本寄出之前，为防止万一出现的情况对剧本加以保护是对的。你甚至可以在只有大纲的时候就申请版权，虽然这样做并不能保护你写的对白。

什么是版权

　　版权是作者控制谁可以发表其作品的权利。从作者创作出可以申请版权以出售、授权或给予第三方作品的那一刻起，版权就是存在的。在版权法中，"发表"并不仅仅指图书的形式；它包括了所有可以复制给公众的形式，比如根据它制作的电影或话剧。

　　在古希腊时期是没有版权的。作家们为声誉而写作，当他们写的书被手工复制的时候他们不可能收到版税。在印刷机被发明了之后，收取版税变得可能了。但是在伊丽莎白时代的英国并没有版权法。无赖出版商们会时常派记忆力超强的家伙去观看有名作家的话剧，例如莎士比亚的。他们回家后尽其可能写下自己记住的台词，然后出版商会在原作者的正版作品出现之前出版他们盗来的版本。出版商也会贿赂演员去偷剧本。而一旦完整的作品被发表了之后，任何人都可以不付任何费用地拿去制作。

因此，版权的发明是为了确保作者可以得到酬劳。

什么情况下可以申请版权?

主要有四条准则来决定什么情况下可以申请版权：

▶ 作品必须是原著。如果你运用了莎士比亚的故事情节，这段情节你无法申请版权，只有与莎士比亚作品脱离的那部分可以。

▶ 必须是作者独立的措词表达。受保护的只是表达方式，而不是潜在的想法。比如说，你具体的对白、由几场戏组成的段落或者视觉意象、还有你刻画的人物，都可以申请保护，而你的概念得不到保护。至于什么是可以被盗用的想法，什么是想法的表达，是法庭根据具体案例来判定的。不过，如果是两句话可以概括出来的，那就是一个想法。

▶ 作品必须是无实际功效的形式。你不能给一份合约或说明书申请版权。

▶ 作品必须是有"可触摸载体的存在形式"，也就是说，它必须在纸张或者电脑中记载下来了，而不能是你在午餐中说话的内容。

如何行使版权?

在娱乐圈人们有两种方法来保护自己的版权。

美国作家协会会以30美金的价格为你的作品存档备案(剧本或大纲)然后给你一张带有注册编码的纸条，以提供独立的证明。证明你在某个特定的时间写了一部剧本或一个故事。这在今后如果有人盗用你的剧本时起到作用，但是：

> ▶ 注册的有效期为 5 年，5 年之后需要更新。
> ▶ 注册本身没有实际的法律效力，只能作为证据。

保护你剧本的更好方法是去华盛顿国会图书馆的版权注册处去注册。这样存档会在国会图书馆永久性地备案，这也是为什么国会图书馆是世界上最大的图书馆。

这两种方法在法律层面来讲有个明显的不同之处。作家协会给你提供的是私企的服务，并且没有实际法律效益。你的作家协会注册可以在法庭上为你提供证明这个剧本是你的。就好比有一份买房的合同和一张取消了的支票附着。而国会图书馆的注册是有法律效益的，就好像是在市政厅注册过的房产本一样。

如果有人侵权的话，就是偷了你的作品，而你要起诉他，这时候两者法律意义上的不同就显现出来了。如果你在作家协会注册了，你需要证明自己的作品被偷了并且为此蒙受了损失。而如果你在国会图书馆注册了的话，你有被称之为法定损害赔偿的权利，意思就是说你不需要提供自己蒙受损失的证据，只需要证明你的作品被偷了就行。

要在国会图书馆注册，你需要一张 PA 表格，你可以打电话至（202）707 9100 索取一份表格，或者也可以在网上下载一份 PDF 的 PA 表格：www.loc.gov。

请注意，把剧本装到信封里然后寄给自己是没用的（被称为穷人的版权）。你怎么证明不是今天给自己寄一个空信封，然后 10 年之后再在里面放一个你喜欢的剧本进去呢？

不一定非要是美国公民才能在国会图书馆注册版权。然而，如果你在大多数的国家都注册了版权，那么你在美国会直接被认为拥有版权。例如，如果你在比利时申请了版权，那么按照条约这个版权在美国也是受到保护的。如果你生活在一个新成立的国家，好比克罗地亚，或者是在一个像古巴、伊朗、朝鲜或利比亚这些同美国关系不佳的国家，那么你就需要在美国也申请版权才能够得到保护。当然了，你知道的，如果你是一名作家，那么在你写出犯错的东西之前最好早点离开古巴、伊朗、朝鲜或者利比亚。

你无法给一个想法申请版权，只有你的对白、人物，以及故事情节，也就是说，用来表达你想法的形式才有版权。不过你可以通过签合同的方法保护你的想法，如果你能够和别人达成一种协议，一旦他们用了你的想法就需要支付你薪酬，这样你就有了合同。如果他们偷了你的想法，你可以起诉他们违反了合同——即使该想法并不是你的原创而且你也从来没有把它形成文字。

一份书面合约是最安全的。原则上来说你只要在有证人的情况下说"如果你用了这个，我要求付给我钱"，那你就有了一份口头合约，但是你记得的事情别人未必记得，弄到最后，大家都不愉快。"口头合约"，就像传说中塞缪尔·戈德温（Samuel Goldwyn）①说的那样："还没写着它的那张纸贵。"

你只需要为你的作品申请一次版权。即使是你之后做了修改，也基本是相同的人物和故事情节，所以如果有人偷了修改过的版本，他们就触犯了你的版权。如果你彻底地改变了剧本，以至于别人偷的内容和原始版本没有任何关系了，那你就需要重新申请版权。

9.3 寄出你的剧本

把剧本邮寄出的最好方式是通过美国邮政。加急邮件会在 2—3 天内收到并且费用低于 4 美元。美国邮局免费提供加急邮件的信封，是用质地良好的硬纸板做的，采用爱国的红白蓝三色，大小正适合剧本。如果你想省钱的话，可以选择特殊四级费率，要比 6 张一级的邮票便宜一些。

---

① 好莱坞黄金时代八大制片厂之一的联美电影公司老板、制片人，曾经监制过导演威廉·惠勒的多部电影，如《呼啸山庄》（*Wuthering Heights*，1939）、《小狐狸》（*The Little Foxes*，1941）等。——编者注

这样会在一周到两周内收到，这样已经足够快了，考虑到很多人会用4到12周的时间去阅读你的剧本。不要用隔夜快递寄送你的剧本，这样只会让收件人不知所措。

你不需要为了保护剧本而将其放到文件夹里或者用气泡纸信封。那就是一摞纸，看在上帝的份上，不是骨瓷。

附一张得体的说明信，解释你是应他们的要求寄去你的剧本的。提醒他们你剧本的钩子是什么，感谢他们花时间和心思看你的剧本，并希望在他们方便的时候能够尽快给你回复。

剩下的事就是抱着希望等待了。

邮寄电子版

现在一些比较年轻的经纪人愿意通过电子邮件接收剧本。剧本最好用的电子文件形式是 PDF。PDF 是 Adobe Acrobat Exchange 公司出品的，不太便宜但是很好用的软件。你可以在商店中买到，或者到网站 http://www.adobe.com 上购买 PDF（eBay 市场上会有很高的折扣）。文件可以可以用 Adobe Acrobat Reader 软件查看。这是一个很多人电脑里都有的免费软件。免费软件也可以从 Net.PDF 上下载。PDF 文件在所有电脑及打印机上都是一模一样的。

其次，用剧本软件或者文字处理软件寄电子版剧本也可以，风险是经纪人电脑上显示的页码和你电脑上显示的不一样，尤其是如果你用的是 Mac 系统而他们用的是 Windows 系统。如果你用的是剧本软件的话就不会有太大的问题，因为分页会是正常的，但是如果你用的是文字处理软件，你的剧本在对方那里打印出来就很可能是不一样的。并且如果有人有你用文字处理软件写的剧本，他们可以在没征得你同意的前提下轻易地改动剧本，而用 PDF 格式的话他们就很难做到。

除了这些之外还有个下策，就是用微软 RTF 文件。RTF 让你在互联网服务干扰附件格式的情况下，通过邮件的形式传输用文字处理软件写好的文档；通常情况下 RTF 是 AOL（美国一款即时通讯软件）唯一可以接受的形式。它可读，但是会在意想不到的地方出现分页，还可能产生更严重的排版错误。

等 待

剧本到经纪人的手里几个星期之后，很多人会给经纪人打电话询问。有时候他们说只是确认一下剧本是否已经安全寄到了。他们的想法是，这样做的话可以让经纪人快些读剧本。而且如果他们已经读了但是不喜欢的话，会记得为什么不喜欢，因此能给你一些反馈。这些反馈可能会比较有价值，因为他们知道什么样的剧本有潜力。

而另一方面，打电话并不是必须的。如果你觉得听到拒绝和搪塞的话是件很痛苦的事，那么，你别忘了，如果他们看了并喜欢你的剧本的话，并且你在封皮上写了联系方式的话，那么他们会联系你的。如果他们没有打给你，就说明要么他们还没有读，要么他们不喜欢。

如果剧本经济人三个月了还没有读剧本的话，你的剧本在那儿是没戏了。它可能被弄丢了或者被扔在一边。他们不再在乎这个剧本，或者从来就没有认真想读的意思。这个时候了他们不会再去读了，也不会把它寄回来，所以再打电话去也没意义了。

把它要回来

有些人喜欢在寄出的剧本里装一个贴好邮票和写好回邮地址的信封。我从来不明白把剧本要回来的意义，如果你找到个便宜的打印店，打印一份剧本要比买邮票和信封便宜得多，所以如果你把剧本要回来的话有点不划算。而且即使经纪人真的留下了你的信封和邮票，然后在看完你的剧本后还能找到它们，你的剧本已经被弄脏了或到处都是咖啡渍，你在四个月之后拿回来，此时你可能已经改写了剧本，要它有什么意义呢？就让他们拿去再利用吧，省心，省事没烦恼。

有些经纪公司会出于礼貌自费给你把剧本寄回来（我曾有过一次收到了我没寄出过的剧本。他们把我发过去的 PDF 电子邮件打印出来，并完全出于友善把他们打印出来的剧本寄了给我！），但大多数不会，即使你是业内的职业人士也不会。就我个人的习惯来讲，我在看剧本的时候习惯在上面做标记，折页，有时甚至会因懊恼或过于兴奋把它们扔出去，所以在我看完之后剧本基本已经完蛋了。我的意见是，不要寄贴好邮票的信封。

9.4　经纪人说行

如果你有一个具备好钩子的精彩剧本，有经纪人说他愿意为你和你的剧本做代理。这个时候你可以给其他你寄去剧本的经纪人打电话，请他们在一个星期左右内读完你的剧本。

如果有两个经纪人都喜欢你的剧本，一般情况下你需要选择那个更有激情的。激情是非常难得的，如果他们对你很有激情，他们对其他人也会很有激情。

有的时候，经纪人会把你当做"屁股兜（back pocket）"客户的形式代理你。意思是说他们不愿意以公司的名义给你某种承诺，但是他们愿意私底下以个人的名义代理你的剧本。这不是一种很令人满意的安排，因为他们并没有给你真正的承诺。不过，这总比什么都没有强。

你的经纪人也许会立刻给你一份合同，但他没有这样做也不奇怪。通常的做法是在接下来的一年或两年里，经纪人分得你写作所得的10%。而如果在任何四个月的时间里，他没有为你的作品找到买家或者给你找到一份真正的工作机会的话，你可以解雇他。经纪人需遵守他所在州的法律，加州的法律就限制经纪人的佣金不超过10%。他们不可以把自己当做制片人去做事。只有在你的授意下，他才可以将你的剧本和其他客户（像导演和明星）打包兜售。而只有那些有实力的大经纪公司才有足够多的客户去这么做。

假如你没有经纪人

假如你从来也没有过一个合适的经纪人，那你就要自己去做那些经纪人的工作了，你要给那些制片人去发征询信。

而你怎么才能找到那些制片人呢？出版《好莱坞创作通讯录》的机构还出了一本《制片人通讯录》，在电影中以各种名义署名的制作公司都尽在其中。和给经纪公司写信一样，你的信是写给公司里具体的某位人员的。你希望信能送达到头衔像开发部副总裁，创作总监或者故事编辑的手里。

如果你的经纪人在几个月过后干劲儿弱下来了，那你则可以问他是否介意你自己发一些作为补充性质的征询信。你的经纪人通常会答应的，因为只有在你获得制片人的赏识并获利后，她才能获利。那时候他才能代表你跟对方谈合同并获取佣金。而如果她不想把事情搞复杂了，那么尊重她的决定。但一般说来，你应该利用任何机会推销自己的作品，经纪人的作用只是对你努力的一种补充。没有人会比你更重视自己的作品了，尽可能多见制片人。只要有机会接触电影圈的人士，就要搞清楚对方对你的哪个剧本有兴趣，并让对方同意接受你经纪人送本子给他。

寄剧本之前要了解对方是什么样的制片人。在你发送征询信或者约见之前，要知道这家公司都拍过什么。一家制作了十部儿童电影的公司可不会制作你的恐怖片，一家做文艺片的公司也不会需要预算 8000 万美金的科幻片。

给制片人寄征询信不是件简单的事情，制片人可比经纪人要多。通常情况下，他们都不会给你答复，哪怕是最简单的回绝信。但如果你的"钩子"足够精彩（还记得钩子的重要性吧），他们就会给你积极的回应。这种情况下，你就有机会将你的剧本寄送给他们了。

9.5 剧本创作比赛

许多人将他们的剧本寄给剧本创作比赛以获得制片人的重视。我个

人的观点是，这比赛就好像是中乐透一样。为了让这一个人赢得 1000
美元的奖金，需要两百或者更多的人要参与到比赛中来，每个人还要付
那 50 美元的资格费。这意思就是说，比赛组织者得到了 10000 美元的
收益却只花费了 1000 美元，我觉得这 9000 美元的收益可以解释为什么
有那么多剧本比赛活动。当然，赢得比赛可以使你的剧本让更多的人读
到，但我认为这无助于你卖出或拍出剧本。只有极少数的剧本比赛值得
关注，像"尼克尔奖金"（Nicole Fellowship）的"绿灯项目"（Project
Greenlight），以及弗朗西斯·福特·科波拉（Francis Ford Coppola）
的"虚拟工作室"（Virtue Studio），即"西洋镜工作室"（Zoetrope
Studio）。我认为大多数比赛的存在是因为有些人热衷组织比赛，而不是
要靠制作电影为生。我还没听说过哪个剧本因比赛获奖而被改编成了电
影。如果你愿意为你的写作爱好花钱的话，那么把你的剧本寄给剧本顾
问吧。这样的话，你起码可以学到一些东西，而你的剧本要是很优秀的
话，那它就有可能转到买家手上，这就像你有足够的运气赢得了一次比
赛一样。

9.6 制片人说行

如果开发总监或者制片人对你的剧本感兴趣，他会跟你签一份合同。
要是你没有经纪人的话，你就需要自己去谈判了。

然而，如果以前有经纪人对你有兴趣但没跟你签约，现在或许是回
去请他代表你去谈判的最佳时刻了。这意味着你的经纪人做了很少的工
作却收你 10% 的收益（法律上叫"报酬［compensation］"）。那也是
值得的，因为你的经纪人可以让你获得比那 10% 更多的收益，这点是你
自己做不到的，而且你也不会因为自己没把合同谈好而堵心。

如果你有经纪人的话，就不必与制片人面对面谈判，但你也不该把
所有的事都交给经纪人去办。清楚地告诉经纪人你的价位和可接受的底
线，以及你需制片人明确知道的事宜。合同对你有直接和长期的影响。

而你的经纪人，比方说，会关心你剧本的标价是 5 万美元还是 10 万美元，但她不会介意期权是 500 或者是 1000 美元，因为差别对他来说只有 50 块。经纪人不会介意你在整个制作过程中有没有参与创作的权利，或者有没有权利来拍摄现场，或者首映时是否被邀请，因为这些事情没有一分钱会落到他的口袋里，但是这些你会很在乎。

交易条约

对你的剧本来说，有两种常见的交易方式，一个是期权交易，一个是直接购买。在直接购买交易里，买家当场购买了你剧本的所有权利。从现在起，他们拥有了剧本，只要合同没限制，人家想拿剧本怎么着都可以，购买交易可以使你很快得到一大笔钱。买家一般绝不会跟你做彻底买断的买卖，除非别人也在抢这个剧本或者剧本在圈里引起了轰动。

在期权交易中，买家会付你一份很少的费用。作为交换，在优先期权期限内，也许是三到十八个月之间，他可以根据合约里的条款购买你的剧本。期权包含与直接购买条约相同的所有合同条款和条件，但是买家不必在决定购买你的剧本前付给你这么多的钱。

交易是场谈判，结果是你谈判谈出来的，而不是作品价值的体现。像所有的交易一样，除非谈判的另一方相信你不达目的就会退出谈判，否则，你能得到的就很少。

如果你是美国作家协会（WGA）即作家公会的成员，你不可以接受低于最低付款额的数额。最低付款额叫做"WGA 比例"或就干脆叫"比例"（scale）。那些签署了作家协会最低基本协议 MBA（即"Minimum Basic Agreement"）的制片人不可以支付你低于规定比例的付款额。但在实际操作中，大公司都拥有子公司（法务公司），而子公司并不是 WGA 的成员。这种公司存在的唯一目的就是他们可以签署低于 WGA 比例的协议。所以，如果你没有一个能干的经纪人，他们当然更愿意给你低于 WGA 比例的付款数额。

因此，在最低基本协议下，对于一部常规预算下的故事片的报价是不能低于 6 万美元的，而期权的付款也不能低于总款项的 10%，也就是 6000 美元。但是如果你不是"WGA"的成员，制片人也许只付你 500 或者 1000 美元，甚至一分都不付，而如果你同意的话，就只会拿到这么多。他们付你 1000 美元也没有什么不道德的。有许多的制片人就只能出到这个价钱，因为他们没有多少现金给你，他们全是靠别人的钱来制作电影的。而在他们自己拿到了投资你这部电影的资金之前，是没有钱给你。要是他们没拿下期权，也就没法拿你的剧本说事儿拉投资了，也不会用你的剧本来赚钱。所以呢，就是接受了 1000 美元的协议你也用不着感到难过，有 1000 美元总比没有强。你的制片人会因为自己投了钱而想法把片子拍出来。不成的话，期权期限一过，剧本又回到了你手上。

直接购买通常包括购买的价格和制作奖金。只有当制片人决定永久性地买下你的剧本时你才能看到直接购买价格。通常，制片人会拖到制作开始的前一天才付款，但提前给的情况也是有的。

当你的电影开始制作时，你才会得到制作奖金。这可以是一笔固定的费用，也可以是预算的一个百分比。如果是预算百分比的话，通常会有一个上限，奖金之前所付费用同奖金会形成一个比例。假如你的交易是 20 万比 50 万美元，那么购买价格就是 20 万，30 万是制作奖金，总计 50 万美元。因此，一个剧本交易的要点可能是这样的：

▶ 期权：2500 美元

▶ 期权期限：12 个月

▶ 购买价格：7.5 万美元或预算的 3%，上限封顶为 25 万美元。

▶ 如果影片预算为 100 万元，你将得到 7.5 万美元

▶ 如果影片预算为 250 万元，你将得到 7.5 万美元

▶ 如果影片预算为 500 万元，你将得到 15 万美元

▶ 如果影片预算为 800 万元，你将得到 24 万美元

▶ 如果影片预算为 850 万元，你将得到 25 万美元

▶ 如果影片预算为 1000 万元，你将得到 25 万美元

▶ 如果影片预算为1亿元，你将得到25万美元

如果你是与一位独立制片人合作的话，这是一个很合理的交易。交易是不是合理，全看你自己能否接受。但是我还是觉得不应该低于以下这个底线：

▶ 期权：六个月的期限，支付500美元；续加十二个月，需再支付1000美元。

▶ 购买价格：5万美元或预算的2%。上限封顶为20万美元。

大多数交易条款还包括基于你剧本而产生的续集、前传、重拍、电视衍生剧集等的标准费用。作者通常会得到纯利润的5%，这一般被叫做"纯利润分配参与"（net profits participation）或"利润点"（points）。利润点一般来说没有任何价值，这也就是为什么人们戏称其为耍猴点。但也不是没有这种千载难逢的好机会，即一部成本极低的片子大卖，因为动静太大，其利润没法掩藏，于是乎作者就能赚上一笔。例如，影片《四个婚礼和一个葬礼》制作费用只有400万美元，但却取得了1亿美元的票房成绩。我猜该戏编剧从他的利润点上赚了不少钱。利润点值得索要，但是你还要坚持利润点的定义，应该是根据"给予影片任何纯利分配参与者利润点的最好定义"。这样的话，如果有奇迹发生，别人不会在你前边瓜分纯利分配（参见附件一：期权协议样本中第3条款中的［2］款）。

如果一家电影公司或者一家上规模的制作公司看上了你的剧本，那么你需要找到一名可以代表自己的经纪人，她会坚持签署一份以美国作家协会最低协议为标准的合约。

合约的一项重要条款是剧本修改的首选拒绝权。如果你有这项权利的话，虽然他们就没有找人重写剧本的义务了，但是如果他们真的需要修改的话，那么他们必须把这样的机会给你，修改的费用在你的合同中有明确体现。

如果他们喜欢你的作品，在你的坚持下他们会给你这项权利的。如果他们只是喜欢你的钩子，并且计划要立即着手修改你的剧本，他们则不会倾向于给你这个权利。从另一个角度来看，如果他们讨厌你的写法却迷上了你的钩子，而你又那么坚持，那么他们最后还是会把这个权利给你的，是不是？因为他们不能强迫你去接受他们的想法。在你愿意放手之前，一定要保持对谈判的最高掌控力。

除了避免你的作品被人乱改以外，坚持拥有剧本修改首选权还有以下两个好处。第一，这取决于你的剧本有多少被修改的地方，也许你就需要与那位修改你剧本的家伙一起署名了。比方说，制片人想要加一些人物（比如爱慕对象）或者为故事变换背景。如果新请的编剧做了这些改动，并且对台词进行了润色，那么他有可能要与你共享编剧的署名权了。如果是你自己做了这些修改，而他做的仅仅是润色台词，那么只有你一个人有署名权。

第二，售出期权的剧本最容易有如下结果：先是被修改一两次，然后就被放在了一边，直到期权到期为止。如果是你做第一次修改，他们除了付期权给你外，还会给你修改的费用。如果不是你去修改，那么你只得到期权的费用，而别人会得到修改的费用。通常修改费用是期权的十倍。

无论你谈判的结果如何，绝对不要因为合同签得不好而自责，责备自己什么问题也解决不了。如果你要的太少了，而且是因为要的少而成交了，那也要尽力把自己的事做好。你就把这个项目只当是一个投资，等下次签约时努力为自己争取一份更好的合同。

免费优先期权

制片人会向你索要免费期权，如果他们认为自己能够说服你答应这个要求的话。这个要求的意思就是说，他们虽然现在不会付你任何的费用，但同你谈好购买剧本的价钱。一旦项目开始启动的话，他们就会按谈好的价钱付费。这样的话，他们就可以把精力都放在帮你把梦想变成电影上来。

对于免费期权我自己也很矛盾。一方面，如果你的剧本就那么待着，还不如让人一试呢。没付期权的剧本最终被拍成电影的事也时有发生。对编剧来说，免费给人期权比什么都不做好。

另一方面来看，如果一位制片人真在意你的剧本，那他至少应该挤出点钱来付你点费用。如果这他都不肯做，那么他要么对你的剧本并不太上心，要么就是穷得付不起钱。问题是，要是一位成功的制片人，又怎么会如此可怜呢？

当然，如果你把期权免费给人的话，期限不该超过四个月，而且你有权决定在付费的前提下是否延期一年。比如说，你可以要求，在三个月免费期后，对方需付你两千来块钱作为期权延期一年的费用。如果在四个月内，制片人不能将你的剧本推到他们愿意付期权的状态，那么给他更多的时间也无济于事。与其让你的剧本就在他的书架上摆着，还不如自己寻找其他机会。

如果一位制片人想要拿到免费的期权的话，你可以答应给制片人一封承诺信，说如果在一定的期限内（比如说六个月），他能使剧本立项，那么他就是项目的一个制片人。这封信不必涉及你所提条件的具体细节，这就是说，如果制片人能够让剧本在大公司里成功立项的话，他和大公司只谈自己的待遇，而你的待遇，你可以自己去谈。如果你是在作品立项后再谈合同的话，那么你拿到的钱就会多很多。既然大公司都感兴趣，那么制片人就不会放弃这样一个项目，因此你就可以要更高的价。制片人不会喜欢这样的提议的，但是如果他没有准备好上来就付钱给你的话，那么你手上多点掌控权是公平的。想玩但又不愿意吐点血怎么行？

免费修改

制片人经常会告诉你，你的剧本写得挺好，但要他接手的话，你得做一点小的修改。而且他不提供费用。你该怎么办呢？

如果你手上有别的买家或者不需要你重新修改的买家的话，回答当然是不了。除非在极为特殊的情况下，别为了虚的东西而放弃手里拿到的。

话说回来，如果只有这位提出要修改的制片人对你的剧本有兴趣，那你要问问自己他的修改意见是否有道理。按他说的进行修改是否会让剧本更好呢？如果是，何乐不为呢？反正你在剧本上已经花了这么多时间，干吗不让它更吸引人？

但是如果制片人的评论所引导的方向只是对他自己有益（我需要把这部有关滑雪的电影的外景地放在波多黎各①），那就不必去修改了，除非他们付你费用。

这儿有一则关于影视圈而的笑话：

问：你怎么能看出制片人在撒谎呢？

答：他的嘴唇在动。

我曾经为这么一位制片人工作，他说拍一个电影项目的钱"差不多都齐了"。这个话的意思呢就是，他觉得自己知道从什么地方有可能找到这笔钱。什么资金已经到位啦，明星对剧本很感兴趣啦，大公司就等着读你的剧本啦等等诸如此类从制片人嘴里冒出来的话，你千万不要信。你可以相信的是，制片人不可能不关心自身利益。要是他没有一定的把握，是不会随意让你把剧本往某个方向修改的。也就是说，如果他是一个称职的制片人的话，他的建议会使你的剧本更加抢手。你要决定的是这样的修改是否值得你花费那么多的时间和精力。对他的意见就像对其他任何人的意见一样，如果这个意见让你的剧本更完美那是最好不过了。如果不是，那么就说他的想法很好，你自己会再斟酌的。（"自己会再斟酌的"其实是编剧们委婉的措辞，意思是："这可是迄今为止我听过的最愚蠢的想法了。或许将来我会喜欢这个建议，不过现在只是不想惹你不高兴。"）

其他类型的免费修改

---

① 波多黎各属于热带雨林气候，全年平均气温 28°C。——编者注

有时，制片人会让你免费修改他手上的剧本，或者免费为他自己的点子写一部剧本。他要是觉得你对影视界的弯弯绕绕一窍不通的话，尤其会这样要求你。他会承诺你说，电影差不多就要进入前期筹备了，而且一上马（不是如果上马的话）你不光署名而且还能赚一大笔。

哈哈哈哈哈！

那句如何识别制片人在撒谎的话是怎么说的？

永远，记住，永远也不要免费动别人的剧本。美国作家协会（WGA）把这种写作叫做投机写作（writing on spec），这个叫法容易让人产生混淆，但这种写作和写待售剧本（writing a spec script）[①]完全不是一回事，而且也是 WGA 所禁止的，听 WGA 的没错。制片人请你做事反正不需要花钱，但是你怎么知道电影一定就能拍？也许，这不过是制片人大清早随意冒出来的点子，或许当你把剧本写出来的时候，他早就把这事忘得一干二净了（注意，天底下就没有所谓准定要拍的项目）。

如果这个制片人有一个很棒的想法，那你可以跟他做如下的谈判：他把自己想法的权利都交给你。作为交换，你来写剧本并给他为期一年的免费期权，之后他可以从你手里把剧本买走。这很公平。你得到一个好点子，他到手一个本子。而一年以后，你们两清了。

否则，免费去动版权属于别人的东西，就纯粹是浪费时间。永远别干那种傻事。

9.7　受聘写作

别轻易就拒绝一份写作的活儿。除非觉得报酬太少，或者不信那些雇你的人会给你报酬，或者觉得创作方向不合适（我写不了情景喜剧），

---

① 此处"待售剧本"英文原文中的 "spec" 是 "speculative"（中文意思是"不确定"）的缩写，待售剧本指的是该剧本并非受制片厂、制片人或是其他人委托所做，而是编剧个人写作的"不确定"的作品。而上文的"投机写作"中的 "spec" 是 "speculation"（中文意思是"投机"）的缩写，虽然英文缩写一样，但意义却南辕北辙。——编者注

否则别拒绝。职业作家极少拒绝一份有报酬的活儿，除非他正在干另一份有报酬的活儿①。当然喽，按自己的创意去写本子会有很多乐趣，但要是没有人买的话，投稿剧本是没法写到你自己履历里边去的。

假设有人要雇你来写作，你怎么开价呢？

最低的标准是在这有一个避免你吃亏的要价公式。无论剧本的前景如何，你必须保证要有这么多。你干脆假设自己听到的所有关于这个项目肯定会上马的话都是胡扯淡，你要有这样的计算方法。

先估计出完成这部作品所需的时间，然后乘以三得一个数（特别是当你的制片人总是做出含糊不清、矛盾而又反复无常的建议时，你的写作时间总是比你想象的要长），现在再乘以二，再得一个数（一半的时间，你都没有在写作，所以你要用写作时间挣的钱去补偿你没有用来写作时间的损失），那么现在想想你的时间值多少钱。如果你是以写作为生的，那么这些时间里你的全部花费都要从这里出。如果你是以其他职业为生，那你就算出自己工作所付的每小时的收入来。现在，再用你算出所用时间的价值乘以六：这就是你的最低报酬。如果你要的报酬没有那么多，那你就不是为了钱而写作了，而是因为它带给你快乐，或者是因为个人成长的缘故，或者是因为你本人就是影片的投资人。这都是可以的，但你要明确自己在做什么。

是的，这个计算方法得出的结论就是全职作家要比那些兼职的作家赚得多。

但一般而言，低于500美元写一个电影大纲或低于1000美元写一个剧本这样的事是不能做的。这已是最低的标准了，如果有人坚持以低于这个标准的价钱雇佣编剧的话，你自可不必把他当回事。

总之，在保证你工作的薪金标准后，你还要提出这样的条件：如果项目启动了，你应该得到一份可观的奖金；如果拍成的电影中保留了自己剧本中的相当内容，你还要在电影上署名。合理的比例应该是影片预

---

① 老实地说，应该是几份有报酬的活儿。

算的 2%，而假如你不是唯一编剧的话，那么也可以降至 1%。

9.8 电　视

　　电视剧的开发历程会有一些不同。在电视领域，尽管不是不可能，但一般你不会去费力推销自己的待售剧本。你写待售剧本的目的是希望自己被聘用，帮其他电视剧写本子，或者是干脆被招入到电视剧组之中做写手。

　　电视剧市场是一个完全不同的东西。这是因为第一，编剧是老大，导演只是被雇来干活儿的。许多大腕制片人都是在别人的电视剧中先当写手，然后一步步爬上来的。

　　电视剧对于剧本的需求量巨大，而且拍得很快。同电影剧编剧比，电视剧编剧写得多，等待的时间短。他们在一部剧的本子上挣的少一些，但是全年来看他们挣得比电影编剧要多很多，因为他们不停地在写。电视剧编剧经常会说"谁不愿意写电影呀，但是电影弄不起呀。"

　　电视剧经纪人的买家和电影经纪人的买家完全不是一回事，稍有规模的经纪公司大多数都拥有两种经纪人，也有电视电影都做的两栖经纪人。

　　电视剧从不从圈外购买待售剧本或者是创意。如果创意和剧本不完全来自电视剧自己的写作班底的话，制作方会请他们熟悉的自由撰稿作家来提供创意（就是说，为业已存在的电视剧提供可能的剧集创意）。至少在美国，制作方购买新电视剧的创意、"圣经"（bible）或试播剧集的可能性非常小（电视剧中的所谓"圣经"就是新剧的最初创意，跟建筑蓝图一样，通常写于试播用的单集剧本之前）[①]。电视剧通常的创作过程是许多编剧、制片人对一个创意进行开发，其中电视广播集团或制

[①] "圣经"也可以指帮助新加入到已播电视剧剧组的编剧了解剧集情况的文档，一般这类"圣经"会包括主要角色的历史，剧集的虚拟设定，以及之后每一季剧情发展的简要大纲。——编者注

作公司，以及明星和他们代言人的参与一点也不少。因为你不在这个圈子里，所以，除非有奇迹出现，否则你的试播剧本和他们的需要很难碰巧吻合。

假如你真的想进入到电视剧圈里，那么你必须做的是为正在播放的电视剧写一集试验剧本（sample，"待售类［spec］"），选一个当下最热门、口碑最好、最受欢迎的、而且最好是获过艾美奖的电视剧。热播剧年年不同，你最好先给经纪公司打电话，向经纪人的助理询问，他们希望你为哪个电视剧写试验剧本好（"要是你们的客户要写试验剧本去投稿的话，你会建议他为哪个电视剧写呢？"）？要选就选一部几年后还会播放的电视剧。

你的剧本需要至少在筹拍季（staffing season）的前四个月就写好，也就是说差不多三月底的时候。电视剧经纪人需要时间来阅读你的剧本，而筹拍季一到，经纪人需要夜以继日地为他们已有的客户奔忙，他们可不会把精力花费在你这样的新手上。

你写试验剧本之前，最好去把你能找到的该剧的每一集都看一遍。要是该剧有官方网站的话，那就去浏览一下，而且还要查看这部剧的粉丝网站。他们会有一些关于人物前史的故事，有的粉丝网站会有故事的梗概、经典台词、剧本抄本（transcript）、甚至是正式的剧本。

你的任务就是要证明你熟悉该剧的潜在规则，证明你可以给核心人物提供崭新的故事背景。不要引进重要的新角色，因为这不是你要展示的（新的反面角色还是可以的）。如果你想把戏写得比一般电视剧更紧张或更耸人听闻，放胆去做好了，因为你不是在贩卖你的作品，而是在展现你的写作实力。

最重要的是把握好角色的定位以及该剧所固有的节奏。你不需要去创新，而是要向人家展示你对该剧的结构和整体特质有着深刻的了解。

要是你真写出一个了不起的待售剧本，先去找那些愿意接受待售剧本的电视经纪人并向他们发征询信。

假设出现了下列情况：你脑海里有一个很棒的创意让你彻夜难眠，

你非得把它写出来不可。因为这是一个新戏，所以你得先写一集试播集。也就是说，我前边说过的话，你全当耳旁风了。现在，你写完了，后边你该怎么做呢？

丢给詹姆斯·范德·贝克公司的经纪人？错了！

你所要做的是把你的创意说给剧集运作人（showrunner）听，剧集运作人就是那些老天垂青但为数不多的电视剧编剧。只有他们才被电视网允许创作新剧。只有他们才可以用"XXX 作品"（created by）的形式在电视剧前署名。

基恩·罗丹贝利（Gene Roddenberry，作品：《星舰迷航》）就是一位剧集运作人。克里斯·卡特（Chris Carter，作品：《X 档案》、《千年追凶》[Millennium]、《残酷的国度》[Harsh Realm]）、J·迈克尔·斯科拉辛斯基（J. Michael Straczynski，作品：《巴比伦五号》[Babylon 5]）、史蒂芬·波切克（Steven Bochko，作品：《山街蓝调》[Hill Street Blues]、《纽约重案组》[NYPD Blue]）、艾伦·索尔金（Aaron Sorkin，作品：《白宫风云》[The West Wing]）、乔斯·韦登（Joss Whedon，作品：《吸血鬼猎人巴菲》[Buffy: The Vampire Slayer]、《天使》[Angel]）以及大卫·凯利（David Kelly，作品《恋爱时代》[Dawson's Creek]）都是剧集运作人。从这些人的作品中找来你喜欢而且和你的试播剧风格相近的电视剧，认真研究。然后给该运作人写一封征询信。告诉人家（或者叫你的经纪人告诉人家）你有一份 5 页的稿子想寄给他们看，并告诉他们你的戏的核心概念是什么。

你得到一个积极的回应可能性不大，但是起码人你是找对了。如果你的前提很牛，而且对那些有机会读你本子的小编而言，你的人物刻画既真实新颖又引人入胜，那么你的作品或许能上一个台阶。这就像说，"今年七月或许有雪"或"微软或许能整出一个没有漏洞的软件"一样。如果有位运作人真大发慈悲让你一试的话，那你就梦想成真了。演员的经纪人或者电视台的高管是不会帮你忙的。

请你注意，在加拿大（或者在其他国家也一样），对于初出茅庐的编剧来说，有人出钱买走其电视剧创意的期权，然后再付钱让他写圣经和试播集，是完全有可能的。我曾有过一个电视剧的创意，而且刚写了一集剧本就在蒙特利尔卖出了期权。但是加拿大电视剧的开发是受加拿大政府资助的，这和美国是有所不同的。

9.9 不要因饥渴而写作

现在你已经写出了一部剧本，修改润色也都做了，而且也把本子撒出去了。如果你每一步都走得很对，而且运气也不差，那你也应该能赚些钱。现在就差有人把这个本子变成一部好的电影了。没拍成的话也无所谓，反正你学东西了，而且写作的时候也乐在其中。

以后怎么着？

如果你是一位真正的作家，答案当然是更多的写作，作家靠写作为生。对我来说，写作令人上瘾。如果我不写作，我就没法快乐，我会对人很刻薄或对着狗咆哮，要不就没完没了地吃东西。

写每一部剧都是一个成长的过程。学无止境，在写了十来个剧本后，你开始感觉自己上路了。又写了十来个本子后，你觉得这回自己算是真正上路了。约翰·布尔曼导演讲过一个故事：他在大卫·里恩（David Lean）临终前去看望这位八十三岁的老导演。这位因《阿拉伯的劳伦斯》和《桂河大桥》而荣获奥斯卡最佳导演的老人跟他说，"约翰，拍电影，我现在总算是摸出点门道来了。"

> 所以，绝不能因饥渴而写作！

写你想写的东西，写你想看的电影，或者写你享受其写作过程的电影，虽然它可能不是你愿意付钱去看的那种电影。如果你认为在某些方面自己有弱点的话，比如对话、动作描写或者故事情节，写个剧本会增强你在这方面的能力。也就是说，你可以为提高自己的技巧，为练习写作而写作。但是你绝不可以因饥渴而写作。

不要因饥渴而写作就是说不要为了钱而写作。有人因为写一些商业片而发了财。但是你别只看表面，这些人并没有只是为了钱在写作。他们热爱自己所做的事情，他们在这方面有天赋。在摸索了很多年以后，这些发了财的人在这方面的能力是顶尖的。而且不管写什么题材，他们都不会摆出一种俯视的态度。如果你是因饥渴而写作，那么你的剧本就会因此而受苦受难。读者会发现你根本不在乎，因此，他们也不会在乎了。咱们实话实说，任何剧本被人家买去的机会都不大。说"机会不大"还是拣最好听的说。要是你热爱写作但剧本没人买的话，至少你还会保留这份爱；但要是你因饥渴而写，那么你就什么也没得到了。

用心去写。如果你运气不错，想出了一个很牛的钩子，而你骨子里就喜欢写极其商业刺激的惊悚片，那么就写那种故事好了；如果你内心深处喜欢那种悲伤纠结的文艺片，那么你就去写那种故事好了。写你真心想写的故事。一个人可以有这种那种癖好，但没有什么癖好比写作来得更省钱省力，也没有什么癖好能像写作那样会让这个世界变得更加美好。

愿你真诚写作，好运。

期权协议样本

下面是一个我自己用的简化版本的协议备忘。每个人都有自己的协议备忘版本，但是大多数协议备忘内容相差不大。

期权协议

埃里克·古尔德（"作者"）和加州匠心制作有限责任公司（制片方）双方关于名为《防火墙》（"电影剧本"），以及可能以该电影剧本为蓝本制作的暂定名为《防火墙》（"影片"）项目的契约。

1.期权的授予

鉴于在该协议生效时,制片方支付作者无需偿还的1000美元（期权费用），作者特此授予制片方期权以购买剧本及由剧本产生的全部电影、电视以及其附带和附属的权利，其中包括，但不限于，唯一的、独家的、永久的全球权利，用以制作基于剧本的、在影院播放的或/和电视上播放的正片长度的电影；对剧本进行开发、发行、放映和利用的权利，不论该权利是通过影院、电视实现，还是以现有的或将会出现的所有其他途径、方式和媒体实现。美国作家协会2001年制定的影院及电视的"最低基本协议"（MBA）之外的权利，则特此排除（hereby excluded）。

除了个别权利外，制片方支付作者1000美元就获得了购买剧本所有权的权利。作者保留有如根据自己剧本创作小说的权利。

2.期权的费用和期限

权限期（the option period）从协议的完整施行开始到2010年7月31日终结，以下情形可以延长：

在权限期结束之前，如果制片方向作者发出书面通知，并同时支付2500美元作为延期费用，权限期可延长（the extension period）。该费用可最终从购买价格中扣除。

从签订协议备忘之日起制片方须在一年内购买剧本（从2009年7月31日到2010年7月31日）。如制片方需要延期一年购买，必须额外支付2500美元。如果在制片方购买之前权限期期满，作者可以保留收取的费用。但是制片方则不再有任何权利。

3.期权的施行

（1）制片方行使其期权的方法是在拍摄开始之前或权限期结束前（以先发生的为准），向作者提供书面通知并支付75000美元，作为对剧本的购买费（purchase price）。在收到购买费用之后，剧本作者应即刻签署写明自己的权利、署名权、股权的陈述说明。陈述的格式和内容应由制片方提供且符合行业标准。

如果制片方要购买剧本，则需支付7.5万美元，制片方需在电影开拍之前购买剧本。

（2）如果影片已经制作，并且作者是剧本的唯一署名编剧（即署名方式为"编剧XXX"），在成片交货的两个月之内，制片人应支付作者影片制作预算的3%减去购买费之后的报酬。另外作者还将获得影片5%的净利润，净利润的定义以本片利润分配者所得到的最有利的定义为标准。

影片全部制作结束之后，因为作者是唯一的署名编剧，制片方必须给作者影片制作预算的3%。但要从中扣除已经支付给作者的费用，你还会得到 5% 的净利润，但这些可能没多少钱。

（3）如果影片已经制作，并且作者是剧本的署名编剧（即署名方式为"编剧 XXX"）之一，在成片交货的两个月之内，制片人应支付作者影片制作预算的 2% 减去期权费用之后的报酬。作者还将获得影片 3% 的净利润。净利润的定义以本片利润分配者所得到的最有利的定义为标准。

如果你的剧本被大规模改编，那么你将会与另一位作者分享署名权，你会得到 2% 的预算和 3 个百分点的净利润。留意这个表述，因为里面另有玄机。如果你并不是唯一署名编剧或者没有署名，那么预算里的一分钱你都分不到。但这也是合理的，因为你的作品实在是被改编得太多了，你基本没有对这部电影做多少贡献。

（4）电影的预算数额是由以保证电影完工为目的的担保额决定的，如果没有完片担保（completion bond），预算数额则由电影制作的承保人的保险金额来决定。在上述任何一种情况下，作者可以要求独立审计人员对预算进行审计，并改变你最终数额。

预算就是影片完工担保人给影片提供担保的数额，这个没讨价还价的余地。

（5）如有续集、重拍、电视剧系列、衍生产品和/或类似权利的情况出现，作者的报酬按照"最低基本协议（MBA）"计算。

续集制作以及相似情况下的作者酬劳，无论是主动还是被动的支付行为，都按作家协会的标准合同执行。

4.第一次改写

如果作者有时间并愿意改写，制片方和其委托者不得雇佣除作者以外的任何人对剧本进行改写。作者对剧本的一次改写收费为 3 万美元。

除非你拒绝改写，或者搬到尼泊尔去生活了，否则制片方不得雇用除你以外的任何人做第一次剧本的改写工作。

5. 作家协会与署名

作者享有在银幕上署名编剧的权利，以及在所有付费广告和包装上署名的权利。常规的例外情况除外。但是，如果制片方聘用了另外一个编剧改写剧本的话，那么署名的方式则由独立的、双方共同接受的、熟知美国作家协会署名仲裁程序的仲裁人根据"最低基本协议（MBA）"的条款决定。

如果制片方雇佣另一位作者，这位作者需要对剧本进行重要的改动才有资格和你分享署名权。判断的公式是，这位作者必须改动3成或3成以上的剧本。虽然判断是由其他作者组成的一个团队来做出的，但判断还是主观的。制片方雇佣的第二位作者可能把每句台词都改了却依然无法享受署名，但也可能他只是写了四场重要的戏就可以有署名的权利。

文件中关于署名的文字说明是最重要的，不要在这上面退让。挣来的钱总有花完的一天，而你的署名是你事业的根本。不幸的是，有时候制片方却不愿意把本该属于你的荣誉给你。举个例子，一部影片在加拿大制做，而你不是加拿大公民。把署名让给一个只改写了剧本最后几页的加拿大人专享，则很可能从加拿大政府获得融资上的补贴。如果关于署名的条款说你的署名事宜可以由制片方斟酌决定，或者文件中没有关于署名争议出现时的解释性文字，那么你可能从演职人员名单上消失（如果你是美国作家协会的会员，这就无关紧要了，因为美国作家协会会在出现署名争议时进行裁决）。

6. 资格和保证

作者有资格表达并保证：

（1）作者拥有该电影剧本在本协议中所涉的全部权利，因此需要使之免于遭受无论是即将发生的还是以威胁的形式存在的扣押、留置、索赔诉讼。

（2）就作者所知，剧本和剧本中的任何成分都没有侵害到他人的文学知识产权。

（3）根据剧本制作和开发的电影作品，或是在剧本基础上开发的其他形式作品绝不会侵害任何人的隐私权，也不会对任何人造成诽谤中伤。根据剧本制作和开发的电影作品或是在剧本基础上开发的其他形式作品也不会以任何其他形式侵犯任何人的权利。制片方向作者做出保证，保护作者免于剧本或者电影中出现的、并非由作者创作而是制片方自行加入的部分带来的相应责任。

（4）作者有完整的权利和能力签署和执行本协议。

（5）就作者所知，剧本从未在电影作品、电视作品或话剧中以单个元素的形式被开发；或反过来说，作者也从未授予任何第三方这样做（仅限如上所述形式）的权利，以上权利期满者除外。作者特此保护制片方不受任何违反上述条款所带来的损失和伤害。所谓"人"在此表示任何人、任何机构、任何组织或其他的实体。

你没有从别人那里窃取剧本（如果你只是偷了人家的点子也就罢了），你也还没有把这个剧本给任何人，而且你也没有为生活中的真人编造故事。

7. 通　知

给制片方的通知需以书面形式发送挂号邮件到如下地址：

制片方

阿罗约·卡尔多大街125号

贝弗利山，CA 90212

给作者的通知需以书面形式发送挂号邮件到如下地址：

作者

埃里克·古尔德

第七大街914号

圣莫妮卡，CA 90403

付给作者的酬劳需以电汇的形式汇至固定银行账户或是由作者指定的机构，也可以是直接交付给作者本人的银行支票。

8. 其　他

该协议对协议中的任何一方包括各自的继承人、接任者、管理者和受托者具有同样法律效力和适用性。

对于制片方提出的目的在于使协议生效的任何附加文件和条文，作者同意执行。

此权限协议为唯一有效协议，若同时和之前签订的其他协议与此协议有出入，以此协议为准。此协议若要进行任何更改，必须以书面形式由协议签订的双方共同签订。

赢得诉讼或争议的一方有权要求另一方补偿其所支付的全部费用和合理的律师费和/或审计费用。

当任何形式的违约情形出现时，作者无权取消协议，或寻求、接受任何禁令与其他的衡平救济。在此种情况下作者的唯一补救措施是通过法律程序获得经济赔偿。

此协议应按照加州法律进行监管和解释，加州法院为唯一仲裁机构。

以上这些是所有期权中标准的法律用语（"模板［boilerplate］"）。

协议双方均同意并接受　2009年7月31日

制片方　　　　　　　　　　作者

_____　　　_____

请在此处亲笔签名。

剧本示例

酒黑之海
（*The Wine Dark Sea*）
亚历克斯·爱泼斯坦
（Alex Epstein）

我的地址
我的电话
我的电子邮件地址
www.craftyscreenwriting.com

淡入：

一个男人

眼里充满着极大的渴望凝视着远方，在月光下，多年的战争在他的脸上写满智慧和忧伤。他就是奥德修斯。

男孩

（O.C.）

先生？

外。海岸一夜

奥德修斯后面是拉上石岸的帆船，船帆已经卷起，黑色的船身在月光下闪着光亮。海水轻拍在岸上。男孩只有14岁，呼吸急促。

男孩

（继续）

他们开会又争吵起来了，先生，尤利洛
克斯让我……

奥德修斯

把我卷进去。谢谢你。

奥德修斯转过身来，迈步走了起来。

男孩

先生，情况听起来很糟。

奥德修斯大步走在海岸上，到处矗立着脏乱的帐篷和摇曳的火把，这就是希腊的营地。

奥德修斯

狄俄墨得斯又想放弃了么？

篝火上正烤着猪，士兵都围着篝火狂欢。

男孩

墨涅拉俄斯王说他是个懦夫。

两个 4 岁大的孩子从旁边跑了过去，手里拽着带绳子的玩具。

奥德修斯

所以迪欧说，如果墨涅拉俄斯在床上的
能力跟他吹牛的能力一样强的话，那么
希腊的勇士还用得着为了抓女人而航行
跨越半个地球，结果却死在特洛伊城墙
外么？

阴暗处，一个士兵正在和他的情妇亲吻。

士兵

像那样么，长官。

更多的士兵都在喝酒说笑。他们带着骄傲和敬意给奥德修斯点了一下头，
这种敬意是那种老兵和令人钦佩的长官之间所特有的。

奥德修斯

觉得他说的对么？我们要是没办法进到
城墙里面，还不如回家去好了。要知道
我们从你 4 岁的时候就开始攻打这墙了。

男孩看奥德修斯。

奥德修斯

觉得你母亲想你么？

小男孩充满希望的笑了，然后他的笑消失了。

男孩

一切都是为了荣誉。

奥德修斯

啊，当然，是荣誉。

有人正在痛苦的呻吟。奥德修斯转过身去：

在一个帐篷里，很多人就被摊放在泥土上，一些人在痛苦呻吟，还有一些已经死去。医生把两个铜币分别放在死者的双眼上。

奥德修斯
怎么了？

医生
死者是尤里艾德斯，大人。

奥德修斯
是扎金索斯的那个？

（医生点点头。）

他的父亲去年被杀了，就在塞西亚的城门那。他还有个兄弟，他也……？哦，是啊。赫克托耳亲手杀了他，是在他自己被阿喀琉斯杀死之前。他兄弟叫什么来着……？

医生
埃尔佩诺尔。

奥德修斯
不对，是坎瑟斯。

医生
他可是个好人。

奥德修斯
他们都是好人。

奥德修斯看着医生，却不知道该说写什么。然后低下头，慢慢地往前走。

奥德修斯
哎呦。

　　一个小孩一下子撞到他的腿上。孩子哭了起来。奥德修斯弯下腰，把孩子抱了起来。

奥德修斯

　　这么晚了，你在做什么，你妈呢？

小孩

　　我的马！

　　奥德修斯低头一看，一个可以用绳子拉的木马在地上晃动了一下就倒了。奥德修斯把马捡起来给了这个小孩，小孩不哭了。

男孩

　　长官，会议……

　　奥德修斯仔细地看着这个玩具木马和上边的小木头轮子，突然被迷住了。然后，终于，他笑了……

切至：

　　一只乌鸦

　　在天空盘旋，然后倾斜着，朝着平地飞翔，落在地上。旁边是：

　　一只断手

　　这只全身漆黑的肥鸟对着断手又咬又扯。就在我们围着这只乌鸦和那只不断抖动的断手看时，我们发现了：

　　闪闪发光的白色石头墙壁从平地升起足有 40 英尺（约合 12.2 米）那么高，从左到右有 400 码那么长。在 35 英尺（约合 10.7 米）木质大门的两边城堡塔升起了足有 50 英尺（约合 15.24 米）。一千名士兵在墙上站成一排，太阳照射在他们的铜制头盔和矛尖上，金光闪闪。

　　这是

　　特洛伊

　　公元前 1184

在塔楼上

一个哨兵用手指着什么：

步兵

看啊！

在远处

一个 45 英尺（约合 13.7 米）高的木马呻吟着缓慢前进，他的轮子足有 6 英尺（约合 1.8 米）高，木马由 100 个人拖拽。灰尘凭地而起。

还有几千名希腊士兵，在木马的两边向前行进，太阳使他们的头盔和矛尖发出亮光。他们吟诵着军歌，其中夹带的有节奏的吼声像是军歌的鼓点。战车在士兵前面滚动。鼓声震天，号角齐鸣。

此时的墙上

特洛伊士兵叫嚣着敲击他们的盾和矛，唱着自己的战歌，他们的号角也响声震天。

巨大的木质轮子

在巨大的木马从平原上滚下来时吱嘎作响。

一百个人

拖拽着粗绳子，用尽全力，汗流浃背。

那匹马

靠近墙的时候开始加速。

墙上

特洛伊士兵盯着木马，大感惊奇，歌声都开始颤抖了。

木马

行进中的轱辘声都变快了，步兵边叫喊边咏唱，他们开始进攻了。

希腊散兵

只系着腰布朝前跑动着，用手抛掷石块，用抛石器将石头呼啸着射向大门。

特洛伊士兵

举起巨大的牛皮盾，石头砸在上面嘭嘭作响。

木马的头上

十几个希腊勇士，个个都像橄榄球阻截队员那么强壮，站在一个平台上，20 英尺（约合 6 米）长的长矛指向天空。他们 8 英尺（约合 2.4 米）高的盾牌上，金银闪闪发光。明亮的莫霍克式羽冠在他们的头盔上竖起，让他们看起来足有 8 英尺高。

站在他们前头的是阿伽门农，灰色的胡子，强壮的身体。他旁边的人，金色的盾牌闪着光芒，这个人就是墨涅拉俄斯。他对着后边的人大喊：

墨涅拉俄斯
奥德修斯！这主意真棒！

奥德修斯出于对墨涅拉俄斯的礼貌笑了，但是他睿智的眼神中带着一丝悲伤。随着木马急速朝着特洛伊城墙行进，奥德修斯把他闪着光芒的铜制头盔放了下来，挡住了自己的脸。

希腊勇士们放低自己的长矛直至一个水平位置，指向城墙上的特洛伊士兵。

特洛伊士兵向后退，他们吓坏了——

木马的头突然向城墙猛击，石块纷纷散落，希腊士兵的长矛穿入特洛伊士兵的身体。

勇士们向墙上进攻，用矛猛刺用剑猛砍。特洛伊士兵尖叫着被掀翻到半空中。

译者的话

不要闭门发明车轱辘。

美国编剧指南的书总喜欢用这个英文成语（Don't reinvent the wheel）。车轱辘早就有了，你照葫芦画瓢就行了，不要拧额蹙眉，再去想车轱辘能不能弄成三角的、四方的这种问题了。

但特别就商业电影而言，车轮的制作工艺，是随着近几年剧本写作指南的翻译出版才进入中国电影从业人员的视野的。所谓工艺，其实就是剧本创作的一些基本规则。因为电影故事种类繁多系统庞杂，所以我们需要有很多剧本写作指南方面的书，为我们从不同角度讲述和解释剧本创作的各种规则。电影人可以不遵守或打破这些规则，但任何人都需要知晓规则都有哪些，这样才有可能挑战和超越它们。否则，你以为自己做的是创世纪的工作，其实你是在闭门造车。

作为一个电影剧本策划和剧本医生，我几乎每星期都能读到无视创作基本规则的电影剧本，其中有一半是用英文写成的作品。那些看上去还算靠谱或具备某些方面潜力的剧本依然充满了十分初级的错误。正因为如此，许多编剧和制片人花费大量的时间、精力和金钱写出来的作品大部分被束之高阁，而运气稍好的就变成了大家连听都没听说过的电影。

在编剧行业，中国电影眼下爆发式的增长意味着编剧的报酬变得越来越具诱惑力，而这又意味着编剧从业人数的迅速增长。任何人都无法扭转行业中坏剧本在数量上的绝对优势，但作为编剧的你，以及作为参与剧本创作的导演和制片人们，熟悉剧本，特别是商业电影剧本的规则至少意味着降低创作和投资的风险。如果你读过亚历克斯·爱泼斯坦这本书，也许你不仅可以少走不少弯路，而且很可能走到最后，即剧本的终点——让剧本变成电影。

怎样才能写出最终可以拍成电影的剧本？这是本书的核心论点和指导工作的预设目标。电影剧本不是可以独立存在的艺术产品，多好的剧本都要通过完成的影片来实现自己的价值。那究竟什么样的剧本能最终拍成电影呢？在众多编剧指导书籍中，爱泼斯坦的这本书之所以能够脱颖而出，就是因为作者在复杂的理论探讨和大众化的 how-to（怎么做）书籍之间找到了一种基于经验和常识的讲述。大多数编剧和有志于写剧本的作者需要的正是这样一种建立在经验基础上的有效学问。

比如在人物设计的问题上，作者关于主人公风险/赌注（stake）的讨论既清晰准确又充满启发：

> 一本讲述科学家从致命瘟疫（风险/赌注）中拯救人类的非虚构小说或许会让我们关心这个科学家，但要在电影中让我们关心这样的人物，我们就会希望她冒点险（危险）。她倒不必非要自己染上疾病（一般来说电影结束前她的家人或团队的一员总会染上的）。她可能因为过于专注自己的工作而没能保住她的婚姻，她也可能挑战传统，剑走偏锋地进行一些实验，比如那种一旦出错就无法再在业内立足的实验。总之她要承受的危险要远远大于"哎呀，没成，看来我还是和诺贝尔奖没缘啊"这种成与败都无所谓的反应。

> 如果哈姆雷特要冒的风险仅仅是弄不好就要被送回威腾伯格大学去完成他的博士学位，那还有什么戏剧可言？这里的风险/赌注是："哈姆雷特能否为父亲的死报仇？"危险是："哈姆雷特会不会因此而丢了小命？"

> 危险将主人公置于戏剧之中，如果他不冒任何风险，也没有什么可损失的，那么故事就会失败。

不要说没拍成电影的诸多剧本，我们用这个规则去衡量《金陵十三钗》，就会明白电影并没有真正打动我们的原因是什么。克里斯蒂安·贝尔饰演的约翰·米勒这个角色之所以像是个打酱油的人物，是因为他承担的风险或下的赌注太小。除了最开始逃命的戏以外，我们看不到他有多少风险／赌注或面临多少危险。而且故事越往后，他的个人风险／赌注则越小。故事为了让他带领教会少女成功逃出封锁，刻意营造一种印象：他是美国人，日本兵不能把他怎么样。他两次离开教堂都易如反掌。就连那辆我们看起来已经完全瘫痪的破车都没有对他构成任何困难和挑战。他轻轻一鼓捣，火就打着了。而且，他不仅没有风险和危险，甚至还有美丽的妓女投怀入抱。

他是故事的主人公吗？作为观众我们需要认同他吗？如果回答是肯定的，那么，当这个主人公没有任何个人风险的时候，我们就用不着替他焦虑和操心了，也就不会在影片结束时被他感动了。看着他开着车，成功地行驶到安全的地带，我们不知道该作何感受，我们从他脸上的特写中也可以看出，演员自己也不知道应该作何感受。他救了一些女孩子，但是另外一些女孩子却……唉，你不能怪这个美国人，他尽力了。

是吗？他真的尽力了吗？也许。但你要用爱泼斯坦的原则去衡量故事的话，他没有尽到主人公在一部虚构出来的电影中应该尽的力。所以，我们不为所动。

如果你是一位编剧或是一位制片人，你会在这本书里找到许多中国大片甚至优秀影片剧作上不尽人意或功亏一篑的原因。当然，你也会学到如何在自己的创作中避免和解决相同的问题。

另外，本书别开生面之处还在于作者不仅把故事的"钩子"（hook）单列一章，而且还将其作为整本书的开题篇章。仅这一点就显示出一个有经验的电影人和剧本导师的匠心。电影业内都知道，每一部拍摄完成的影片后边都有着大批没有投拍的剧本，而每一个虽未投拍但却完成的剧本背后则有着更多的未写完的剧本。对于一个电影编剧来说，这是电影剧本写作的现实。正因为如此，作者开门见山，上来就着手解决剧本写作中关于起点和终点的"钩子"问题，而这一问题也是关乎剧本的市场价值及可操作性的核心问题。如果你在写作开始之前和写作过程中被如下的问题所困扰：我的故事值不值得写出来？我的故事能走多远？我的故事吸引投资人吗？那么，这一章对你则尤其有帮助，至少可以为你节省很多时间。

作为一个全面指导剧本写作的指南，书中还有很多技术细节，对中国编剧和电影人也具有重要的参考价值。作者提供的期权（option）的样本，对那些提到钱和署名权时，要么不知所措要么剑拔弩张的中国编剧和制片人来说，都有具体的指导意义。特别是对职业编剧而言，这个样本让我们看到了好莱坞是如何支付编剧报酬的，而报酬的计算和支付方式都体现了好莱坞电影制作体制的成熟水平。中国的职业编剧如果目前还享受不到同样待遇的话，至少可以把该样本作为一个同制片人讨价还价的参考依据。编剧需不需要经纪人也是本书中涉及到的一个问题。编剧如何去找一个经纪人，经纪人的价值、酬劳、职能和工作范围等。这些讨论对编剧甚至整个电影行业的规范经营都有意义。

一本接一本编剧指南书的翻译出版对中国电影剧本创作是一件令人振奋的事。每一本这样的书都从某一个角度强化了我们对电影剧本写作这一复杂工程和工艺的了解与认识。换一个角度看，故事，尤其是电影故事的创作和讲述是一个有着高技术含量的软能力，是需要学习并能够学到手的。除非你一上来就假设自己是天才，可以仅凭看过的电影就能够写出好电影故事来，否则，你就需要认真去了解前人总结出来的经验。美国电影工业发达的原因之一，也是因为它是一个善于总结和记录经验的行业。美国出版的编剧参考书目数量众多，大多写得实在又实用。如果你是一位电影编剧的话，在埋头写作之余，至少应该把翻译成中文的这类书都找来读一读，也许能少走很多冤枉路。

摸着石头过河，曾是一个生动和有趣的比喻。但在全球化如此深入的背景下，至少编剧们可以从河里走出来了，因为通往彼岸的桥就在你的手边。

贾志杰

2013 年 5 月于北京

出版后记

　　"好"剧本就是能拍出来的剧本！在阅读本书之前，一定要将这条铁律循环无数遍，直至它被镌刻进你的骨头里为止！想要孤芳自赏的话，那为什么不在家写小说呢？现在你就是个冷血无情、一心只想着把剧本卖出去的穷编剧，而需要面对的"敌人"可是每日读剧本破万卷的剧本审读员、剧本策划和制片人们，这时该如何让他们一眼相中自己的大作呢？《编剧的策略》会给你答案。

　　跟市面上经典且中规中矩的剧作书不同，《编剧的策略》诙谐又直接。作者爱泼斯坦一边给你传授着实用的剧本创作技巧，一边揭开好莱坞大公司绚烂外皮露出血淋淋的事实，比如剧本策划们为什么没看中你的剧作？那有可能是那天他跟老婆冷战了。制片人们把你的剧本从头批到脚？搞不好只是因为最近街口的星巴克开始偷工减料，制片大人们血液里流淌的咖啡因不足，他们无法对你的剧本燃烧起来。所以，你一定要给自己的剧本从名字到标点都注满鸡血！特别是片名，你一定要做最棒的标题党，因为别人第一眼看到的就是你的电影名，看到次数最多的也是它。假设你自己是剧本审读员，《星球大战》和《卢克传说》你更愿意看哪个？《编剧的策略》还告诉你，电影和电视在故事内核方面最大的不同，就是电影剧本最重要的是创意，而片名就是你所有创意的浓缩与精华。好的电影名自己就能长腿跑出去推销，所以，你需要花一半写剧本的时间来想片名。再次，请将这条铁律刻入你的骨髓里！

　　除了揭开好莱坞的"潜规则"外，这本书还传授给你如何走捷径开始自己的剧本写作，那就是给每位你所信任的朋友"说故事"，真的就是去把自己的故事一遍遍地说出来，直接观察和倾听听众们的反应。这一招真的很管用，听众们的正解和误解都是自己创作的源泉。而且在讲述的过程中，头脑风暴会给你带来很多意想不到的点子。尤其是那些你未来电影的目标观众们，他们的意见简直就是无价之宝。还有，在你动笔之前，记得给自己认识的制片人们发一份简短的征询信，看看对方对你的"钩子"有没有兴趣，这也是个节省力气的好办法。

当然开始写作剧本之后也是困难重重，陷阱暗布。你该怎么解决制片人不喜欢你的情节的问题？分步大纲写得乱糟糟的该怎么改呢？故事中出现外国人了，我怎么展现他们的对话呢？创作遇到瓶颈了，有没有什么人能帮助我？拖延症爆发了，有没有可能找到组队一起写作的人？该如何保护自己的剧本版权？剧本写完了却找不到买家，经纪人问题该如何解决？甚至是写好的剧本该如何装订这样虽然看似很小，实则会影响最终结果的问题，这本书都会给你一一解答。

本书有着清晰的框架和严密的逻辑，在编辑过程中，我们尽量保证原汁原味，仅对术语、译名进行了统一，并在与译者的商榷讨论下力求语言更直白晓畅，符合中文读者阅读习惯。

这是一本值得反复阅读的实用之作，无论在你的创作过程中遇到什么样的问题，都能从其中得到回答。同时向您推荐"后浪电影学院"的另外一本《你的剧本逊毙了！》，配套使用这样两本状似毒舌实则中肯的剧作书，会彻底激活你的创作欲望与本能！

服务热线：133-6631-2326　188-1142-1266
服务邮箱：reader@hinabook.com

"后浪电影学院"编辑部
后浪出版公司
拍电影网（www.pmovie.com）
2018 年 12 月

图书在版编目（CIP）数据

编剧的策略：如何打动好莱坞 /（美）亚历克斯·
爱泼斯坦著；贾志杰，季英凡译 . -- 成都：四川人民
出版社，2018.12

ISBN 978-7-220-10994-2

Ⅰ . ①编… Ⅱ . ①亚… ②贾… ③季… Ⅲ . ①电影剧
本—创作方法 Ⅳ . ① I053.5

中国版本图书馆 CIP 数据核字 (2018) 第 215448 号

四川省版权局
著作权合同登记号
图字：21-2018-371

CRAFTY SCREENWRITING: Writing Movies That Get Made by Alex Epstein

Copyright © 2002 by Alex Epstein

Simplified Chinese edition copyright © 2018 by Ginkgo (Beijing) Book Co., Ltd.

Published by arrangement with Macmillan Publishing Group, LLC, d/b/a Henry Holt and Company, New York.

through Bardon-Chinese Media Agency

All rights reserved.

本简体中文版版权归属于银杏树下（北京）图书有限责任公司。

BIANJU DE CELUE RUHE DADONG HAOLAIWU

编剧的策略：如何打动好莱坞

著　　者	［美］亚历克斯·爱泼斯坦
译　　者	贾志杰　季英凡
筹划出版	银杏树下
出版统筹	吴兴元
编辑统筹	陈草心
特约编辑	陆梦婷　江舟忆
责任编辑	李真真　熊韵
装帧制造	墨白空间
营销推广	ONEBOOK
出版发行	四川人民出版社（成都槐树街 2 号）
网　　址	http://www.scpph.com
E – mail	scrmcbs@sina.com
印　　刷	北京天宇万达印刷有限公司
成品尺寸	165mm × 230mm
印　　张	18
插　　页	4
字　　数	281 千
版　　次	2018 年 12 月第 1 版
印　　次	2018 年 12 月第 1 次
书　　号	978-7-220-10994-2
定　　价	48.00 元

www.pmovie.com

后浪出版公司旗下，集专业资讯、教育培训、互动服务于一体的电影类专业门户网站，内容覆盖影视制作全流程，致力于打造一站式电影学习交流平台。

线下培训 edu.pmovie.com

始于2013年，开设导演、编剧、摄影、制片、表演等各门类的班型，创立了短片集训营、剧本写作课、纪录片创作、大师工作坊等独具特色的精品课程。

基础班型 七天速成课程，每年各四期

电影编剧培训班

电影导演培训班

摄影实战班

特色班型 独家原创课程，每年各两期

剧本写作课

任长箴纪录片工作坊

刘永酒影视灯光高级班

在线慕课 mooc.pmovie.com

创办于2014年，最早开拓影视在线教育的社区型教学平台。开发了在线课程，公开课，直播课，训练营，在线题库，在线讨论等产品，提供高品质的在线课程及教学服务。

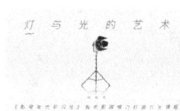

更多精品内容开发中……
学员：突破时空界限，让每个人都能拥有学习电影的机会
师资：传播最前沿影视知识，优秀课程由后浪免费出版
欢迎各影视专业老师，与我们携手打造最专业、最系统的网络电影课堂。

报名咨询

客服QQ：1323616494
手机/微信：18801468255

合作联络

合作邮箱：biz@pmovie.com
投稿邮箱：tougao@pmovie.com

电影书店

后浪电影学院新书抢先预售
珍贵签名图书独家购买渠道
精美电影周边礼品随机赠送
打造移动端最好的电影专业书店
最方便快捷，手机扫一扫即可购买

商城移动端

商城PC端

拍电影网　编剧圈
电影摄影师　演员圈